語用為綱國際漢語教學系列教材

Book 2

CANTONESE
in Communication:
Listening and Speaking

邊學邊用
粵語聽說教材(二)

總主編　吳偉平

編　審　張冠雄

商務印書館

Cantonese in Communication: Listening and Speaking [Book 2]

Series editor: Weiping Wu
Editor：Kwun-hung CHANG
Reviewer: The Yale-China Chinese Language Center of the Chinese University of Hong Kong
Executive Editor: Elma Zou
Cover Designer: Mobing Li

Published by
The Commercial Press (H.K.) Ltd.
8/F, Eastern Central Plaza, 3 Yiu Hing Road, Shau Kei Wan, Hong Kong
http://www.commercialpress.com.hk

Distributed by
SUP Publishing Logistics (H.K.) Ltd.
16/F, Tsuen Wan Industrial Centre, 220-248 Texaco Road, Tsuen Wan, N.T., Hong Kong

Printed by
C & C Offset Printing Co. Ltd.,
14/F, C & C Building, 36 Ting Lai Road, Tai Po, New Territories, Hong Kong

First Editon and second printing in April 2024.
©2018 by The Commercial Press (H.K.) Ltd.
ISBN 978 962 07 0528 1
Printed in Hong Kong

邊學邊用：粵語聽說教材（二）

總 主 編：吳偉平

編　　審：張冠雄

審　　訂：香港中文大學雅禮中國語文研習所

責任編輯：鄒淑樺

封面設計：李莫冰

出　　版：商務印書館 (香港) 有限公司

　　　　　香港筲箕灣耀興道 3 號東滙廣場 8 樓

　　　　　http://www.commercialpress.com.hk

發　　行：香港聯合書刊物流有限公司

　　　　　香港新界荃灣德士古道 220-248 號荃灣工業中心 16 樓

印　　刷：中華商務彩色印刷有限公司

　　　　　香港新界大埔汀麗路 36 號中華商務印刷大廈 14 字樓

版　　次：2024 年 4 月第 1 版第 2 次印刷

　　　　　©2018 商務印書館 (香港) 有限公司

　　　　　ISBN 978 962 07 0528 1

　　　　　Printed in Hong Kong

Table of Contents

LESSON 1

Introducing something new　介紹最新資訊

LESSON 4

Commenting on a movie and a film director
評論電影和導演

LESSON
5

Explaining your reasons 解釋點解要噉做

Mid-term Review L1-L5

LESSON 6

Reminding my friends of something important
提醒我嘅朋友

LESSON 7

Refusing invitation or request
婉拒人哋邀請或請求

LESSON
8

Complaining about the services provided
投訴公司嘅服務

LESSON
9

Comparing two different brands
比較兩個牌子

LESSON
10

Apologizing to the public
向公眾致歉

GENERAL REVIEW L1-L10

Appendices　附錄

▮ PREFACE

The Yale-China Chinese Language Center (CLC), founded in 1963, became part of the Chinese University of Hong Kong (CUHK) and has been responsible for teaching Chinese as a Second Language (CSL) to university students in the past decades. In 2004, we launched the Teaching Materials Project (TMP) to meet the needs of students in different programs. Over the years, the hallmark of all TMP products is the use of the Pragmatic Framework, which reflects findings from research in sociolinguistics and their applications in CSL.

Compared with the two published series designed for learners with background in Chinese languages and cultures (*Putonghua for Cantonese Speakers* and *Cantonese for Putonghua Speakers*), the current series, designed for non-Chinese learners [*Chinese (Putonghua) in Communication* and *Cantonese in Communication*], has moved further in making pragmatic factors an integrated part of CSL teaching materials. Some of the salient features common to the series are highlighted below, while characteristics in each volume and guide to use the textbook are explained in the INTRODUCTION following this PREFACE.

Guiding principle: Language learning is a process that includes four key stages based on the counter-clockwise approach in CSL learning (assessment, curriculum design, teaching materials, teaching and teacher training), all of which ideally should follow the same guiding principle. Using a textbook designed with theories in structuralism for a curriculum with a communicative approach, for example, will lead to confusion and frustrations for both teachers and learners. The compilation of this series follows the same principle that guides the other three key stages in CSL teaching and learning as practiced at CLC, which treats contextual factors as part of the learning process.

Aims: By using this textbook with the matching learning and teaching strategies, it is expected that communication in Chinese by learners will be not only correct linguistically, but appropriate culturally. It is also expected that, with the focus on using while learning, the speaking proficiency of the learner will improve in both quality and quantity (from sentence to paragraph to discourse).

Authenticity (from oral to oral): Teaching materials for speaking Chinese, to the best extent possible, should come from spoken Chinese. Instead of "writing the texts according to the lists of vocabulary and grammatical points", a common practice in almost all teaching materials preparation, we have pioneered the approach that starts from spoken data and, based on authentic spoken data, works out a list of vocabulary for active use, grammatical points and pragmatic points. This challenging approach, dubbed "from oral to oral", is believed to bring learners closer to the authenticity of spoken Chinese in oral communication.

Pragmatic factors: Attempts have been made to turn pragmatic knowledge in communication from oblivious to obvious, as indicated by the summary table at the beginning of each lesson, which includes information related to participants, setting and timing (or purpose) of the communication event. A limited number of "pragmatic points" are also listed together with "grammatical points" to draw the awareness of learners, and to serve as an indication of the importance to learning such points.

Style and register of spoken Chinese (*Yuti*): Since culturally appropriateness is regarded as a major goal of learning, it becomes an unavoidable task to show the differences in style and register of the language used. Efforts have been made to illustrate the characteristics of style and register in communication for different purposes in different settings, including the choice of vocabulary, grammatical and discourse structure, as well as formulaic patterns. More information in this area can be found in the INTRODUCTION for volume three of this series.

In today's world, it is paradoxical that there are actually far too many textbooks in the CSL field and, at the same time, far too few that can be used as it is when it comes to specific programs and teaching methodology. The following notes are therefore provided to put the current series in perspective:

1. They are designed to meet the changing needs of CSL learners, most of whom are now motivated by the desire to use the language they learn in real life communication.

2. Each of the three volumes in the series can be used for one semester (6 hours

per week for 12-14 weeks). For programs with a longer duration, supplementary materials will be needed.

3. The focus of this series is on the learner's ability in speaking and listening, which will establish a solid foundation for further study that may focus on all the four skills including reading and writing.

As the Director of CLC, it's my privilege to launch this project more than a decade ago with support from the University, to serve as the TMP leader and series editor and to see it become one of the four major academic projects of the Center. I am pleased to see yet one more product from this Project, which will not only meet the immediate needs of our own students, but also serve the CSL community for the sustainable development of the field.

Weiping M. Wu, Ph.D.
TMP Leader and CSL Series Editor
Director of the Chinese Language Center
The Chinese University of Hong Kong
Shatin, Hong Kong SAR

▮ INTRODUCTION

Cantonese in Communication: Listening and Speaking (Book 2) is a textbook designed to meet the needs of non-Chinese learners of Cantonese looking for increasing their proficiency in real life situations, on top of phonological and grammatical accuracy. It belongs to a series of spoken Cantonese teaching materials from elementary to upper-intermediate level, which is suitable for use in programmes offered to university students and working professionals interested in learning Cantonese and using it in daily and professional life, workplace and social occasions,when they need to have conversations with local people in Cantonese.

Following the first volume of the series edited by Dr. Siu-Lun Lee, this book has the following characteristics:

1. Emphasizes contexts, language scenarios and language functions;

2. Provides a variety of speaking and listening exercises that focus on practical use of Cantonese;

3. Setting clear goals to improve oral proficiency; and

4. Paying attention to intercultural and cross-cultural communication by helping learners to develop cultural appropriateness of language.

In order to help learners to develop awareness of the nature of the target language, sample conversations, notes on language structure and pragmatic knowledge have been drawn from authentic speaking materials collected from various native Cantonese speakers in Hong Kong who are in different age groups and professions. Lesson texts in this book demonstrate situations that really happen in real life, and introduce local culture for the learners to trace while they are studying Cantonese. Our objectives are to help learners to satisfy the requirements of everyday situations and routine school and work requirements such as elaborating, complaining and apologizing, consulting, suggesting ideas, narrating or describing with some details, communicating facts and talking casually about topics of public and personal interest.

The book highlights contexts and linguistic functions at the beginning of each chapter to emphasize examples of appropriate usage of Cantonese and prioritizes the most important hints that our learners need to know in actual communications. We sincerely hope that Cantonese as second language learners shall find this textbook interesting, helpful and beneficial and they would enjoy learning this language effectively.

How to use the book

This book series uses Yale-romanization system to transcribe Cantonese. As the second volume of the series, this book scaffolds authentic language scenarios, vocabulary in use, lively conversations and exercises in a practical way to train upper-elementary to intermediate learners who have completed a beginner's course in Cantonese. Learners who already have basic knowledge of Cantonese shall find it useful to handle certain real life scenarios with specific language functions. These include greetings, asking the way, bargaining on the price, leaving messages, giving recommendations, making reservations, talking about travel plans, asking for general information, inviting people and expressing gratitude informally. Following the style and structure used in the first volume, this book covers more real life scenarios with core language functions. These functions range from introducing, consulting, suggesting, commenting, explaining, reminding, refusing, complaining, comparing and apologizing. There are ten regular lessons in this book. Each of the regular lessons consists of the following seven parts.

1. Contexts and linguistic functions 語境特徵與語言功能

Teachers and learners are given an overall picture about the learning objectives in each lesson when they move on to a new chapter. In this part, we clearly state the language contexts, core and supplementary linguistic functions of each lesson, followed by a summary of pragmatic knowledge and language structure. This part also provides a general revision of the chapter before having assignments or quizzes.

2. Texts 課文

Two lesson texts serve as sample conversations derived from the language scenarios and linguistic functions in each chapter. They are simplified and rephrased based on the authentic speaking materials collected from local native speakers.

3. Vocabulary in use 活用詞彙

Each vocabulary is presented in a tabulated form with four items, namely traditional Chinese character, Yale-romanization, part of speech and English translation. For easy reference, an appendix with all vocabulary items from Lessons 1 to 10 is attached at the end of the book.

4. Notes on language structure 語言結構知識

This part provides rich examples with application of vocabulary in use for illustration of each syntactic structure and pattern. In order to put them into a context, difficult examples are illustrated in dialogue form with English translation.

5. Notes on pragmatic knowledge 語用知識注解

One of the most important concerns of this textbook is pragmatic factors in language use. In order to create a lively learning experience for those learning Cantonese as a second / foreign language, this section is designed to help learners to develop insights into Cantonese culture. For this reason, each lesson provides concise pragmatic notes with examples related to the language contexts, linguistic functions and syntactic structures.

6. Contextualized speaking practice 情境說話練習

This is an application of what one has learnt in the last five parts. It includes questions and answers, matching exercises, multiple choices, fill-in the blanks, and oral skills training. Exercises are checkpoints for learners to know which stage they have achieved. Besides, exercises on oral skills training are designed to consolidate the items just learned. We may use this part for peer works and group discussions in order to provide extended oral practice to learners.

7.   Listening and speaking   聽説練習

In this part, we provide extended texts and speaking samples based on the supplementary linguistic functions listed at the beginning of each chapter. These extended texts and speaking samples are useful materials for listening and comprehension that help reinforce the language learning.

Besides the regular lessons, we provide two review lessons after Lessons 5 and 10 in order to consolidate the grammatical and pragmatic knowledge that has been presented to learners. The first review lesson focuses on a general revision of Lessons 1 to 5, while the second review lesson provides an overall revision of knowledge and oral skills demonstrated in the whole book.

Acknowledgement

The publication of this book is definitely a team effort. There are many people whom I would like to thank. First, I would like to express my gratitude to Dr. Weiping Wu and Dr. Ho-Put Wong for their leadership and patience, inspiring reviews, guidance and encouragement throughout the whole process of this publication.

A special word of thanks is due to Dr. Siu-Lun Lee, Mr. Kelvin Chan, Mr. Kevin Chan, Ms. Sabrina Shen, Ms. Kelly Shum and Mr. Chunpu Li for their insightful advices, professional editing, proofreading and logistic support for the making of this book. I am also grateful to my other colleagues and friends for lending me a helping hand, which I urgently needed in the stage of collecting authentic speaking materials.

Last of all, I am indebted to Mr. Yongbo Mao and Ms. Elma Zou of The Commercial Press (Hong Kong) Limited. Without their help and effort, this work would not have been possible.

Kwun-hung Chang

Editor of *Cantonese in Communication: Listening and Speaking, Book 2*

❙ INTRODUCTION TO CANTONESE SOUNDS AND TONES

Cantonese sounds and tones – 'Gwóngdūngwá yúhyām'

Cantonese is a tonal language, in which tones play a very important role in identifying the meaning of words. There are about 20 romanization systems used in Cantonese course books. This book uses the 'Yale system'.

A syllable in Cantonese is composed of 3 components:

1. An initial – 'sīngmóuh': consonants used at the beginning of a syllable.

2. A final – 'wáhnmóuh': the part of a syllable that follows an initial.

3. A tone – 'sīngdiuh': the pitch contour of a syllable, e.g. ā, á, a, àh, áh, ah.

I. Initials – 'sīngmóuh'

According to their phonetic features, the 19 initials are divided into 5 groups as shown in Table 1. Learners should notice the following points in pronouncing or identifying 'initials'

1. The 'j' and 'ch' are pronounced with lips spread, instead of rounded or protruded lips. The 'ch' and 'j' initials in Cantonese, such as: 'chàh'(tea) and 'jyuh'(live) are not the same as those in 'church' and 'judge' in English.

2. Some sociolinguistic research shows that Cantonese speakers may pronounce the 'n' like 'l'. e.g. néuihyán (woman) → léuihyán.

3. The 'g' resembles 'c' in 'scan' (unaspirated 'k') and 'k' in 'kitchen' (aspirated 'k').

4. The 'kw' is a strong aspirated sound, resembling 'qu' in 'quick'.

5. The 'ng' initial resembles the sound of '-ng' as in 'singer'. Cantonese youths may drop the 'ng' in 'ngóh'(I), and say it like 'óh'.

6. The 'y' is different from the vowel 'yu'as in 'yih yuht '(February).

7. Sociolinguistic research also shows some natives may pronounce the 'gw' without rounded lips, which may make 'gwok'(country) become 'gok'.

II. Finals – 'wáhnmóuh'

Table 2.1 shows the 51 Cantonese finals (with examples) used in the Yale system. Included are the vowels with long or short length and the diphthongs consisting of vowels in different combinations:

1. Cantonese has single vowel sounds (e.g. a, e, i, o, u, eu, yu) and diphthongs (e.g. ai, ou, aau). When single vowel sounds have no following consonant, they are supposedly pronounced as 'long vowels' (e.g. ma, me, mi, mo, mu).

2. There is a distinction between diphthongs having short vowel 'a' (spelt as 'a') and those having long vowel 'a' (spelt as 'aa'). The examples of the long and short 'a' are shown in table 2.2.

3. The 'eu, eung, euk, eui, eun, eut' finals are front rounded vowels. For example, hēu 靴 (boot), sēut 恤 (shirt), seun 信 (letter), heui 去 (to go), lèuhng 涼 (cool) and yeuhk 藥 (medicine).

4. The '-p, -t, -k' endings are unreleased stops.

5. The 'i' in Cantonese is different from the one in English, as the tongue position is higher, e.g. 'tīn' (sky). (Compare it with the English word 'teen')

6. The 'o' is similar to 'o' as in 'got' in English, pronounced with rounded lips. e.g. 'ngoi'(love).

7. The 'u' is also similar to the vowel as in 'wood' in English, pronounced with rounded lips. e.g. 'luhk' (green).

8. In a diphthong, the vowel glide is articulated strongly when it goes with a short main vowel, whereas the vowel glide becomes weak when going with a long main vowel.

There are fifty-one finals (or "syllable endings") in real life Cantonese vocabulary as shown in table 2.3.

III. Tones – 'sīngdiuh'

This book employs the six-tone system, which has been accepted by many scholars. To make the tones visible, table 3.1 can show the pitch contour of the voice. Please note that the low falling tone is lower than the low level tone. (The high and low rising tones may have alternative representations in different systems employed by other books). Table 3.2 shows the differences in meaning when a word is pronounced in different tones.

Table 1   "Initials" chart with examples

Group	Initials	Romanization	Tone	English Meaning	Chinese Characters
1	**Aspirated stops**				
	p	pa	M.L.	afraid	怕
	t	taai	M.L.	too much	太
	k	kāat	H.L.	card	咭 / 卡
	ch	chā	H.L.	fork	叉
	kw	kwàhn	L.F.	skirt	裙
2	**Unaspirated Stops**				
	b	bā	H.L.	father	爸
	d	dá	H.R.	hit	打
	g	gá	H.R.	false	假
	j	ja	M.L.	bombard	炸
	gw	gwai	M.L.	expensive	貴
3	**Nasals**				
	m	mā	H.L.	mother	媽
	n	nāu	H.L.	angry	嬲
	ng	ngóh	L.R.	I, me	我

4	**Fricative & Continuants:**				
	f	fā	H.L.	flower	花
	l	lā	H.L.	final particle	啦
	h	hā	H.L.	shrimp	蝦
	s	sā	H.L.	sand	沙
5	**Semi-Vowels**				
	y	yéh	L.R.	thing	嘢
	w	wá	H.R.	language	話

Table 2.1   "Finals" chart with examples

Groups		Finals	Key words		English meaning
a	Long	a	sā	沙	sand
		aai	daai	帶	bring
		aau	gaau	教	teach
		aam	sāam	衫	clothing
		aan	sāan	山	mountain
		aang	láahng	冷	cold
		aap	taap	塔	tower
		aat	baat	八	eight
		aak	baak	百	hundred
	Short	ai	dāi	低	low
		au	gau	夠	enough
		am	sām	心	heart
		an	sān	新	new
		ang	dáng	等	wait

Groups		Finals	Key words		English meaning
		ap	sāp	濕	wet/humid
		at	māt	乜	what
		ak	dāk	得	okay
e	Long	e	jē	遮	umbrella
		eng	leng	靚	beautiful
		ek	tek	踢	kick
e	Short	ei	sei	四	four
eu	Long	eu	hēu	靴	boot
		eung	lèuhng	涼	cool
		euk	jeuk	着	wear
	Short	eui	heui	去	go
		eun	seun	信	letter
		eut	chēut	出	go out
i	Long	i	jí	紙	paper
		iu	bīu	錶	watch
		im	tìhm	甜	sweet
		in	tīn	天	sky
		ip	dihp	碟	dish
		it	jit	節	festival
	Short	ing	sing	姓	surname
		ik	sihk	食	eat
o	Long	o	ngoh	餓	hungry
		oi	joi	再	again

Groups		Finals	Key words		English meaning
		on	hon	看	look
		ong	tōng	湯	soup
		ot	hot	渴	thirsty
		ok	gwok	國	country
o	Short	ou	chou	醋	vinegar
u	Long	u	fú	苦	bitter
		ui	múi	妹	younger sister
		un	muhn	悶	boring
		ut	fut	闊	wide
	Short	ung	tung	痛	pain
		uk	jūk	粥	congee
yu	Long	yu	syū	書	book
		yun	yùhn	完	finish
		yut	hyut	血	blood

Table 2.2   The long and short diphthongs in Cantonese (aai/ai, aam/am, aan/an, aau/au)

	long (aa-)		short (a-)	
	Romanization	English	Romanization	English
High level	gwāai	good (child)	gwāi	tortoise
	sāam	clothing	sām	heart
	sāan	mountain	sān	new
High rising	gwáai	kidnap	gwái	ghost
	fáan	opposite	fán	powder
	háau	examination	háu	mouth

	gwaai	strange	gwai	expensive
Mid. level	gaau	teach	gau	engouh
	daai	take	dai	emperor

Table 2.3   51 "Finals" in Cantonese

L	S	L	S	L	S	L	S	L	S	L	S	L
a		e		eu		i		o		u		yu
aai	ai		ei		eui			oi		ui		
aau	au					iu			ou			
aam	am					im						
aan	an				eun	in		on		un		yun
aang	ang	eng		eung			ing	ong			ung	
aap	ap					ip						
aat	at				eut	it		ot		ut		yut
aak	ak	ek		euk			ik	ok			uk	

Note: L = long, S = short

Table 3.1   Pitch contours of the Cantonese tones

Tone	High Level	High Rising	Mid-level	Low Falling	Low Rising	Low Level
Pitch	$5 \rightarrow 5$	$2 \rightarrow 5$	$3 \rightarrow 3$	$2 \rightarrow 1$	$1 \rightarrow 3$	$2 \rightarrow 2$

Note: Some people would use a high falling tone (53) for a high level one to stress certain words. However, the two tones do not make difference in the meaning of the word.

Table 3.2   Cantonese tones with examples

Tone	H.L.	H.R.	M.L.	L.F.	L.R.	L.L.
Romanization	sī	sí	si	sìh	síh	sih
English meaning	poem	history	try	time	market	be
Chinese Character	詩	史	試	時	市	是

IV. Spelling conventions

1. The tone mark of the 'rising', 'falling' or 'high level' tone is placed on the top of the first vowel.
2. The not-pronounced 'h' is placed behind the vowels of a final to indicate low pitch tones.
3. The mid-level tone has no tone mark.

V. The Organs of Speech – 'Faat Yām Heigūn Tòuh'

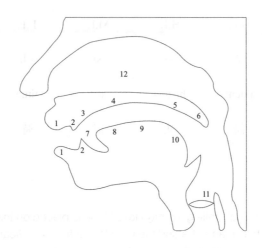

發音器官圖

1.	Upper lip & Lower lip	上下唇	seuhng hah sèuhn
2.	Upper teeth & Lower teeth	上下齒	seuhng hah chí
3.	Alveolar ridge	齒齦	chí ngàhn
4.	Hard palate	硬顎	ngaahng ngohk
5.	Soft palate (velum)	軟顎	yúhn ngohk
6.	Uvula	小舌	síusi(h)t
7.	Tip of tongue	舌尖	si(h)t jīm
8.	Front of tongue	舌面 (前)	si(h)t mín (chìhn)
9.	Back of tongue	舌面 (後)	si(h)t mín (hauh)
10.	Root of tongue	舌根	si(h)t gān
11.	Vocal cords	聲帶	sīng dáai
12.	Nasal cavity	鼻腔	beih hōng

ABBREVIATIONS AND SYMBOLS

Adj.	Adjective
Adv.	Adverb
Att.	Attributive
AV	Auxiliary Verb
BF	Bound Form
CV	Co-Verb
DW	Directional Word
IE	Idiomatic Expressions
lit.	literally
M	Measure
MA	Movable Adverb
N	Noun
Nu	Number
P	Particle
Patt	Sentence Pattern
PH	Phrase
PN	Pronoun
PW	Place Word
Q/A	Question & Answer
QW	Question Word
RV	Resultative Verb
RVE	Resultative Verb Ending
S	Subject
SP	Specifier
T Sp	Time Spent
TW	Time Word
V	Verb
VO	Verb-Object Compound
/	or
( )	word(s) that can be left out

The shaded area in part 3.1 (common vocabulary) in each lesson indicates
that vocabularies contained therein belong to 7.1 and 7.2 (listening and speaking).

Lesson 1 Introducing something new

介紹最新資訊

1. Contexts and linguistic functions

語境特徵與語言功能 yúhgíng dahkjīng yúh yúhyìhn gūngnàhng

Contexts (who, where, when) 語境特徵（人地時）	Linguistic functions 語言功能
Who: new acquaintance **Where:** in a welcoming dinner, in a lecture hall during a break, at a counter set up for freshman orientation, etc. **When:** first encounter	**Core function:** Introducing (semi-formal) 介紹（半正式）
Language Scenarios: Introduce a leisure activity to your schoolmates; introduce your office to a new colleague who is the first day working in your company 向同學介紹一個消閒活動；向新同事介紹自己的辦公室	**Supplementary functions:** Introduce a city to your friend with a map 看地圖向朋友介紹某城市的地理位置； Introduce the weather and transportation of a city to your friend 向朋友介紹某城市的天氣和交通情況

Notes on pragmatic knowledge	Notes on language structure
I. How to greet people in front of a class II. Casual and semi-formal style of expressions III. A polite way to refuse other people's request with the use of verb suffix "-háh" IV. Draw people's attention to a topic with "haih nē"	- Experiential action "gwo" and existential questions "yáuh móuh" - Verb-object compounds in a sentence - Verb suffix "-háh" - Particle "ga" - Subordinate clauses "although… nevertheless"

2. Texts

課文 fomàhn

2.1 David introduces the orientation activities to freshmen in a college. Karen is a new student.

大衛 (David)：	各位同學大家好，歡迎參加大學舉辦嘅歡迎晚會，我係大衛，係今年負責幫大學搞迎新活動嘅學生。我哋大學每年開學都舉辦一啲活動歡迎新同學，幫大家認識校園，認識新朋友。	Daaihwaih:	Gokwái tùhnghohk daaihgā hóu, fūnyìhng chāamgā daaihhohk géuibaahn ge fūnyìhng máahnwúi, ngóh haih Daaihwaih, haih gāmnìhn fuhjaak bōng daaihhohk gáau yìhngsān wuhtduhng ge hohksāang. Ngóhdeih daaihhohk múihnìhn hōihohk dōu géuibaahn yātdī wuhtduhng fūnyìhng sān tùhnghohk, bōng daaihgā yihngsīk haauhyùhn, yihngsīk sān pàhngyáuh.
	下個星期五，我哋有一個介紹香港美食嘅活動。相信平時大家讀書都好忙，喺飯堂食快餐飲凍檸茶，下晝飲汽水食雪糕，夜晚出街飲啤酒，好少機會體驗真正嘅廣東菜係啲咩嘢。係呢，你哋食過廣東菜未呀？		Hahgo sīngkèih ńgh, ngóhdeih yáuh yātgo gaaisiuh Hēunggóng méihsihk ge wuhtduhng. Sēungseun pìhngsìh daaihgā duhksyū dōu hóu mòhng, hái faahntòhng sihk faaichāan yám dung níngchàh, hahjau yám heiséui sihk syutgōu, yehmáahn chēutgāai yám bējáu, hóu síu gēiwuih táiyihm jānjing ge Gwóngdūngchoi haih dī mēyéh. Haih nē, néihdeih sihkgwo Gwóngdūngchoi meih a?
嘉茵 (Karen)：	未呀，呢個禮拜我每日喺飯堂淨係食西式套餐，早餐食腿蛋治飲奶茶。其實乜嘢係廣東菜呀？	Gāyān:	Meih a, nīgo láihbaai ngóh múihyaht hái faahntòhng jihnghaih sihk sāisīk touchāan, jóuchāan sihk téuidáanjih yám náaihchàh. Kèihsaht mātyéh haih Gwóngdūng choi a?

大衛：	嗽你就要嚟參加我哋嘅活動嘑。下個星期五夜晚我哋喺沙田嘅酒樓訂咗兩張枱，又請咗嗰度嘅廚師教我哋煮一啲出名嘅廣東菜，好似咕嚕肉、翡翠炒蝦球、蒸石斑等等。嗰度啲伙計仲會教大家用筷子，之後一齊食飯傾偈。	**Daaihwaih:**	Gám néih jauh yiu làih chāamgā ngóhdeih ge wuhtduhng la. Hahgo sīngkèih ńgh yehmáahn ngóhdeih hái Sātìhn ge jáulàuh dehngjó léuhngjēung tói, yauh chéngjó gódouh ge chyùhsī gaau ngóhdeih jyú yātdī chēutméng ge Gwóngdūng choi, hóuchíh gūlōuyuhk, féicheui cháau hākàuh, jīng sehkbāan dáng dáng. Gódouh dī fógei juhng wúih gaau daaihgā yuhng faaijí, jīhauh yātchàih sihkfaahn kīnggái.
嘉茵：	我未去過沙田，請問嗰間酒樓喺邊度嚟㗎？	**Gāyān:**	Ngóh meih heuigwo Sātìhn, chéngmahn gógāan jáulàuh hái bīndouh làih ga?
大衛：	七點鐘我哋喺大學火車站 A 出口前面集合，之後就一齊搭車。有興趣嘅同學請你哋上大學嘅 Facebook 報名。名額有限，先到先得。希望大家多多支持！多謝大家！	**Daaihwaih:**	Chāt dímjūng ngóhdeih hái daaihhohk fóchē jaahm A chēutháu chìhnmihn jaahphahp, jīhauh jauh yātchàih daapchē. Yáuh hingcheui ge tùhnghohk chéng néihdeih séuhng daaihhohk ge Facebook bouméng. Mìhng'áak yáuhhaahn, sīn dou sīn dāk. Hēimohng daaihgā dōdō jīchìh! Dōjeh daaihgā!

2.2 Ken introduces his office to a new colleague, David, who is the first day working in the company on the first day.

小強 (Ken)：	早晨，我姓陳，呢度啲同事都叫我小強，我係呢度嘅經理。	**Síukèuhng:**	Jóusàhn, ngóh sing Chàhn, nīdouh dī tùhngsih dōu giu ngóh Siukèuhng, ngóh haih nīdouh ge gīngléih.
大衛 (David)：	早晨陳經理，我叫大衛，今日第一日返工。好高興認識你。	**Daaihwaih:**	Jóusàhn Chàhn gīngléih, ngóh giu Daaihwaih, gāmyaht daih yāt yaht fāangūng. Hóu gōuhing yihngsīk néih.
小強：	大衛，你係唔係美國人呀？	**Síukèuhng:**	Daaihwaih, néih haih m̀haih Méihgwok yàhn a?
大衛：	我係美國華僑。	**Daaihwaih:**	Ngóh haih Méihgwok wàhkìuh.

小強：	你嘅廣東話幾叻喎。而家等我介紹吓我哋嘅辦公室啦。你會坐喺呢個位，電腦同電話已經可以用嘑。枱上面有啲資料係俾你嘅，都係一啲介紹我哋公司嘅資料。你個位隔籬有部影印機同彩色打印機。如果你唔識用，或者冇紙，就話俾我哋嘅秘書王小姐聽啦，佢會教你嘅嘑。廚房入面有水機同雪櫃，你可以隨便用。休息室喺茶水間對面，有時我哋都會喺休息室開會嘅。	Síukèuhng:	Néih ge Gwóngdūngwá géi lēk wo. Yìhgā dáng ngóh gaaisiuhháh ngóhdeih ge baahngūngsāt lā. Néih wúih chóh hái nīgo wái, dihnnóuh tùhng dihnwá yíhgīng hóyíh yuhng la. Tói seuhngmihn yáuhdī jīlíu haih béi néih ge, dōu haih yātdī gaaisiuh ngóhdeih gūngsī ge jīlíu. Néih go wái gaaklèih yáuh bouh yíngyangēi tùhng chóisīk dáyangēi. Yùhgwó néih m̀sīk yuhng, waahkjé móuh jí, jauh wah béi ngóhdeih ge beisyū Wòhng síujé tēng lā, kéuih wúih gaau néih ge la. Chyùhfóng yahpmihn yáuh séuigēi tùhng syutgwaih, néih hóyíh chèuihbín yuhng. Yāusīksāt hái chàhséuigāan deuimihn, yáuhsìh ngóhdeih dōu wúih hái yāusīksāt hōiwúi ge.
大衛：	陳經理，請問洗手間喺邊度呀？	Daaihwaih:	Chàhn gīngléih, chéngmahn sáisáugāan hái bīndouh a?
小強：	洗手間喺後面轉左，要密碼，密碼喺啲資料上面。平時有嘢想搵我傾吓就去我間房啦。我間房就喺前面。	Síukèuhng:	Sáisáugāan hái hauhmihn jyunjó, yiu mahtmáh, mahtmáh hái dī jīlíu seuhngmihn. Pìhngsìh yáuh yéh séung wán ngóh kīngháh jauh heui ngóh gāan fóng lā. Ngóh gāan fóng jauh hái chìhnmihn.
大衛：	唔該經理。	Daaihwaih:	M̀gōi gīngléih.
小強：	叫我小強啦。如果有問題十點你就陪我去附近嘅餐廳見一個客。我哋唔好遲到，唔好要啲客等我哋。	Síukèuhng:	Giu ngóh Síukèuhng lā. Yùhgwó móuh mahntàih sahpdím néih jauh pùih ngóh heui fuhgahn ge chāantēng gin yātgo haak. Ngóhdeih m̀hóu chìhdou, m̀hóu yiu dī haak dáng ngóhdeih.
大衛：	係嘅。	Daaihwaih:	Haih ge.

3. *Vocabulary in use*

活用詞彙 wuhtyuhng chìhwuih

3.1 Common vocabulary

Number	Word	Yale Romanization	POS	English
3.1.1	歡迎	fūnyìhng	V/ Adj	welcome; welcoming
3.1.2	晚會	máahnwúi	N	evening party
3.1.3	搞	gáau	V	organize
3.1.4	迎新	yìhngsān	VO	orientation
3.1.5	開學	hōihohk	VO/TW	semester begins; beginning of a semester
3.1.6	舉辦	géuibaahn	V	run, hold, conduct
3.1.7	校園	haauhyùhn	N	campus
3.1.8	相信	sēungseun	V	believe; trust
3.1.9	出街	chēutgāai	VO	go out (to town, shopping, etc.)
3.1.10	少	síu	Adj	less; few; little
3.1.11	體驗	táiyihm	V/N	learn through practice; learn through one's personal experience
3.1.12	真正	jānjing	Adj	real; authentic; genuine
3.1.13	淨係	jihnghaih	Adv	just; merely; only
3.1.14	其實	kèihsaht	Adv	actually; in fact; really
3.1.15	出口	chēutháu	N	exit
3.1.16	集合	jaahphahp	V	gather; assemble; call together
3.1.17	興趣	hingcheui	N	interest (desire to know about something)
3.1.18	返工	fāangūng	VO	go to work; start work; be on duty

3.1.19	叻	lēk	Adj	excellent; smart; capable
3.1.20	開會	hōiwúi	VO	have a meeting or conference
3.1.21	隔籬	gaaklèih	PW	next to
3.1.22	一直行	yātjihk hàahng	PH	go straight forward
3.1.23	試吓	siháh	V	give it a try
3.1.24	高樓大廈	gōulàuh daaihhah	N	high-rise building
3.1.25	雖然	sēuiyìhn	Patt	although...
3.1.26	揸車	jāchē	VO	drive (a car)
3.1.27	冬天	dūngtīn	N	winter
3.1.28	行山	hàahngsāan	VO	hiking
3.1.29	揀	gáan	V	choose; select

3.2 Proper nouns or place words

3.2.1	大衛	Daaihwaih	PN	David
3.2.2	嘉茵	Gāyān	PN	Karen
3.2.3	小強	Síukèuhng	PN	Ken
3.2.4	大學	daaihhohk	N / PW	university; college
3.2.5	飯堂	faahntòhng	N / PW	canteen
3.2.6	辦公室	baahngūngsāt	N / PW	office
3.2.7	公司	gūngsī	N / PW	company; office
3.2.8	茶水間	chàhséuigāan	N / PW	pantry
3.2.9	休息室	yāusīksāt	N / PW	common room; lounge
3.2.10	洗手間	sáisáugāan	N / PW	washroom
3.2.11	房	fóng	N / PW	room
3.2.12	巴士站	bāsíjaahm	N / PW	bus stop
3.2.13	郊野公園	gāauyéh gūngyún	N / PW	country park
3.2.14	印度	Yandouh	PW	India
3.2.15	越南	Yuhtnàahm	PW	Vietnam

3.2.16	離島	Lèihdóu	PW	outlying island(s)
3.2.17	城市	sìhngsíh	N / PW	city; town

3.3 In an office

3.3.1	同事	tùhngsih	N	colleague
3.3.2	經理	gīngléih	N	manager
3.3.3	電腦	dihnnóuh	N	computer
3.3.4	電話	dihnwá	N	telephone
3.3.5	密碼	mahtmáh	N	password
3.3.6	資料	jīlíu	N	information
3.3.7	影印機	yíngyangēi	N	photocopier
3.3.8	彩色打印機	chóisīk dáyangēi	N	colour printer
3.3.9	紙	jí	N	paper
3.3.10	（飲）水機	(yám)séuigēi	N	bottled-water cooler; water dispenser
3.3.11	雪櫃	syutgwaih	N	refrigerator
3.3.12	客（人）	haak(yàhn)	N	client; customer

3.4 In a restaurant

3.4.1	廚師	chyùhsī	N	chef
3.4.2	伙計	fógei	N	waiter; waitress
3.4.3	筷子	faaijí	N	chopsticks

3.5 Food

3.5.1	雪糕	syutgōu	N	ice-cream
3.5.2	西式套餐	sāisīk touchāan	N	Western style set meals
3.5.3	早餐	jóuchāan	N	breakfast

3.5.4	腿蛋治	téuidáanjih	N	ham and egg sandwich
3.5.5	甜品	tìhmbán	N	dessert
3.5.6	西餐	sāichāan	N	Western food
3.5.7	美食	méihsihk	N	gourmet

3.6 Useful expressions

3.6.1	名額有限	mìhng'áak yáuhhaahn	PH	limited quota
3.6.2	先到先得	sīndou sīndāk	PH	first come first served
3.6.3	希望大家多多支持	Hēimohng daaihgā dōdō jīchìh	PH	Your support is greatly appreciated.
3.6.4	好高興認識你	Hóu gōuhing yihngsīk néih.	PH	Nice to meet you.

4. *Notes on language structures*
語言結構知識 yúhyìhn gitkau jīsīk

4.1 Experiential action "gwo" and existential questions "yáuh móuh"

"Gwo" is an aspect particle, placed after a verb, indicating that one has done that thing before. The meaning of this particle suggests experience, or something having occurred at least once before.

1. Kéuih heuigwo Taaigwok.
2. Ngóh sihkgwo Gwóngdūngchoi.
3. Kéuih yíhgīng heuigwo Chàhn táai ge ūkkéi.
4. Ngóh yíhgīng heuigwo gógāan jáulàuh, ngóh jīdou dímyéung heui.
5. Ngóh hohkgwo Gwóngdūngwá. Gwóngdūngwá m̀haih géi nàahn.
6. Léih sīnsāang heuigwo Yuhtnàahm tùhng Yandouh.

Either "meih" or "móuh" can appear before the verb in the negative form. The particle "gwo" should be retained in a complete sentence.

1. Kéuihdeih meih heuigwo Sātìhn.
2. Ngóh móuh sihkgwo gūlōuyuhk.
3. Gógo Méihgwok hohksāang meih yuhnggwo faaijí.
4. Wòhng síujé meih làihgwo ngóh gūngsī. Kéuih m̀jī ngóh hái bīndouh fāangūng.
5. Ngóh móuh chóhgwo Sāandéng laahmchē.

Question form with verbs ending in "gwo" may be expressed by adding "meih a" to a statement.

> S V gwo O meih a?

1. Néih sihkgwo chāsīubāau meih a?
2. Néihdeih heuigwo Nàahm Ā Dóu meih a?
3. Néih tēnggwo Gwóngdūng gō meih a?
4. Néih hohkgwo Póutūngwá meih a?

Besides, it may be expressed by an alternative question form:

> S yáuh móuh V gwo a?

Note that the perfective aspect marker "jó" does not occur in this construction as it is incompatible with the negative word "móuh". Instead, the negative existential "móuh" is used before the verb. The positive response to questions of this type is alright to add an affirmative sentence particle "la" at the end.

1. Néih yáuh móuh heuigwo Hēunggóng Dihksihnèih a?
   Ngóh móuh heuigwo (Hēunggóng Dihksihnèih).
2. Néih yáuh móuh sihkgwo Méihsām Jáulàuh ge dímsām a?
   Ngóh sihkgwo la. Néih nē?
   Ngóh móuh sihkigwo.
3. Seuhnggo láihbaai néih yáuh móuh dágwo dihnwá béi kéuih a?
   Móuh a. Ngóh seuhnggo láihbaai béigaau mòhng.
4. Néih yáuh móuh táigwo nīchēut dihnyíng a?
   Ngóh táigwo la.

4.2 Verb-object compounds in a sentence

When two verb-object compounds serving the same subject appear in one sentence, they can be connected without a conjunction.

1. Kéuih gāmyaht heui Jīmsājéui sihkfaahn táihei.
2. Jāumuht ngóh séung tùhng néih hàahnggāai máaihyéh.
3. Jóuchāan ngóh jūngyi sihk sāammàhnjih yám gafē.
4. Dākhàahn gójahnsìh kéuih jeui jūngyi dábō yàuhséui.

4.3 Verb suffix "-háh"

"Háh" as a verb suffix often indicates "for a while". However, the following examples show that "háh" is inseparable to its verb. It functions as a request to ask people to spend some time to do something, but sometimes this verb suffix changes the original meaning of the verb and gives it a new meaning.

> S V háh (O)

1. Chéng néih táiháh yáuh móuh mahntàih.
2. Siháh lā, sigwo néih jauh jīdou mātyéh haih hóusihk ge sīumáai.
3. Néih mahnháh kéuih gāmmáahn juhng chēut mchēutgāai.
4. Néih námháh lā, tīngyaht wah béi ngóh jī heui mheui.
   nám- think   e.g.   Ngóh nám ngóh behngjó.
                              Ngóh nám ngóh jīdou.
   námháh-consider; think over; take into account of
5. Dākhàahn jauh yāusīkháh lā.
6. Ngóh góngháh jē. Deui mjyuh, néih mhóu gam mhōisām lā.
   góng-speak; tell   e.g.   Kéuih msīk góng Yīngmàhn.
                              Góng béi ngóhdeih tēng néih fongga dásyun jouh mātyéh.
   góngháh-play a joke; just kidding

"V gwoháh" conveys some casual past experience. This structure cannot be used in negative form.

1. Ngóh hohkgwoháh Yahtmán, sóyíh jīdou kéuih góng mātyéh.
2. Ngóh sīk jyú sāichāan, yānwaih yíhchìhn jouhgwoháh chyùhsī.
3. Nījek būi yuhnggwoháh yāt léuhng chi jē. Yìhgā juhng haih hóu sān.

4.4 Particle "ga"

A combination of particles "ge" and "a". "Ge" indicates affirmative or assertion (i.e. "this is the case") and "a" adds the function of questioning the first particle. Thus, when the assertive particle "ge" is combined with "a", it has an effect of seeking confirmation of a statement. Sometimes "ga" represents a request for explanation.

1. Léuhngdím la, gam yeh dōu meih fan! Néih tīngyaht haih m̀haih heui hàahngsāan ga?
2. Nībún syū haih bīndouh máaih ga?
3. Nīdī haih mātyéh làih ga? Haih m̀haih Taaigwok choi làih ga?

4.5 Subordinate clauses "Although…nevertheless"

Concessive clauses consist of a pair of double conjunctions that normally go together: "sēuiyìhn… daahnhaih / dōu". The first clause "sēuiyìhn" is followed by a contradictory main clause. Note that the subsequent main clause must contain a balancing expression, which means "nevertheless" ("daahnhaih") or "still" ("dōu"). "Sēuiyìhn" may come after the subject of a clause.

1. Sēuiyìhn ngóh meih sihkgwo Gwóngdūng choi, daahnhaih ngóh hóu séung siháh.
2. Kéuih sēuiyìhn haih wàhkìuh, daahnhaih m̀sīk góng Jūngmàhn.
3. Sēuiyìhn gāmyaht haih sīngkèih yaht, Chàhn gīngléih dōu yiu fāan gūngsī hōiwúi.

5. *Notes on pragmatic knowledge*
語用知識注解 yúhyuhng jīsīk jyugáai

5.1 How to greet people in front of a class

5.1.1 Greeting expressions

Instead of " 你好 ! Néih hóu!", "Hi!" or " 哈佬 ! Hālóu!", it is more appropriate to say" 大家好 ! Daaihgā hóu" when one is speaking in front of a group of people. Other alternatives include "各位早晨! gokwái jóusàhn!" (good morning everybody), and "各位午安 gokwái ngh'ōn" (good afternoon everybody), which sound more polite and formal. To draw people's attention, you may start with saying " 唔好意思 ! M̀hóu yisi!", " 唔該 ! Mgōi!" when people are still talking with each other before your speech begins.

5.1.2 Casual and semi-formal style of expressions

Speech style changes in different occasions. When you introduce your family to your local friend, casual style is alright. However, when you represent your club or your company to talk with a new audience, some change of speech style is necessary. " 請 Chíng/chéng" is often placed before a pronoun or a verb to show your politeness to the audience.

Let's compare the first sentence (casual style) and the second sentence (semi-formal style) in each example.

1. 好開心你哋嚟我哋嘅 party. Hóu hōisām néihdeih làih ngóhdeih ge party.

   (Happy to see you in our evening party.)
   Vs
   歡迎各位蒞臨我哋嘅晚會 Fūnyìhng gokwái leihlàhm ngóhdeih ge máahnwúi.

2. 搞啲活動 gáau dī wuhtduhng (organize some activities)

   Vs
   舉辦一啲活動 géuibaahn yātdī wuhtduhng

3. 識新朋友 sīk sān pàhngyáuh (meet new friends)

   Vs
   認識新嘅朋友 yihngsīk sān ge pàhngyáuh

4. 隨便坐啦 chèuihbín chóh lā! (Take your seat)

   Vs
   請各位就坐 chíng/chéng gokwái jauh joh. (Please be seated.)

5. 你哋都嚟啦！Néihdeih dōu làih lā! (Please join us!)

   Vs
   希望大家多多支持 Hēimohng daaihgā dōdō jīchìh! (We need your kind support!)

6. 等我介紹，佢係大衛。Dáng ngóh gaaisiuh, kéuih haih Daaihwaih.

   Vs
   等我同你哋介紹，坐喺我身邊嘅就係香港美心大學校長李大衛教授。Dáng ngóh tùhng néihdeih gaaisiuh, chóh hái ngóh sānbīn ge jauh haih Hēunggóng Méihsām Daaihhohk haauhjéung Léih Daaihwaih gaausauh. (This is Professor Li, Vice-Chancellor of the University of Maxim, Hong Kong.)

Make sure that the affiliation of the people should be mentioned before the name, and the title should be placed after the name. When two people greet each other for the first time in a semi-formal way, they may say " 好高興認識你 Hóu gōuhing yihngsīk néih", which is equivalent to "nice to meet you" in English.

5.2 A polite way to refuse other people's request with the use of verb suffix "-háh"

In a shopping mall, a salesperson approaches you to buy a new electrical appliance. The price is attractive, however, you prefer not buying the goods at the moment. In this situation, you may say "(俾) 我諗吓先啦 (béi) ngóh námháh sīn lā" (let me think about it) with a particle "sīn" (first) at the end of the sentence. It may be considered as an excuse to go without causing much embarrassment if you do not buy the goods at all.

5.3 Draw people's attention to a topic with "haih nē"

"Haih nē" serves to draw attention to the topic which the speaker is going to introduce. The topic particle is usually followed by a short pause.

1. Haih nē, néihdeih yáuh móuh dásyun hái Hēunggóng gwo Singdaan a?
2. Haih nē, Daaihwaih heuijó bīndouh a? Hóu noih móuh gin kéuih la.
3. Haih nē, néih séung m̀séung sīngkèih luhk tùhng ngóhdeih yātchàih hàahngsāan a?

6. Contextualized speaking practice
情境説話練習 chìhnggíng syutwah lihnjaahp

6.1 Faatyām lihnjaahp (Pronunciation Exercises)

6.1.1 Listen and read aloud the following common dishes in Cantonese food.

(1) 咕嚕肉	gūlōuyuhk (sweet and sour pork)	(2) 避風塘炒辣蟹	beihfūngtòhng cháau laaht háaih (deep fried spicy crab in Causeway Bay)
(3) 翡翠炒蝦球	féicheui cháau hākàuh (stir-fried prawns with celery)	(4) 腐乳通菜	fuhyúh tūngchoi (Stir-fried water spinach with shredded chilli and fermented tofu)
(5) 蒸石斑	jīng sehkbāan (steamed garoupa)	(6) 生炒糯米飯	sāangcháau nohmáih faahn (fried glutinous rice)
(7) 鹹蛋蒸肉餅	hàahmdáan jīng yuhkbéng (steamed ground pork with salted duck egg)	(8) 蒜茸蒸扇貝	syunyùhng jīng sinbui (steamed scallops with garlic)

6.1.2 The following are the Chinese names of noodle dishes, 燒味 sīuméi (rotisserie style of cooking) and 滷味 lóuhméi (dishes made by braising in a sauce) in Hong Kong. Besides being served in restanrats, they are also available as street food in 大排檔 daaihpàaihdong (open-air food stall). Be careful of the difference between "aap" and "gaap", and the falling tones between "ngàhn", "wàhn" and "ngàuh'.

乾炒牛河	gōncháau ngàuhhó (beef chow fun)	雲吞麵	wàhntān mihn(wonton noodles)
銀針粉	ngàhnjāmfán (silver needle noodles)	撈麵	lōumihn (lo mein)

燒鵝	sīu'ó (roast goose)	燒乳鴿	sīu yúh'gaap (roast pigeon)
叉燒	chāsīu (barbecued pork)	牛腩	ngàuhnáahm (beef brisket)
豬紅	jyūhùhng (pig's blood)	鴨掌	aapjéung (duck flippers)

6.2 Chìhngging syutwah lihnjaahp (Situational Topics)

6.2.1 Complete the following dialogues in the context of the situation described below.

傳統廣東甜品介紹 chyùhntúng Gwóngdūng tìhmbán gaaisiuh (introduction to traditional Cantonese desserts)

1	芝麻糊	jīmàh wú	black sesame soup
2	雙皮奶	sēungpèih náaih	double skin milk
3	綠豆沙	luhkdáusā	mung bean soup
4	蕃薯糖水	fāansyú / syùh	sweet potato soup
5	豆腐花	dauhfuhfā	tofu flower pudding
6	西米露	sāimáihlouh	sago with coconut milk

With reference to the listed desserts above, chat with your classmates to see whether they tried those desserts before.

Gāngeui seuhngmihn lihtchēut ge tìhmbán, chéng néih mahnháh tùhnghohk yáuh móuh sihkgwo gódī tìhmbán.

根據上面列出嘅甜品，請你問吓同學有冇食過嗰啲甜品。

Question:			
Néih sihkgwo _____ meih a? or		你食過_____未呀？	
Néih yáuh móuh sihkgwo _____ a?		你有冇食過_____呀？	
Answer:			
Ngóh sihkgwo _____. or		我食過_____。	
Ngóh meih/ móuh sihkgwo _____.		我冇 / 未食過_____。	

6.2.2 Complete the dialogues with reference to the given pictures.

Gāngeui hahmihn ge tòuhpín yùhnsìhng deuiwah.

根據下面嘅圖片完成對話。

Question 1: Néih gūngsī ge chàhséuigāan léuihbihn yáuhdī mātyéh a?

你公司嘅茶水間裏便有啲乜嘢呀？

Question 2: Gójēung tói seuhngbihn yáuhdī mātyéh a?

嗰張枱上便有啲乜嘢呀？

6.3　Speech topics

Please practise the following topics.

Néih dásyun heui Méihgwok ge daaihhohk làuhhohk yātnìhn. Néih jyuhgán ge ūkkéi chìhdī móuh yàhn jyuh, séung jōu béi yàhn. Yìhgā chéng néih tùhng deihcháan gīnggéi gaaisiuhháh néih jyuh ge deihfōng.

你打算去美國嘅大學留學一年。你住緊嘅屋企遲啲冇人住，想租俾人。而家請你同地產經紀介紹吓你住嘅地方。

You are planning to study abroad in the United States for a year. The apartment where you are living now will become vacant very soon, and therefore you wish to rent it out. Now please talk to a property agent and introduce your apartment.

Néih haih dihnnóuh gūngsī ge gīngléih. Yìhgā néih hái yātgāan daaihhohk ge yìhngsān wuhtduhng seuhng heung joihchèuhng yihbaak go sān yahphohk ge daaih hohksāang gaaisiuh néih gūngsī ge dihnjí cháanbán.

你係電腦公司嘅經理。而家你喺一間大學嘅迎新活動上向在場二百個新入學嘅大學生介紹你公司嘅電子產品。

You are a manager in a computer company. Now you are invited to join an orientation activity in a university and you are given a chance to introduce your company's electronic products in front of 200 freshmen.

7 Listening and speaking

聽說練習 tingsyut lihnjaahp

7.1 Ken shows a map to Karen and tells her something about the town they visited and its geographical location.

嘉茵：	小強，我哋而家喺邊度呀？	Gāyān:	Síukèuhng, ngóhdeih yìhgā hái bīndouh a?
小強：	你唔知道我哋而家喺邊度嘅？等我攞部手機出嚟先。嗱，睇吓，我哋喺呢度。左便係圖書館，右便係餐廳。喺前便一直行就係巴士站，我哋可以喺嗰度坐巴士去火車站，之後轉火車，坐三個站就可以返酒店嘑。不如我哋返酒店先，放低啲行李我哋再出去。酒店附近有好多餐廳，我哋可以飲酒同埋食甜品。你肚唔肚餓呀？一陣間我哋都去試吓好唔好呀？	Síukèuhng:	Néih m̀jīdou ngóhdeih yìhgā hái bīndouh àh? Dáng ngóh ló bouh sáugēi chēutlàih sīn. Làh, táiháh, ngóhdeih hái nīdouh. Jóbihn haih tòuhsyūgún, yauhbihn haih chāantēng. Hái chìhnbihn yātjihk hàahng jauh haih bāsí jaahm, ngóhdeih hóyíh hái gódouh chóh bāsí heui fóchē jaahm, jīhauh jyun fóchē, chóh sāamgo jaahm jauh hóyíh fāan jáudim la. Bātyùh ngóhdeih fāan jáudim sīn, fongdāi dī hàhngléih ngóhdeih joi chēutheui. Jáudim fuhgahn yáuh hóudō chāantēng, ngóhdeih hóyíh yámjáu tùhngmàaih sihk tìhmbán. Néih tóuh m̀tóuhngoh a? Yātjahngāan ngóhdeih dōu heui siháh hóu m̀hóu a?

7.2 Karen introduces a city to her friend May in terms of weather, climate and transportation.

| 嘉茵： | 等我嚟介紹吓我住嘅城市啦。我住嘅城市有好多高樓大廈。雖然呢度人多車多，不過交通幾方便，地鐵、巴士、小巴乜嘢都有。住喺呢度，可以唔使揸車。我住嘅城市就喺海邊，所以夏天唔會太熱，冬天唔會太凍。呢度唔止有好多山，仲有好多郊野公園，週末嗰陣時，好多人會去行山。山上便嘅風景好靚，又有山又有海。

我住嘅城市有好多出名嘅餐廳，除咗中國菜同西餐，仲有好多好食嘅日本菜、韓國菜、印度菜、泰國菜同越南菜可以揀。如果你想試吓呢度啲海鮮，你可以喺呢度附近坐船去離島，嗰度啲魚又平又新鮮。等你得閒，我帶你去離島玩吓啦。 | **Gāyān:** | Dáng ngóh làih gaaisiuhháh ngóh jyuh ge sìhngsíh lā. Ngóh jyuh ge sìhngsíh yáuh hóudō gōulàuh daaihhah. Sēuiyìhn nīdouh yàhn dō chē dō, bātgwo gāautūng géi fōngbihn, deihtit, bāsí, síubā mātyéh dōu yáuh. Jyuhhái nīdouh, hóyíh m̀sái jāchē. Ngóh jyuh ge sìhngsíh jauh hái hóibīn, sóyíh hahtīn m̀wúih taai yiht, dūngtīn m̀wúih taai dung. Nīdouh m̀jí yáuh hóudō sāan, juhng yáuh hóudō gāauyéh gūngyún, jāumuht gó jahnsìh, hóudō yàhn wúih heui hàahngsāan. Sāan seuhngbihn ge fūnggíng hóu leng, yauh yáuh sāan yauh yáuh hói.

Ngóh jyuh ge sìhngsíh yáuh hóudō chēutméng ge chāantēng, chèuihjó Jūnggwok choi tùhng sāichāan, juhng yáuh hóudō hóusihk ge Yahtbún choi, Hòhngwok choi, Yandouh choi, Taaigwok choi tùhng Yuhtnàahm choi hóyíh gáan. Yùhgwó néih séung siháh nīdouh dī hóisīn, néih hóyíh hái nīdouh fuhgahn chóh syùhn heui Lèihdóu, gódouh dī yú yauh pèhng yauh sānsīn. Dáng néih dākhàahn, ngóh daai néih heui Lèihdóu wáanháh lā. |

Lesson 2   Renting a new flat and consulting advice
租屋及諮詢意見

1. *Contexts and linguistic functions*
語境特徵與語言功能 yúhgíng dahkjīng yúh yúhyìhn gūngnàhng

Contexts (who, where, when) 語境特徵 (人地時)	Linguistic functions 語言功能
Who: real estate agent, teachers, friends, new acquaintance **Where:** in estate company, office of student affairs, your new home and your neigbhourhood, etc. **When:** first few encounters	**Core function:** consulting 諮詢
Language Scenarios: Consulting real estate agent for rental information; consulting a receptionist at a service apartment about accomodation information. 向中介公司查詢租房事宜；某服務式住宅的詢問處接待員解答一位女士對住房的查詢	**Supplementary functions:** Describe your newly decorated apartment (with furniture) to your friend. 向朋友描述新居室內佈置 (含家具來源)； Introduce your neighbourhood and public facilities nearby to your friend. 向朋友介紹某小區及附近公共設施

Notes on pragmatic knowledge	Notes on language structure
I. Consulting people at the first encounter II. Renting a flat in Hong Kong III. Telling people some information ambiguously	- Simple directional compound with "làih" and "heui" - Sentence patterns consisting of "dōu" - "Dāk" as a potential construction - The use of "sèhng" - A simplified form of telling numbers

2. *Texts*

課文 fomàhn

2.1 Mary is looking for a rental apartment through a property agent.

瑪麗（Mary）：	唔該我想租間房，喺呢度附近嘅，有冇好介紹呀？	**Màhlaih:**	M̀gōi ngóh séung jōu gāan fóng, hái nīdouh fuhgahn ge, yáuh móuh hóu gaaisiuh a?
經紀陳先生：	得，請坐吓！我姓陳，點稱呼你呀小姐？	**gīnggéi Chàhn sīnsāang:**	Dāk, chéng chóh ā! Ngóh sing Chàhn, dím chīngfū néih a síujé?
瑪麗：	我姓王。	**Màhlaih:**	Ngóh sing Wòhng.
經紀陳先生：	王小姐，請問你想搵一個人住嘅單位定係同其他人合租呀？	**gīnggéi Chàhn sīnsāang:**	Wòhng síujé, chéngmahn néih séung wán yātgo yàhn jyuh ge dāanwái dihnghaih tùhng kèihtā yàhn hahpjōu a?
瑪麗：	我打算自己一個人住，有自己嘅廚房同廁所。	**Màhlaih:**	Ngóh dásyun jihgéi yātgo yàhn jyuh, yáuh jihgéi ge chyùhfóng tùhng chisó.
經紀陳先生：	呢個區嘅兩房一廳租緊萬四蚊到萬八蚊㗎。你嘅 budget 大概幾多錢度呢？	**gīnggéi Chàhn sīnsāang:**	Nīgo kēui ge léuhngfóng yāttēng jōugán maahnsei mān dou maahnbaat mān wo. Néih ge budget daaihkoi géidō chín dóu nē?

| 瑪麗： | 嘩，成萬八蚊咁貴嘅，有冇平啲㗎喇？ | **Máhlaih:** | Wa, sèhng maahnbaat mān gam gwai àh, yáuh móuh pèhngdī ga? |
| 經紀陳先生： | 有，但係得一間房、一個廳嘅，廚房好細，廁所冇浴缸。業主嗌緊一萬二千，我可以幫你還價萬一蚊都得。 | **gīnggéi Chàhn sīnsāang:** | Yáuh, daahnhaih dāk yātgāan fóng, yātgo tēng ge, chyùhfóng hóu sai, chisó móuh yuhkgōng. Yihpjyú (ng)aaigán yātmaahn yihchīn, ngóh hóyíh bōng néih wàahnga maahnyāt mān dōu dāk. |

2.2 Kate is talking with a receptionist in a serviced apartment asking information about a rental room.

琪琪 (Kate)：	唔該，我想問吓呢度租房嘅價錢。	**Kèihkéi:**	M̀goi, ngóh séung mahnháh nīdouh jōu fóng ge gachìhn.
詢問處接待員：	請問你幾多人住呀？	**sēunmahnchyu jipdoihyùhn:**	Chéngmahn néih géidō yàhn jyuh a?
琪琪：	我同我朋友兩個人一齊住。	**Kèihkéi:**	Ngóh tùhng ngóh pàhngyáuh léuhnggo yàhn yātchàih jyuh.
詢問處接待員：	兩個人唔可以淨係租一間房，要租一個單位。呢度有兩房同三房嘅單位，你哋需要邊種呀？	**sēunmahnchyu jipdoihyùhn:**	Léuhnggo yàhn m̀hóyíh jihnghaih jōu yātgāan fóng, yiu jōu yātgo dāanwái. Nīdouh yáuh léuhngfóng tùhng sāamfóng ge dāanwái, néihdeih sēuiyiu bīnjúng a?
琪琪：	我哋住兩房單位夠嘑。	**Kèihkéi:**	Ngóhdeih jyuh léuhngfóng dāanwái gau la.
詢問處接待員：	兩房單位每個月一萬七千蚊，包水費、管理費同煤氣費，電費另計。我哋呢度一個月起租，不過要俾兩個月按金同一個月上期先。	**sēunmahnchyu jipdoihyùhn:**	Léuhngfóng dāanwái múihgo yuht yātmaahn chātchīn mān, bāau séuifai, gúnléih fai tùhng mùihhei fai, dihn fai lihnggai. Ngóhdeih nīdouh yātgo yuht héijōu, bātgwo yiu béi léuhnggo yuht ongām tùhng yātgo yuht seuhngkèih sīn.
琪琪：	屋裏面有啲乜嘢設備呀？	**Kèihkéi:**	Ūk léuihmihn yáuhdī mātyéh chitbeih a?

詢問處 接待員：	我哋包全屋傢俬同電器，有雪櫃、微波爐、抽油煙機、冷氣機、電視機、吸塵機、洗衣機同抽濕機。	**sēunmahnchyu jipdoihyùhn:**	Ngóhdeih bāau chyùhn'ūk gāsī tùhng dihnhei, yáuh syutgwaih, mèihbōlòuh, chāuyàuhyīngēi, láahngheigēi, dihnsihgēi, kāpchàhngēi, sáiyīgēi tùhng chāusāpgēi.
琪琪：	上網呢？請問入便有冇 Wi-fi 呀？	**Kèihkéi:**	Séuhngmóhng nē? Chéngmahn yahpbihn yáuh móuh *wi-fi* a?
詢問處 接待員：	我哋嘅酒店式公寓間間房都提供 Wi-fi 服務，月費係二百五十蚊，無限上網。	**sēunmahnchyu jipdoihyùhn:**	Ngóhdeih ge jáudimsīk gūngyuh gāangāan fóng dōu tàihgūng *wi-fi* fuhkmouh, yuhtfai haih yihbaak nghsahp mān, mòuhhaahn séuhngmóhng.
琪琪：	唔該你，等我哋考慮吓先。	**Kèihkéi:**	M̀gōi néih, dáng ngóhdeih háauleuihháh sīn.
詢問處 接待員：	唔好客氣，呢張係我嘅卡片，我叫 Joanne，呢啲係我哋酒店嘅資料，有咩嘢唔清楚隨時打電話俾我哋啦。	**sēunmahnchyu jipdoihyùhn:**	M̀hóu haakhei, nījēung haih ngóh ge kāatpín, ngóh giu *Joanne*, nīdī haih ngóhdeih jáudim ge jīlíu, yáuh mēyéh m̀chīngchó chèuihsìh dá dihnwá béi ngóhdeih lā.

3. Vocabulary in use

活用詞彙 wuhtyuhng chìhwuih

3.1 Common vocabulary

Number	Word	Yale Romanization	POS	English
3.1.1	租	jōu	V	rent, hire
3.1.2	合租	hahpjōu	N/V	shared accommodation
3.1.3	起租	héijōu	VO	start of renting period

3.1.4	單位	dāanwái	N	flat, unit
3.1.5	- 度	-dóu	Adv	approximately; about
3.1.6	成	sèhng	Adv	almost, nearly, more or less, about the same
3.1.7	得	dāk	Adv	only; alone
3.1.8	嗌	(ng)aai	V	bid; ask price
3.1.9	還價	wàahnga	VO	counter-offer; counter-bid; bargain
3.1.10	價錢	gachìhn	N	price
3.1.11	邊種	bīnjúng	QW	which kind; which type
3.1.12	包	bāau	V	include
3.1.13	設備	chitbeih	N	equipment; installation; facilities
3.1.14	全 -	chyùhn-	Att	whole or entire
3.1.15	傢俬	gāsī	N	furniture
3.1.16	電器	dihnhei	N	electrical appliance
3.1.17	無限	mòuhhaahn	Adv	unlimited
3.1.18	考慮	háauleuih	V	consider; think over

3.2 Proper nouns or place words

3.2.1	瑪麗	Máhlaih	PN	Mary
3.2.2	琪琪	Kèihkéi	PN	Kate
3.2.3	浴缸	yuhkgōng	N/PW	bathtub
3.2.4	酒店式公寓 / 酒店式住宅	jáudimsīk gūngyuh/ jáudimsīk jyuhjáak	N/PW	serviced apartment
3.2.5	書房	syūfóng	N/PW	study room
3.2.6	超級市場	chīukāp síhchèuhng	N/PW	supermarket
3.2.7	街市	gāaisíh	N/PW	food market; wet market
3.2.8	體育館	táiyuhkgún	N/PW	sports centre; gymnasium
3.2.9	快餐店	faaichāandim	N/PW	fast food shop

3.2.10	大家樂	Daaihgālohk	N/PW	Cafe De Coral, a famous local fast food shop established in 1968.
3.2.11	茶餐廳	chàh chāantēng	N/PW	Literal meaning is "tea restaurant". It serves fast food from Hong Kong cuisine and Hong Kong-style Western cuisine.
3.2.12	屋邨（M：個）	ūkchyūn (M: go)	N/PW	housing estate
3.2.13	市政大樓（M：座）	síhjing daaihlàuh (M: joh)	N/PW	municipal services building
3.2.14	泳池	wihngchìh	N/PW	swimming pool

3.3 In a property agency or estate company (deihcháan gūngsī 地產公司)

3.3.1	經紀	gīnggéi	N	broker, agent, middleman
3.3.2	業主	yihpjyú	N	owner (of a house or room); landlord
3.3.3	卡片	kāatpín	N	(business) card
3.3.4	詢問處接待員	sēunmahnchyu jipdoihyùhn	N	receptionist at the information counter

3.4 Charges, bill and fees

3.4.1	水費	séui fai	N	water bill
3.4.2	管理費	gúnléih fai	N	management fee
3.4.3	煤氣費	mùihhei fai	N	gas bill
3.4.4	電費	dihn fai	N	electricity bill
3.4.5	按金	ongām	N	deposit (money)
3.4.6	上期	seuhngkèih	N	advance payment (of rent); first month's rent
3.4.7	月費	yuht fai	N	monthly fee or monthly charge

3.5 Furniture and electrical appliances

3.5.1	微波爐	mèihbōlòuh	N	microwave oven
3.5.2	焗爐	guhklòuh	N	oven
3.5.3	抽油煙機 （M：部；架）	chāuyàuhyīngēi (M: bouh; ga)	N	range hood; kitchen exhaust hood
3.5.4	冷氣機	láahngheigēi	N	air conditioner
3.5.5	吸塵機	kāpchàhngēi	N	vacuum cleaner
3.5.6	洗衣機	sáiyīgēi	N	washing machine
3.5.7	抽濕機	chāusāpgēi	N	dehumidifier
3.5.8	梳化	sōfá	N	sofa
3.5.9	枱	tói	N	table; desk
3.5.10	櫈	dang	N	chair; stool or bench
3.5.11	衣櫃	yīgwaih	N	wardrobe
3.5.12	櫥櫃	chyùhgwaih	N	cupboard
3.5.13	牀／床	chòhng	N	bed
3.5.14	書架	syūgá	N	bookshelf; bookcase

3.6 Food and goods

3.6.1	西多士	sāidōsí	N	French toast
3.6.2	菠蘿包	bōlòhbāau	N	sweet bun; "pineapple bun"
3.6.3	蛋撻	daahntāat	N	egg tart
3.6.4	叉燒意粉	chāsīu yifán	N	barbecued pork with spaghetti in soup
3.6.5	下午茶	hahngh chàh	N	afternoon tea
3.6.6	雜物	jaahpmaht	N	junk; various bits and bots; items of no value
3.6.7	鞋	hàaih	N	shoes
3.6.8	化粧品	fajōngbán	N	cosmetics; makeup product
3.6.9	日用品	yahtyuhngbán	N	articles for everyday use

3.7 Useful expressions

3.7.1	點稱呼你呀？	dím chīngfū néih a?	PH	How should I address you?
3.7.2	有咩嘢唔清楚隨時打（電話）俾我哋啦。	yáuh mēyéh m̀chīngchó chèuihsìh dá (dihnwá) béi ngóhdeih lā.	PH	If there is anything unclear, pleae call us.
3.7.3	叮	dīng	V	heat up food in a microwave
3.7.4	放	fong	V	put; place; lay
3.7.5	方便	fōngbihn	Adj/V	convenient; to make things easy

4. Notes on language structures
語言結構知識 yúhyìhn gitkau jīsīk

4.1 Simple directional compound with "làih" and "heui"

"Làih" means "to come" and "heui" means "to go". "Làih" and "heui" together with the directional verbs "séuhng", "lohk", chēut", "yahp" and "fāan" form simple directional compounds, as shown in the table.

1. Chéng yahplàih chóh lā.

2. Mahkdōnglòuh taaidō yàhn, ngóh chēutheui dáng néih lā.
3. Kéuih hahjau m̀fāanlàih la.
4. Néih dākhàahn jauh séuhnglàih ngóh gūngsī kīngháh lā.
5. Ngóh lohkheui máaih būi gafē sīn.

4.2 Sentence patterns consisting of "dōu"

"Dōu" is used in the expression "léuhng + M + dōu" which means "both" and similarly with other numbers.

1. Nīgo dāanwái léuhnggāan seuihfóng dōu hóu sai.
2. Kéuihdeih sāamgo dōu haih ngóh ge gauh tùhnghohk.
3. Hahgo sīngkèih yāt dou sīngkèih sāam gó géi yaht ngóh dōu m̀hái Hēunggóng.

The adverb "dōu" is also used to express the meanings "all", "every" and "each".

```
M M (N) dōu
```

1. Ngóh m̀haih yaht yaht dōu jyúfaahn.
2. M̀haih go go néuihjái dōu jūngyi fajōngbán.
3. Hái Hēunggóng jōu ūk, douh douh dōu gam gwai.
   (douh douh dōu: everywhere; "douh" being used as the classifier for nouns such as "deihfōng" which means "place".)
4. Nīdouh gāan gāan fóng dōu móuh láahngheigēi.
5. Kéuih ge syūgá seuhngbihn bún bún (syū) dōu haih Yīngmàhn syū.

```
lìhn…dōu
```

The sentence pattern "lìhn…dōu" (even) is often used to emphasize a noun phrase or pronoun in a real or likely situation. Note that objects modified by "lìhn" must precede the verb.

1. Kéuih lìhn màhmā géisìh sāangyaht dōu m̀jīdou.
2. Hēunggóng hóudō yàhn jyuh ge dāanwái lìhn chyùhfóng dōu móuh.
3. Nīgāan jáudim fóng yáuh hóudō dihnhei, lìhn sáiyīgēi tùhng mèihbōlòuh dōu yáuh.
4. Nīgāan jáudimsīk jyuhjáak m̀haih hóu gwai, múihgo yuht ge jōugām dōu m̀sái yātmaahn yihchīn mān, lìhn séuifai, dihnfai tùhng mùihheifai dōu bāausaai.
5. Ngóh gāmyaht hóu mòhng, lìhn faahn dōu móuh sìhgaan sihk.

When indicating that all items, choices, possibilities or preferences are included, "inclusiveness" pattern with "dōu" is often used. This pattern is used for emphasis.

> QW (M N) dōu V / Adj.

1. Nījoh síhjing daaihlàuh mātyéh dōu yáuh.
2. Hái Jīmsājéui máaih mātyéh dōu gwai.
3. Ngóh tīngyaht géi dím dōu dākhàahn.
4. Hēunggóng bīndouh dōu yáuh chàh chāantēng.

On the other hand, "dōu" is used in the expression "QW + (M + N) + dōu" when one wants to exclude or gives no consideration to any item, choice, possibility or option. Again, this pattern is often used for emphasis.

> QW (M N) dōu m̀V / m̀ Adj.

1. Syutgwaih léuihbihn mātyéh dōu móuh.
2. Ngóh làihjó nīdouh yātgo yuht jē, ngóh bīngo dōu m̀sīk.
3. Ngóh gāmyaht séung làuh hái ūkkéi, bīndouh dōu m̀séung heui.

4.3 "Dāk" as a potential construction

> Vdāk

This construction can be used to indicate potential, including both possibility and permission. "V dāk" is similar to "hóyíh V". For example,

1. Ngóh yahpdāk làih meih a? (Can I come in yet?)
2. Ngóhdeih sihkdāk faahn meih a? (Can we start to eat?)

The "dāk" construction may be modified by "hóu" or "géi", showing potential or ability.

Gógāan chàh chāantēng dī daahntāat géi maaihdāk wo.

(The eggtarts in that tea restaurant is very marketable.)

1. Deui m̀jyuh, ngóh yìhgā séuhnggántòhng, ngóh m̀dádāk dihnwá.
2. Gógo dāanwái hóu gauh, léuihbihn mātyéh dihnhei dōu móuh, jōugām m̀(ng)aaidāk gam gwai.
3. Ngóh yiu jāchē, sóyíh m̀yámdāk bējáu.
4. Kèihsaht ngóh m̀haih géi yámdāk.
5. Síujé m̀hóu yisi, nīdouh m̀yíngdāk séung a!
6. Néih jēung seunyuhngkāat hái Yahtbún m̀yuhngdāk.
7. Nīgo gāaisíh hóu fōngbihn, mātyéh dōu yáuhdāk máaih.

4.4 The use of "sèhng"

The first meaning of "sèhng" is "almost, nearly, more or less, about the same".

1. Góbouh chāusāpgēi sèhng luhkchīn mān, ngóh móuh daai gamdō chín.
2. Wi-fi ge yuhtfai sèhng sāambaak mān gam gwai, hó m̀hóyíh pèhngdī a?
3. Néih ge ūkkéi hóu leng, sèhnggāan jáudim gám.

"Sèhng" also means "the whole" and it is optionally accompanied by "dōu" or a particle "saai".

1. Kéuih sèhng go yuht dōu móuh táigwo dihnsih.
2. Nīdouh sèhnggāan fóng dōu fongsaai kéuihdī gauh syū tùhng DVD.
3. Sèhnggāan ūk dōu haih kéuih dī jaahpmaht.
4. Gāmyaht taaitáai m̀sái fāangūng, sóyíh sèhngyaht làuhhái ūkkéi.

Finally, "sèhngyaht" literally means "whole day", but it functions as "always".

1. Gógo hohksāang sèhngyaht dōu chìhdou.
2. Kéuih ge sáugēi sèhngyaht dōu móuh dihn.

4.5 A simplified form of telling numbers

4.5.1 An omission

The first word "yāt" can be omitted when the last number is zero for 110-190, or when the last two numbers are "00" for 1100-1900, or "000" for 11000-19000. At the same time, the last component of a number (i.e. ten, hundred, thousand) is omitted. The same rule is applicable to money expressions.

110	→	yātbaak yātsahp	→	baak yāt
170	→	yātbaak chātsahp	→	baak chāt
1600	→	yātchīn luhkbaak	→	chīn luhk
1900	→	yātchīn gáubaak	→	chīn gáu
12000	→	yātmaahn yihchīn	→	maahn yih
14000	→	yātmaahn seichīn	→	maahn sei
$130	→	yātbaak sāamsahp mān	→	baak sāam mān
$1500	→	yātchīn nghbaak mān	→	chīn ngh mān

| $18000 | → | yātmaahn baatchīn mān | → | maahn baat mān |

The first digit cannot be omitted if it is not 1.

2 700	→	yihchīn chātbaak	→	yihchīn chāt
26 000	→	yihmaahn luhkchīn	→	yihmaahn luhk
34000	→	sāammaahn seichīn	→	sāammaahn sei

However, we cannot skip the first digit for number over 100 000.

| 120 000 | → | sahpyihmaahn |

4.5.2　Putting "lèhng" after a number or a measure word

Read a number roughly by using "lèhng" after a number or a quantifier to indicate "a little more than".

baak lèhng yàhn	➢	a little over 100 people
sāamgo lèhng jūngtàuh	➢	a little bit more than three hours
léuhnggo lèhng yuht	➢	a little bit more than two months
chīnlèhng mān	➢	a little over $1,000
go lèhng léuhnggo sīngkèih	➢	a little bit more than a week but less than 2 weeks

5.　*Notes on pragmatic knowledge*

語用知識注解 yúhyuhng jīsīk jyugáai

5.1 Consulting people at the first encounter

5.1.1 Greeting expressions

Either talking over the phone or speaking face-to-face with other people, it is essential to know how to address people, when we meet each other for the first time. For example, when you are looking for after-sales services over the phone, the customer service officer often starts with "yáuh mēyéh hóyíh bōngdóu néih a? (有咩嘢可以幫倒你呀 ?) followed by "chéng mahn sīnsāang / síujé dím chīngfū a" (請問先生 / 小姐點稱呼呀 ?) before giving you advice or suggestions. Let's practise answering the following questions.

Yáuh mēyéh hóyíh bōngdóu néih a? (Is there anything I can do for you?)
Chéng mahn sīnsāang / síujé dím chīngfū a? (How should I address you?)

5.1.2 Asking for advice or suggestions

On the other hand, you may ask for help or consult the customer service officer by saying something in order to start conversation. For example:

Sīnsāang/síujé, yáuhdī yéh séung chéng gaau néih.
先生 / 小姐，有啲嘢想請教你。
(Mr./Ms, I wish to consult you on something.)

or

M̀hóu yisi, ngóh séung chénggaau néih géigo mahntàih.
唔好意思，我想請教你幾個問題。
(I wish to consult you on a few questions.)

or

M̀gōi, hóm̀hóyíh jó néih yātjahn?
唔該，可唔可以阻你一陣 ?
(May I trouble you a minute?)

5.2 Renting a flat in Hong Kong

5.2.1 Asking for size

To rent a flat, first of all we need to know how large of a flat we want. In Hong Kong, the size of a flat is commonly measured by "chek 呎 " (square feet). People may ask you "Néih ūkkéi yáuh géi daaih a" (你屋企有幾大呀 ?) when they want to know how big is your home in Hong Kong. You may reply by saying like "Ngóh ūkkéi yáuh luhkbaak chek" (我屋企有六百呎; 600 square feet).

Similarly, you may ask the property agent about the size of a specific flat by saying "Gógo dāanwái géi daaih a?" (嗰個單位幾大呀 ?). The word "dāanwái" may refer to a flat, or an apartment. The majority of Hong Kong people are living in a flat, but not a house. For this reason, Hong Kong people speaking Cantonese does not distinguish strictly between "ūk" (house) and "láu"(flat; apartment; literally means "floor" or "storied building"). For example, they may say "ngóh gāan ūk yìhgā yiu chātbaak maahn". Actually they are saying my flat costs 7 million HK dollars. They do not own a house.

5.2.2   How many bedrooms in your flat?

Besides telling how many feets, it is very common in Hong Kong to ask people the number of bedrooms by saying "néih ūkkéi yáuh géidō gāan fóng a? (你屋企有幾多間房呀 ?) for getting a rough idea. "Fóng" in this context refers to bedroom, study room and store room. It does not include the kitchen, wash room and living room. For living room and dining room, we call them "haaktēng"(客廳) and "faahntēng"(飯廳) instead. "Tēng" is quite similar to "hall" in English, where people hold meetings, concerts and receiving guests.

The concepts of "fóng" and "tēng" can be extended to describe the size of a flat. A flat with two bedrooms and one living room is called "léuhng fóng yāt tēng" (兩房一廳). While a flat with two bedrooms, one study room with one living room and one dining room is called "sāam fóng léuhng tēng"(三房兩廳).

5.2.3   Procedures of renting a flat

To rent a flat in Hong Kong, it is a common practice to agree a date of renting period, usually at the beginning of a month, which is called "héijōu" (起租). When we have decided to sign a contract with the owner, we need to pay deposit and advance payment. We call this "yātgo yuht ongām, yātgo yuht seuhngkèih" (一個月按金，一個月上期). "Ongām" means deposit, and "seuhngkèih"means advance payment. "Advance payment" is equivalent to the first month's rent, and deposit is also equal to the amount of monthly rent.

In other words, we need to pay two months of rent ("béi léuhnggo yuht jōu" 俾兩個月租) before moving into a new flat. Since the cost of living in Hong Kong is getting too high, many hirers prefer to share accommodation with one or two roommates nowadays. We call this "hahpjōu"(合租).

5.3 Telling people some information ambiguously

It is not necessary to give information clearly all the time, especially when you are not sure about the exact time or exact amount of money. In order to tell people some rough ideas about a length of time, a price, a date, etc., it is common to use the particle "-dóu" particle after the time word and other nouns including number, time and money expressions. For example:

1. Hái Hēunggóng chóh fēigēi heui Sāngabō yiu seigo jūngtàuh dóu. 喺香港坐飛機去新加坡要四個鐘頭度。(It takes about 4 hours flying from Hong Kong to Singapore.)

2. Ngóh sahpyih yuht dóu dásyun heui léuihhàhng. 我十二月度打算去旅行。(I plan to travel around December.)

3. Hái Sātìhn jōu yātgo seibaak chek ge dāanwái yiu yātmaahn luhkchīn mān dóu. 喺沙田租一個 400 呎嘅單位要一萬六千蚊度。(It costs about HKD16,000 for a 400-feet apartment in Shatin.)

An alternative word to place after a time word, amount of money, number, price and date, etc. is "-jóyáu"(左右). Therefore the above statement can be paraphrased as:

"Hái Sātìhn jōu yātgo seibaak chek ge dāanwái yiu yātmaahn luhkchīn mān jóyáu." Another example is "Hái nīdouh hàahng heui fóchējaahm yiu sahp fānjūng jóyáu." (It takes around 10 minutes to the railway station on foot.)

6. Contextualized speaking practice
情境説話練習 chìhnggíng syutwah lihnjaahp

6.1 Faatyām lihnjaahp (Pronunciation Exercises)

Complete the following table by matching the Cantonese words with the correct expressions on the right-hand side.

管理費	gúnléih fai	●	●	washing machine
洗衣機	sáiyīgēi	●	●	information counter
冷氣機	láahngheigēi	●	●	deposit
微波爐	mèihbōlòuh	●	●	management fee
詢問處	sēunmahnchyu	●	●	air conditioner
			●	microwave oven

6.2 Chìhnggíng syutwah lihnjaahp (Situational Topics)

6.2.1 Describe your home in Hong Kong with the help of the following pictures.
介紹你喺香港嘅屋企。

6.2.2 Fill in the blanks by choosing the correct directional compounds below.

1.   Ngóh séung (   ) làuhhah máaihdī yéh.
       A. yahpheui
       B. chēutlàih
       C. lohkheui

2.   Néih (   ) làuhseuhng jouh mātyéh a?
       A. séuhngheui
       B. yahplàih
       C. chēutheui

3.   Yùhgwó néih (   ) Sātìhn, hó m̀hóyíh máaih léuhnggo daahntāat (   ) a?
       A. séuhngheui
       B. séuhnglàih
       C. fāanlàih
       D. chēutheui
       E. yahpheui

6.2.3   Answer the following questions:

Q.1. Dím chīngfū néih a?

_____

_____

Q.2   Néih pìhngsìh heui chīukāp síhchèuhng máaihdī mātyéh a?

_____

_____

Q.3   Néih ūkkéi yáuhdī mātyéh gāsī a?

_____

_____

Q.4   Néih séung m̀séung tùhng pàhngyáuh hahpjōu yātgo dāanwái a? Dímgáai a?

_____

_____

Q.5   Néih fongjó dī mātyéh hái tói seuhngmihn a?

_____

_____

6.3 Speech topics

Please practise the following topics.

1. Néih làihjó Hēunggóng yātnìhn la. Jeuigahn dásyun būn'ūk. Yìhgā néih siháh heui wán yātgo deihcháan gīnggéi kīngháh, táiháh yáuh móuh yātdī yauh fōngbihn gachìhn yauh m̀haih taai gwai ge dāanwái.

    你嚟咗香港一年噃。最近打算搬屋。而家你試吓去搵一個地產經紀傾吓，睇吓有冇一啲又方便價錢又唔係太貴嘅單位。

    You have been living in Hong Kong for a year and now you are looking for a new apartment. Let's talk with a property agent to see whether there are some choices that are convenient to you with a fair price.

2. Néih ge pàhngyáuh jeuigahn būnjó heui néih jyuhgán ge ūkchyūn. Kéuih m̀jīdou nīgo ūkchyūn yáuhdī mātyéh, fuhgahn yáuhdī mātyéh poutáu, pìhngsìh heui bīndouh máaih sung pèhngdī. Néih yìhgā gaaisiuh béi kéuih jī.

你嘅朋友最近搬咗去你住緊嘅屋邨。佢唔知道呢個屋邨有啲乜嘢，附近有啲乜嘢舖頭，平時去邊度買餸平啲。你而家介紹俾佢知。

Your friend has moved to a new apartment in your housing estate. S / he has no idea about this housing estate. As a new neighbor, please introduce your housing estate to your friend. Is there any shopping mall or shops nearby? Any recommendation for buying food?

7. *Listening and speaking*

聽説練習 tingsyut lihnjaahp

7.1 Karen takes out a mobile phone and shows some pictures of her new home to Kate. Karen describes her home to Kate regarding its decoration and furniture.

琪琪（Kate）：	你間新屋好靚喎！啲傢俬新買㗎？	Kèihkéi:	Néih gāan sān'ūk hóu leng wo! Dī gāsī sān máaih gàh?
嘉茵(Karen)：	唔係，我住嘅係酒店式住宅，全個客廳嘅傢俬都包晒。唔止有梳化、枱同櫈、衣櫃同櫥櫃，連電視機同冷氣機都唔使自己買，真係好方便。	Gāyān:	M̀haih, ngóh jyuh ge haih jáudimsīk jyuhjáak, chyùhngo haaktēng ge gāsī dōu bāausaai. M̀jí yáuh sōfá, tói tùhng dang, yīgwaih tùhng chyùhgwaih, lìhn dihnsihgēi tùhng láahngheigēi dōu m̀sái jihgéi máaih, jānhaih hóu fōngbihn.
琪琪：	嘩，個雪櫃好大呀，連焗爐都有！	Kèihkéi:	Wa, go syutgwaih hóu daaih a, lìhn guhklòuh dōu yáuh!

嘉茵：	焗爐？哦，呢個唔係焗爐㗎喍，係微波爐。其實我平時唔煮飯，微波爐啱晒我，我平時喺超級市場買啲點心，返去放喺微波爐裏面叮三分鐘就食得，唔使麻煩。	**Gāyān:**	Guhklòuh? Óh, nīgo m̀haih guhklòuh làih ga, haih mèihbōlòuh. Kèihsaht ngóh pìhngsìh m̀jyúfaahn, mèihbōlòuh āamsaai ngóh, ngóh pìhngsìh hái chīukāpsíhchèuhng máaihdī dímsām, fāanheui fonghái mèihbōlòuh léuihmihn dīng sāam fānjūng jauh sihkdāk, m̀sái màhfàahn.
琪琪：	噉，屋企有幾多間房呀？	**Kèihkéi:**	Gám, ūkkéi yáuh géidō gāan fóng a?
嘉茵：	兩間，一間係睡房，一間係書房。睡房唔係好大，淨係可以放張牀、放張書枱同個衣櫃。書房入面有一個書架，不過我嘅書唔多，所以書房用嚟放雜物。	**Gāyān:**	Léuhnggāan, yātgāan haih seuihfóng, yātgāan haih syūfóng. Seuihfóng m̀haih hóu daaih, jihnghaih hóyíh fong jēung chòhng, fong jēung syūtói tùhng go yīgwaih. Syūfóng yahpmihn yáuh yātgo syūgá, bātgwo ngóh ge syū m̀dō, sóyíh syūfóng yuhnglàih fong jaahpmaht.
琪琪：	唔錯喎！幾時可以上去你屋企玩呀？	**Kèihkéi:**	M̀cho wo! Géisìh hóyíh séuhngheui néih ūkkéi wáan a?
嘉茵：	有所謂，你得閒就過嚟坐啦！不過記得買多啲嘢上嚟食。	**Gāyān:**	Móuh sówaih, néih dākhàahn jauh gwolàih chóh lā! Bātgwo geidāk máaih dōdī yéh séuhnglàih sihk.

7.2 Ken introduces a housing estate and its facilities.

| 小強
(Ken)： | 呢個屋邨有二十座，我住喺第八座，超級市場、七十一、街市、體育館同埋圖書館都喺附近。如果唔想煮飯，屋邨入面有好多快餐店，唔止有麥當勞、美心、大家樂，仲有酒樓、茶餐廳、咖啡店。如果唔想食中國菜，呢度都有韓國餐廳、越南餐廳同泰國餐廳。前面就係市政大樓㗎。地下係街市，超級市場喺二樓，圖書館喺三樓，體育館喺四樓同五樓。不過呢個屋邨冇泳池，想游水就要坐車去沙田。麥當勞對面有巴士站同小巴站，平時返工，我都喺嗰度坐小巴去地鐵站。星期六下晝唔使返工，就去體育館玩兩個鐘頭，做完運動就去地下嘅茶餐廳飲下午茶。嗰間茶餐廳嘅蛋撻同西多士好出名，菠蘿包都幾好食，但係幾貴。一個蛋撻要八蚊一個，叉燒意粉要四十蚊一碟，凍奶茶都要十五蚊杯。所以我平時會去街市或者超級市場買餸，喺屋企煮飯平啲。係㗎，超級市場隔籬仲有幾間舖頭賣衫、賣鞋、賣化粧品，想買日用品都可以喺嗰度買。呢個屋邨雖然有啲舊，但係住喺度都幾方便㗎。 | **Síukèuhng:** | Nīgo ūkchyūn yáuh yihsahp joh, ngóh jyuh hái daih baat joh, chīukāp síhchèuhng, Chat-sahpyāt, gāaisíh, táiyuhkgún tùhngmàaih tòuhsyūgún dōu hái fuhgahn. Yùhgwó m̀séung jyúfaahn, ūkchyūn yahpmihn yáuh hóudō faaichāandim, m̀jí yáuh Mahkdōnglòuh, Méihsām, Daaihgālohk, juhng yáuh jáulàuh, chàh chāantēng, gafēdim. Yùhgwó m̀séung sihk Jūnggwok choi, nīdouh dōu yáuh Hòhngwok chāantēng, Yuhtnàahm chāantēng tùhng Taaigwok chāantēng. Chìhnmihn jauhhaih síhjing daaihlàuh la. Deihhá haih gāaisíh, chīukāp síhchèuhng hái yihláu, tòuhsyūgún hái sāamláu, táiyuhkgún hái seiláu tùhng nghláu. Bātgwo nīgo ūkchyūn móuh wihngchìh, séung yàuhséui jauh yiu chóh chē heui Sātìhn. Mahkdōnglòuh deuimihn yáuh bāsí jaahm tùhng síubā jaahm, pìhngsìh fāangūng, ngóh dōu hái gódouh chóh síubā heui deihtitjaahm. Sīngkèih luhk hahjau m̀sái fāangūng, jauh heui táiyuhkgún wáan léuhnggo jūngtàuh, jouhyùhn wahnduhng jauh heui deihhá ge chàh chāantēng yám hahnghchàh. Gógāan chàh chāantēng ge daahntāat tùhng sāidōsí hóu chēutméng, bōlòhbāau dōu géi hóusihk, daahnhaih géi gwai. Yātgo daahntāat yiu baat mān yātgo, chāsīu yifán yiu seisahp mān yātdihp, dung náaihchàh dōu yiu sahpnghh mān būi. Sóyíh ngóh pìhngsìh wúih heui gāaisíh waahkjé chīukāp síhchèuhng máaih sung, hái ūkkéi jyúfaahn pèhngdī. Haih la, chīukāp síhchèuhng gaaklèih juhng yáuh géigāan poutáu maaih sāam, maaih hàaih, maaih fajōngbán, séung máaih yahtyuhngbán dōu hóyíh hái gódouh máaih. Nīgo ūkchyūn sēuiyìhn yáuhdī gauh, daahnhaih jyuh hái douh dōu géi fōngbihn ga. |

Lesson 3 Suggesting ideas

有乜好建議？

1. *Contexts and linguistic functions*

語境特徵與語言功能 yúhgíng dahkjīng yúh yúhyìhn gūngnàhng

Contexts (who, where, when) 語境特徵（人地時）	Linguistic functions 語言功能
Who: friends, colleagues, relatives **Where:** in Chinese restaurants, cafeteria, neighbourhood, office, etc. **When:** casual and informal	**Core function:** Suggesting ideas 建議
Language Scenarios: Suggesting a friend to try traditional Chinese doctors for therapy; suggesting a friend to take some herbal tea in order to get rid of acnes on his face and keep his body healthy. 在酒樓上一個朋友説身體不舒服，另一個朋友建議他看中醫；兩個朋友在健身房做完運動之後聊天，其中一個朋友表示最近臉上長滿暗瘡，另一個朋友建議他喝涼茶。	**Supplementary functions:** recommending a kind of sports 推薦某種運動 / 活動； and recommending a fitness centre 推薦某健身俱樂部

Notes on pragmatic knowledge	Notes on language structure
I. Suggesting ideas in a casual way II. Denoting surprise and checking the truth of an unexpected state of affairs III. Reduction of words in a conversation IV. Ending a conversation	- Paired clause to form coordinate compound sentence - Describing a situation or behavior which is changing all the time - Final particle "gwa" - Indicating "becomes more and more…" - Adjectival suffix "-déi" - Resultative verbs (RV)- "dóu" and "fāan" - Sentence particles "ā", "ge", "gé", "lō", "nē", and "gā ma"

2. *Texts*

課文 fomàhn

2.1 Paul and May are having lunch in a Chinese restaurant. Paul is not feeling well and May suggests him to try traditional Chinese doctors.

保羅 （Paul）：	點呀？你好似唔係幾舒服喎。	**Bóulòh:**	Dím a? Néih hóuchíh m̀haih géi syūfuhk wo.
阿 May：	係呀，我聽日想請假。	**A-Mēi**	Haih a, ngóh tīngyaht séung chéng ga.
保羅：	唔係啩，咩事呀？	**Bóulòh:**	M̀haih gwa, mēsih a?
阿 May：	係呀，耳仔好痛呀。	**A-Mēi:**	Haih a, yíhjái hóu tung a.
保羅：	吓，你點呀？	**Bóulòh:**	Há, néih dím a?
阿 May：	痛到好似聾聾地囉，係呀我諗我聽日真係返唔到工呀。	**A-Mēi:**	Tung dou hóuchíh lùhnglúngdéi lō, haih a ngóh nám ngóh tīngyaht jānhaih fāan m̀dóu gūng a.
保羅：	哦，噉嘛，你睇咗醫生未㗎？	**Bóulòh:**	Óh, gám àh, néih táijó yīsāng meih ga?
阿 May：	噚日去睇咗西醫嘑。醫生俾咗啲藥我食，同埋俾咗啲藥膏我搽嗰囉。	**A-Mēi:**	Kàhmyaht heui táijó Sāiyī la. Yīsāng béijó dī yeuhk ngóh sihk, tùhngmàaih béijó dī yeuhkgōu ngóh chàh gám lō.
保羅：	哦，噉你覺得點吖？	**Bóulòh:**	Óh, gám néih gokdāk dím ā?
阿 May：	而家冇咩改變囉，冇咩唔同。	**A-Mēi:**	Yìhgā móuh mē góibin lō, móuh mē m̀tùhng.
保羅：	冇咩唔同嘞……	**Bóulòh:**	Móuh mē m̀tùhng àh…
阿 May：	唉……唔知幾時好返。	**A-Mēi:**	Aai… m̀jī géisìh hóufāan.
保羅：	係，不如噉啦，你試吓睇吓中醫啦。	**Bóulòh:**	Haih, bātyùh gám lā, néih siháh táiháh Jūngyī lā.
阿 May：	睇中醫？中醫得唔得㗎？ work 唔 work 㗎？	**A-Mēi:**	Tái Jūngyī? Jūngyī dāk m̀dāk ga? *Work* m̀*work* ga?

保羅：	我前嗰排睇過呀，因為我肚痛，西醫呢暫時就解決倒問題嘅，不過如果你以後唔想嗰樣，我建議你都係睇中醫好啲。	**Bóulòh:**	Ngóh chìhn gópàaih táigwo a, yānwaih ngóh tóuhtung, Sāiyī nē jaahmsìh jauh gáaikyutdóu mahntàih gé, bātgwo yùhgwó néih yíhhauh m̀séung gámyéung, ngóh ginyíh néih dōu haih tái Jūngyī hóudī.
阿 May：	但係呢，中醫嗰啲嘢我都唔明白嘅，佢哋時時都話咩熱氣呀寒涼呀，同埋睇中醫要飲苦茶㗎喎，咦……	**A-Mēi:**	Daahnhaih nē, Jūngyī gódī yéh ngóh dōu m̀mìhngbaahk ge, kéuihdeih sìhsìh dōu wah mē yihthei a hòhnlèuhng a, tùhngmàaih tái Jūngyī yiu yám fúchàh ga wo, yí…
保羅：	哦，嗰啲好簡單嘅啫，嗱，飲苦茶呢就唔使驚嘅，中醫多數會俾一啲甜嘅嘢你食，一便飲苦茶，一便食甜嘢，嗰就冇問題啦。	**Bóulòh:**	Óh, gódī hóu gáandāan ge jē, làh, yám fúchàh nē jauh m̀sái gēng ge, Jūngyī dōsou wúih béi yātdī tìhm ge yéh néih sihk, yātbihn yám fúchàh, yātbihn sihk tìhmyéh, gám jauh móuh mahntàih lā.
阿 May：	嗰即係飲苦茶有糖食㗎？	**A-Mēi:**	Gám jīkhaih yám fúchàh yáuh tóng sihk gàh?
保羅：	係呀，仲有呀，你話中醫啲嘢唔明白？西醫都係一樣唔明白。一時話飲酒好，一時話飲酒唔好，其實都係差唔多啫。	**Bóulòh:**	Haih a, juhng yáuh a, néih wah Jūngyī dī yéh m̀mìhngbaahk? Sāiyī dōu haih yātyeuhng m̀mìhngbaahk. yātsìh wah yámjáu hóu, yātsìh wah yámjáu m̀hóu, kèihsaht dōu haih chām̀dō jē.
阿 May：	嗰喺香港邊度搵倒好嘅中醫呀？	**A-Mēi:**	Gám hái Hēunggóng bīndouh wándóu hóu ge Jūngyī a?
保羅：	哦，嗱，嗰啦，不如你上網搵吓，因為而家好多討論區㗎嘛，有啲人又會介紹吓邊個中醫好，價錢又點。係嘛，嗰你自己上網查吓啦。	**Bóulòh:**	Óh, làh, gám lā, bātyùh néih séuhngmóhng wánháh, yānwaih yìhgā hóudō tóuleuhnkēui gā máh, yáuhdī yàhn yauh wúih gaaisiuhháh bīngo Jūngyī hóu, gachìhn yauh dím. Haih la, gám néih jihgéi séuhngmóhng chàhháh lā.
阿 May：	好呀，中醫師，佢哋有冇學位㗎？	**A-Mēi:**	Hóu a, Jūngyīsī, kéuihdeih yáuh móuh hohkwái ga?
保羅：	哎呀，梗係有啦，而家好多大學都有中醫讀㗎。	**Bóulòh:**	Aīya, gánghaih yáuh lā, yìhgā hóudō daaihhohk dōu yáuh Jūngyī duhk ga.

| 阿 May： | 哦，噉好啦，聽日去試吓啦。 | **A-Mēi:** | Óh, gám hóu lā, tīngyaht heui siháh lā. |

2.2 Paul and May have just finished doing exercises in a fitness centre. Paul says that he wishes to get rid of acnes on his face. May suggests him to take some herbal tea.

保羅：	呀……嘩……生咗粒暗瘡，好痛呀。	**Bóulòh:**	A…wa…sāangjó lāp amchōng, hóu tung a.
阿 May：	嘩，真係喎，點解你近排成面暗瘡喫，梗係熱氣噃。	**A-Mēi:**	Wa, jānhaih wo, dímgáai néih gahnpáai sèhngmihn amchōng ga, gánghaih yihthei la.
保羅：	唔知呢，前嗰排夜瞓啩？	**Bóulòh:**	M̀jī nē, chìhngópáai yeh fan gwa?
阿 May：	噉不如你試吓飲涼茶啦。	**A-Mēi:**	Gám bātyùh néih siháh yám lèuhngchàh lā.
保羅：	吓，得唔得㗎？	**Bóulòh:**	Há, dāk m̀dāk ga?
阿 May：	梗係得啦，我就一個星期至少要飲一次喫。	**A-Mēi:**	Gánghaih dāk lā, ngóh jauh yātgo sīngkèih jisíu yiu yám yātchi ga.
保羅：	唔係啩，一個星期飲一次？	**Bóulòh:**	M̀haih gwa, yātgo sīngkèih yám yātchi?
阿 May：	係呀。	**A-Mēi:**	Haih a.
保羅：	去邊度飲呀？	**Bóulòh:**	Heui bīndouh yám a?
阿 May：	你喺街邊嗰啲涼茶舖咪有囉。	**A-Mēi:**	Néih hái gāaibīn gódī lèuhngchàhpóu maih yáuh lō.
保羅：	幾多錢一碗呀？	**Bóulòh:**	Géidō chín yātwún a?
阿 May：	好平㗎啫，唉……你買個健康都值得啦。	**A-Mēi:**	Hóu pèhng ga jē, aai…néih máaih go gihnhōng dōu jihkdāk lā.
保羅：	但係你飲咗會唔會太涼喫？因為我聽講飲完之後會肚痛嘅喎。	**Bóulòh:**	Daahnhaih néih yámjó wúih m̀wúih taai lèuhng ga? Yānwaih ngóh tēnggóng yám yùhn jīhauh wúih tóuhtung ge bo.
阿 May：	通常女人係怕涼啲嘅，男人應該唔怕嘅。同埋你咁後生。	**A-Mēi:**	Tūngsèuhng néuihyán haih pa lèuhngdī gé, nàahmyán yīnggōi m̀pa gé. Tùhngmàaih néih gam hauhsāang.
保羅：	噉係咪一定要去涼茶舖㗎？自己煲得唔得㗎？	**Bóulòh:**	Gám haih maih yātdihng yiu heui lèuhngchàh póu ga? Jihgéi bōu dāk m̀dāk ga?

阿 May：	要自己執藥㗎，同埋要慢慢煲，麻煩啲囉。	A-Mēi:	Yiu jihgéi jāpyeuhk ga, tùhngmàaih yiu maahnmáan bōu, màhfàahndī lō.
保羅：	係咩？	Bóulòh:	Haih mē?
阿 May：	係呀。同埋記得千祈唔好用金屬煲呀，要用瓦煲。	A-Mēi:	Haih a. Tùhngmàaih geidāk chīnkèih m̀hóu yuhng gāmsuhkbōu a, yiu yuhng ngáhbōu.
保羅：	喂，但係飲涼茶係咪真係得㗎？	Bóulòh:	Wai, daahnhaih yám lèuhngchàh haih maih jānhaih dāk ga?
阿 May：	其實涼茶平時都可以飲㗎。如果你有少少唔舒服呀，喉嚨痛呀，都可以飲㗎。	A-Mēi:	Kèihsaht lèuhngchàh pìhngsìh dōu hóyíh yám ga. Yùhgwó néih yáuh síusíu m̀syūfuhk a, hàuhlùhngtung a, dōu hóyíh yám ga.
保羅：	真係咁犀利？	Bóulòh:	Jānhaih gam sāileih?
阿 May：	真係好好㗎，你試吓先啦。你睇吓廣東人飲涼茶，飲咗幾百年，而家身體幾健康？	A-Mēi:	Jānhaih hóu hóu ga, néih siháh sīn lā. Néih táiháh Gwóngdūng yàhn yám lèuhngchàh, yámjó géibaak nìhn, yìhgā sāntái géi gihnhōng?
保羅：	好啦，等我都試吓先。	Bóulòh:	Hóu lā, dáng ngóh dōu siháh sīn.

3 Vocabulary in use

活用詞彙 wuhtyuhng chìhwuih

3.1 Common vocabulary

Number	Word	Yale Romanization	POS	English
3.1.1	請假	chéngga	VO	request leave of absence
3.1.2	痛	tung	Adj	ache; have a pain; be sore
3.1.3	聾聾哋	lùhnglúngdéi	Adj	deafish; rather hard of hearing
3.1.4	睇西醫	tái Sāiyī	VO	see a doctor; consult a doctor (as distinguished from traditional Chinese medicine)

3.1.5	中醫	Jūngyī	N	practitioner of traditional Chinese medicine; Chinese doctor
3.1.6	食藥	sihkyeuhk	VO	take medicine/drug/remedy
3.1.7	搽藥膏	chàh yeuhkgōu	VO	apply ointment
3.1.8	改變	góibin	V/N	change; alter; transform
3.1.9	好返	hóufāan	RV	recover from illness
3.1.10	前（嗰）排	chìhn(gó)páai/pàaih	TW	previously
3.1.11	近排／最近	gahnpáai/ gahnpàaih/ jeuigahn	TW	recently; lately
3.1.12	暫時	jaahmsìh	Adj/ Adv	temporary; temporarily; for the time being; for the moment
3.1.13	解決	gáaikyut	V	solve; resolve
3.1.14	以後	yíhhauh	TW	hereafter; afterwards; later
3.1.15	苦茶／涼茶	fúchàh/ lèuhngchàh	N	Chinese herbal tea
3.1.16	簡單	gáandāan	Adj	simple, not complicated
3.1.17	多數	dōsou	Adv	for the most part; mostly
3.1.18	即係	jīkhaih	Adv	same as; exactly as; equivalent to; "which means" or "which is to say"
3.1.19	嗱	làh/ nàh	P	an interjection serves to seek the addressee's attention; "there!"; "you see"
3.1.20	討論區	tóuleuhnkēui	N	forum (especially online)
3.1.21	健康	gihnhōng	N/Adj	health; healthy
3.1.22	後生	hauhsāang	Adj/N	young, young generation, youth
3.1.23	執藥	jāpyeuhk	VO	get a prescription; get Chinese medicine
3.1.24	千祈	chīnkèih	Adv	have to; must; need; be sure to
3.1.25	犀利	sāileih	Adj	awesome; excellent; strong

3.2 Proper nouns or place words

3.2.1	保羅	Bóulòh	PN	Paul
3.2.2	阿 May	A-Mēi	PN	May
3.2.3	雯雯	Màhnmán	PN	Mandy
3.2.4	阿寶	A-Bóu	PN	Bowie
3.2.5	街邊	gāaibīn	N/PW	street side
3.2.6	涼茶舖	lèuhngchàhpóu	PW	herbal tea shop
3.2.7	馬鞍山	Máh'ōnsāan	PW	Ma On Shan
3.2.8	金鐘	Gāmjūng	PW	Admiralty, Hong Kong
3.2.9	燒烤場	sīuhāauchèuhng	N/PW	barbecue site
3.2.10	健身中心 / 健身室	gihnsān jūngsām/gihnsānsāt	N/PW	fitness centre; gymnasium
3.2.11	地點	deihdím	PW	place; site
3.2.12	室內高爾夫球場	sātnoih gōuyíhfūkàuhchèuhng	N/PW	indoor golf room
3.2.13	辦公室	baahngūngsāt	N/PW	office

3.3 Body parts and medical condition

3.3.1	耳仔	yíhjái	N	ears
3.3.2	肚痛	tóuhtung	N	stomachache
3.3.3	肚腩	tóuhnáahm	N	belly
3.3.4	熱氣	yihthei	Adj/N	suffer from excessive internal heat (with such symptoms as constipation, conjunctivitis and inflammation of the nasal and oral cavities)
3.3.5	(寒）涼	(hòhn)lèuhng	Adj	Chinese medicinal term; refer to things which are cold and unhealthy for one's body
3.3.6	生暗瘡	sāang amchōng	VO	get acnes
3.3.7	喉嚨痛	hàuhlùhngtung	N	sore throat
3.3.8	肥	fèih	Adj	fat

3.4 Articles for use and facilities

3.4.1	金屬煲	gāmsuhk bōu	N	metal pot or pan
3.4.2	瓦煲	ngáh bōu	N	clay pot
3.4.3	裝備	jōngbeih	N	equipment
3.4.4	跑步機	páaubouhgēi	N	treadmill
3.4.5	舉重機	géuichúhnggēi	N	Smith machine

3.5 Sports and recreation

3.5.1	滑翔傘	waahtchèuhngsaan	N	paraglider
3.5.2	燒嘢食	sīuyéhsihk	V	barbeque
3.5.3	焗桑拿	guhk sōnglàh	VO	have a sauna
3.5.4	玩 / 做瑜珈	wáan/jouh yùhgā	VO	play/do Yoga
3.5.5	玩 / 打泰拳	wáan/dá Taai kyún/kyùhn	VO	play Thai boxing
3.5.6	教練	gaaulihn	N	sports coach
3.5.7	練習	lihnjaahp	V/N	practise; exercise; drill
3.5.8	孭	mē	V	carry on the back or shoulders
3.5.9	公斤	gūnggān	N	kilogram (kg); kilo
3.5.10	啱啱好	(ng)āam(ng)āamhóu	Adj	just fit; just right
3.5.11	會費	wúifai	N	membership fee

3.6 Useful expressions

3.6.1	不如噉啦，你試吓睇吓中醫啦。	bātyùh gám lā, néih sìháh táiháh Jūngyī lā.	PH	I have one suggesetion. Let's try to consult practitioner of traditional Chinese medicine.
3.6.2	慢慢煲	maahnmáan bōu	PH	cook slowly with a pot over a low flame

4 Notes on language structures

語言結構知識 yúhyìhn gitkau jīsīk

4.1 Paired clause to form coordinate compound sentence

It is a sentence structure that indicates two different things are being done simultaneously. We may use the sentence structure below to express someone is doing two different things at the same time.

S/PN yātbihn…yātbihn… (一便 …… 一便)

Or

S/PN yātmihn…yātmihn… (一面 …… 一面)

Example:

Bàhbā jūngyi yātbihn/yātmihn sihk jóuchāan yātbihn/yātmihn tái boují.

爸爸鍾意一便 / 一面食早餐一便 / 一面睇報紙。

(My father likes to have breakfast and read newspaper at the same time.)

1. Yātmihn jāchē yātmihn dá dihnwá hóu ngàihhím wo.
2. Néih m̀hóu yātmihn duhksyū yātmihn wáan lā.
3. Hóudō yàhn jūngyi yātbihn páaubouh, yātbihn tēng yāmngohk.
4. Yáuhdī hohksāang yātbihn séuhngtòhng, yātbihn tùhng gaaklèih (隔籬 next to; the side) ge tùhnghohk kīnggái.

4.2 Describing a situation or behavior which is changing all the time

This pattern is used in pairs. It is used when we describe someone's situation, act or behavior that is so uncertain, and therefore we cannot anticipate when it will change again.

---

yātsìh…yātsìh (一時 …… 一時)

Examples:

Kéuih ge behng yātsìh hóu, yātsìh waaih. 佢嘅病一時好，一時壞。

(His health condition would be better for a while and then have a relapse.)

Gāmyaht yātsìh hóutīn, yātsìh lohkyúh. Chēutheui gójahnsìh néih geidāk daai bá jē a!

今日一時好天，一時落雨。出去嗰陣時你記得帶把遮呀！

(The sky is clear for a short while and then it rains suddenly. Remember to bring an umbrella when you go out.)

1. Kéuih yātsìh wah dākhàahn, yātsìh yauh wah m̀dākhàahn. Gám kéuih kèihsaht séung m̀séung yātchàih heui ga?

2. Yīsāng yātsìh wah yám gafē hóu hóu, yātsìh wah yám gafē yáuh mahntàih. Néih wah ngóhdeih yám m̀yám gafē hóu nē?

Besides, "yātsìh…yātsìh" can be replaced by "yáuhsìh…yáuhsìh". The word "yáuhsìh" means "sometimes".

> yáuhsìh…yáuhsìh (有時 …… 有時)

Example:

Hēunggóng sāamyuht ge tīnhei, yáuhsìh yiht, yáuhsìh dung.

香港三月嘅天氣，有時熱，有時凍。

(Hong Kong's weather in March is sometimes cold, and sometimes hot.)

Therefore, this sentence structure is neutral in nature. It can be used to describe the flexibility and mobility of one's usual practice.

Example:

Sīngkèih yaht seuhngjau ngóh yáuhsìh heui wihngchìh yàuh séui, yàuh sìh heui jáulàuh yámchàh.

星期日上晝我有時去泳池游水，有時去酒樓飲茶。

(On Sunday morning, sometimes I go to swim in swimming pool, and sometimes I go to have dim sum in Chinese restaurant.)

1. Gógāan poutáu yáuhsìh sīngkèih yih yāusīk, yáuhsìh sīngkèih sāam yāusīk. Néih heui gódouh jīchìhn geidāk dá go dihnwá béi kéuihdeih sīn.

2. Jāumuht yùhgwó ngóh làuhhái ūkkéi, yáuhsìh ngóh wúih táisyū, yáuhsìh wúih tái dihnsih.

4.3 Final particle "gwa"

"Gwa" is used at the end of a sentence to indicate "probably", or the speaker's uncertainty about the statement made.

1. Tīngyaht yiu háausíh, kéuih m̀wúih chìhdou gwa!
2. Kéuih hohkjó yātnìhn Gwóngdūngwá, yìhgā sīk góng Gwóngdūngwá la gwa!
3. Nīgihn sāam gam leng, ngóh nám kéuih jūngyi gwa!
4. Máhlaih ge dihnwá haih 9133 8888 gwa!
5. Bóulòh m̀haih gāmyaht sāangyaht gwa!
6. Ngóhdeih heui hohkhaauh wán kéuih lā, kéuih seidím bun fonghohk la gwa!
7. Móuh yàhn jūngyi háausíh gwa!
8. Néih fongga gó géiyaht m̀wúih fāanlàih gwa!
9. Singdaanjit chyùhn Hēunggóng dī tòuhsyūgún dōu yāusīk gwa!
10. Kéuih hái Méihgwok jyuhjó gamdō nìhn, ngóh nám kéuih ge Yīngmàhn géi hóu gwa!

4.4 Indicating "becomes more and more…"

> S yuht làih yuht…

1. Kéuih ge Gwóngdūngwá yuht làih yuht hóu.
2. Kéuih yahtyaht dōu sihk bōlòhbāau tùhng sāidōsí, sóyíh yuht làih yuht fèih.
3. Ngóh yuht làih yuht jūngyi Hēunggóng.
4. Kéuih wah yuht làih yuht m̀séung fāangūng.
5. Ngóh ge mùihmúi yuht làih yuht leng.
6. Hēunggóng yuht làih yuht síu chàhlàuh la.

4.5 Adjectival suffix "-déi"

"-déi" is a suffix used with reduplicated adjectives and stative verbs. Used as an adjective, the resulting form has a diminutive meaning similar to "-ish". Note that there is a change of tone in the second reduplicated element except that it is also a first tone / high level tone.

sòh 傻 (stupid; muddleheaded)	→	sòhsódéi 傻傻哋 (a little bit dumb or stupid; out of one's mind)
wàhn 暈 (dizzy; lose consciousness)	→	wàhnwándéi 暈暈哋 (feeling dizzy; giddy)
lùhng 聾 (deaf)	→	lùhnglúngdéi 聾聾哋 (a little bit hard of hearing)

dung 凍 (cold; freeze)	→	dungdúngdéi 凍凍哋 (a little cold)
gēng 驚 (scared)	→	gēnggēngdéi 驚驚哋 (a bit scared)

4.6 Resultative verbs (RV)- "dóu" and "fāan"

Resultative verbs are compound verbs in which the first, or main verb describes the principle action, and the second indicates the extent to, or manner in which the action has been carried through or achieved.

> V - dóu
> Vm̀dóu

"-dóu" (RVE) indicates that an objective has been successfully achieved. Its negative form is simply adding a "m̀" in front of the RVE.

Example:

Yùhgwó ngóh m̀daai ngáahngéng, jauh mātyéh dōu táim̀dóu.

如果我唔戴眼鏡，就乜嘢都睇唔倒。

(If I do not wear glasses, I cannot see anything.)

Gāmyaht hóu hōisām gindóu néih.

今日好開心見倒你。

(I am glad to see you today.)

gáaikyut mahntàih 解決問題 (solve problems)	→	gáaikyutdóu mahntàih 解決倒問題 (can solve the problems) Vs gáaikyutm̀dóu mahntàih 解決唔倒問題 (cannot solve the problems)
fāangūng 返工 (go to work)	→	Kéuih gāmyaht m̀syūfuhk, yiu tái yīsāng, sóyíh gāmyaht fāanm̀dóu gūng. 佢今日唔舒服，要睇醫生，所以今日返唔倒工。 (S/he is not feeling well. S/he needs to see a doctor, and therefore s/he cannot go to work today.)

1. Hái gógāan jáulàuh néih hóyíh táidóu Hēunggóng jeui hóusihk ge dímsām.
2. Gódouh mùhn waaihjó hōiṁdóu.

   *mùhn-door; waaihjó-broken; hōiṁdóu- cannot open
3. Nīga fóchē heui Wohnggok ge, heuiṁdóu Jīmsājéui.

> (béi, ló, wán, jáau, hóu, etc.) - fāan

"fāan" (RVE) indicates return to an original state or position; repayment, replacement or recovery.

1. Néih bún syū ngóh táiyùhn jīhauh béifāan néih.
2. Ṁgányiu, néih lófāan ūkkéi maahnmáan tái lā.
3. Móuh mahntàih la, ngóh ge sáugēi wánfāan la!
4. Néih béi yātbaak māan ngóh, ngóh jáaufāan yihsahp māan béi néih.
5. Máhlaih, néih hóufāan meih a?
6. Ngóh táijó yīsāng, jīhauh hái ūkkéi yāusīkjó géi yaht, yìhgā hóufāan la.

4.7 Sentence particles "ā", "ge", "gé", "lō", "nē", and "gā ma"

These particles normally occur in the sentence-final position serving various functions stated below:

ā	lively statement, question or request, invitation
	Ngóh gokdāk gógāan jáudim dōu géi hóu ā. 我覺得嗰間酒店都幾好吖。
	(Yes, I think that's a good hotel.)
	Ngóhdeih gogo dōu heui, néih dōu yātchàih ā! 我哋個個都去，你都一齊吖。
	(Let's join with us.)
ge	affirmative; "this is the case". It can be replaced by "ga".
	Meih dou sahpdím kéuih haih ṁwúih fāanlàih ge. 未到十點佢係唔會返嚟嘅。
	(You will never see him/her before ten o'clock.)
	Yìhgā hóudō yàhn dōu jūngyi yuhng sáugēi máaihyéh ga. 而家好多人都鍾意用手機買嘢㗎。
	(Many people enjoy online shopping with their mobile phones.)

gé	tentative or uncertain affirmation; indicating a doubt or an interrogation
	Yíhgīng maaihsaai la. Yùhgwó néih siháh wán kéuih bōng néih, waahkjé juhng hóyíh gé. 已經賣晒嘑。如果你試吓搵佢幫你，或者仲可以嘅。
	(Already sold out. Perhaps you may still have a chance if you ask him/her to help you.)
	Gāmyaht gam chìh fāanlàih gé? 今日咁遲返嚟嘅？
	(Why do you come back so late today?)
lō	seeking agreement; settlement
	Yùhgwó néih gēng chìhdou, néih jauh daap dīksí lō. 如果你驚遲到，你就搭的士囉。
	(If you are worrying about being late, you are advised to take a taxi.)
nē	drawing attention to the topic which it follows
	Gógo yàhn nē, haih ngóh ge nàahm pàhngyáuh. 嗰個人呢，係我嘅男朋友。
	(The guy over there is my boyfriend.)
gā ma	combination of two particles (ge + ā ma); indicating that the person one speaks to should already know or readily understand what is going on
	Dímgáai néih juhng m̀fāanheui a? Gāmyaht jouh m̀saai hóyíh tīngyaht jouh gā ma. 點解你仲唔返去呀？今日做唔晒可以聽日做㗎嘛。
	(Why don't you go home? It's alright to leave the work tomorrow if you cannot finish today.)

5 Notes on pragmatic knowledge
語用知識注解 yúhyuhng jīsīk jyugáai

5.1 Suggesting ideas in a casual way

Before you suggest some ideas to a friend, you may use an interjection "làh/nàh" preceding a sentence or a clause in order to seek your friend's attention. It is similar to English "there!" or "you see". A typical way to suggest an idea is to use an adverb "bātyùh"(it would be better to 不如) preceding your suggestion.

Example:
Bātyùh tīngyaht yātchàih yámchàh ā!

Sometimes your suggestion does not satisfy the other party. Like a bargaining process between a hawker (síufáan 小販) and a customer (haakyàhn 客人), the hawker finally offers a good price to the customer. A phrase "làh, gám lā" precedes his suggestion. Let's look at the conversation below:

customer: Géi(dō) chín a?
hawker: Yihsahp mān sāam go ($20 for 3).
customer: Gam gwai gé? Yihsahp mān sei go lā ($20 for 4).
hawker: Hóu pèhng la.
customer: Kàhmyaht maaih ńgh mān yātgo wo ($5 each).
hawker: Tīnhei m̀hóu, dī sāanggwó gwaijó a.
customer: Gám ngóh hahchi joi làih lā.
hawker: <u>Làh, gám lā</u>, sahpbaat mān sāam go lā ($18 for 3).

5.2 Denoting surprise and checking the truth of an unexpected state of affairs

You think that your friend or colleagne should have been told about something, but finlly you realize that s/he does not know. You feel surprised about that, so you may have the following response:

Kéuih móuh wah béi néih jī mē? 佢冇話俾你知咩 ?

You thought that your friend likes to eat fish. However, one day you discover that actually your friend does not eat fish. Therefore you are so surprised and say, "Néih m̀sihk yú ge mē?"(你唔食魚嘅咩 ?). Note that "ge" and "ga" are interchangeable.

When the people tell you a piece of news or a piece of information, no matter whether it is a good or bad thing, sometimes it is hard to believe immediately. It is natural to respond like this:

Haih mē? 係咩 ? (Really?)

If it is doubtful, you may further question your friend by asking "haih maih jān ga?"(係咪真㗎 ?) or "jānhaih? (真係 ?)". Your friend may choose to confirm the statement again and say "jānhaih ga" if she wants to persuade you to believe what she has just said.

To express an exclamation of surprise or disapproval towards something that people just told you, you may use one word "há"(what?) or "yí…" For example, it is your first time visiting Hong Kong, but your local friend asks you to try some local food such as chicken feet (fuhngjáau 鳳爪), snake soup (sèhgāng 蛇羹) and stinky sofu (chau dauhfuh 臭豆腐). Then you may say "há" to show surprise, or "yí…" if you feel unpleasant or disgusting to these food.

5.3 Reduction of words in a conversation

It is common to simplify a question into a shorter form such as changing "mātyéh a?" into "mēyéh a?" or "mē a?"; "haih m̀haih a?" into "haih maih a?"

Similarly, it is very common for people to omit the yes/no question particle "a" when they ask questions quickly. People will then change the intonation of their last word in a statement when they tend to ask a question. Let's see the example below.

Néih haih m̀haih Méihwok yàhn a?
➔ Néih haih maih Méihgwok yán?

5.4 Ending a conversation

After people greet each other they will usually end their convesation by inviting each other for a drink or a meal later, such as "dākhàahn yātchàih yámchàh ā". This does not mean that they will fix a day immediately and go to Chinese restaurant for dim sum in near future. When people are actually not really sure about the exact date of next meet, they may put an ambiguous phrase such as "wán yaht lā" (look for a date), "wán yaht yātchàih yámchàh lā" (look for a date for dim sum) at the end. When you hear this from your local friends, don't be nervous by asking when and where to go. Just feel free to respond by saying "hóu a" and then farewell.

6 Contextualized speaking practice
情境說話練習 chìhnggíng syutwah lihnjaahp

6.1 Faatyām lihnjaahp (Pronunciation Exercises)

Read aloud the following words and compare the difference between them.

（1）	肚餓	tóuhngoh (hungry)	（2）	肚痾	tóuh (ng) ō (diarrhea)
（3）	肚痛	tóuhtung (stomachache)	（4）	好凍	hóu dung (very cold)

(5)	好返	hóufāan (recover from illness)	(6)	好瞓	hóufan (had a great sleep)
(7)	犀利	sāileih (awesome; excellent; strong)	(8)	勢利	saileih (snobbish; acquisitive)
(9)	會費	wúifai (membership fee)	(10)	會徽	wúifāi (emblem of a club)

6.2 Chìhnggíng syutwah lihnjaahp (Situational Topics)

6.2.1 Fill in the blanks by choosing their correct particles. Each particle should be chosen once only.

gā ma	ā	mē	wo
nē	gé	gwa	la

1. Hái Jīmsājéui máaih mātyéh dōu hóu gwai. Yùhgwó néih máaih dihnnóuh, ngóh wah hái Wohnggok máaih wúih pèhngdī (   )

2. Ngóh m̀geidāk kéuih sing mātyéh la, kéuih sing Chàhn (   )?

3. Kéuih dímgáai gāmyaht móuh fāangūng (   )?

4. Ngóhdeih gāmyaht yiu háausíh (   )? Móuh yàhn wah béi ngóh jī wo!

5. Haih (   ), Singdaanjit dásyun heui bīndouh wáan a?

6. Néih dākhàahn gójahnsìh làih ngóh ūkkéi wáan (   )!

7. Máhlaih: Deui m̀jyuh, ngóh gāmyaht m̀hóyíh tùhng néihdeih yātchàih sihkfaahn (   ).

   A-Mēi: Móuh mahntàih, gāmchi m̀dāk, hahchi joi yeuk dōu dāk (   )!

6.2.2 Sentence making

1. jaahmsìh

_____

2. chīnkèih

_____

3. chìhn(gó)páai

_____

4. dōsou

_____

5. yuht làih yuht…

_____

6.3 Speech topics

Please practise the following topics.

Néih táigwo Jūngyī meih a? Néih wah Jūngyī tùhng Sāiyī yáuh mātyéh m̀tùhng a?

你睇過中醫未呀？你話中醫同西醫有乜嘢唔同呀？

Have you ever consulted practitioner of traditional Chinese medicine before? What is the difference between practitioner of traditional Chinese medicine and a doctor?

Néih ge hóu pàhngyáuh mahn néih, yáuh mātyéh hóuwáan ge wahnduhng hóyíh gaaisiuh béi kéuih.

你嘅好朋友問你，有乜嘢好玩嘅運動可以介紹俾佢。

Your good friend consults you if there is any interesting sports and asks you to introduce to her.

7. *Listening and speaking*

聽説練習 tingsyut lihnjaahp

7.1 In a cafe, Kate suggests an outdoor activity to her friend Mandy.

雯雯 （Mandy）：	我嚟咗香港一年喇，好多地方都未去過。你幾時得閒帶我出去玩吓呀？	**Màhnmán:**	Ngóh làihjó Hēunggóng yātnìhn la, hóudō deihfōng dōu meih heuigwo. Néih géisìh dākhàahn daai ngóh chēutheui wáanháh a?
琪琪（Kate）：	周末有冇時間呀？我介紹你一齊去西貢體驗吓滑翔傘啦。我其實都唔識玩滑翔傘㗎，所以請咗教練嚟教我哋。呢個禮拜六上晝我嘅教練會去西貢練習，不如你都一齊吖！	**Kèihkéi:**	Jāumuht yáuh móuh sìhgaan a? Ngóh gaaisiuh néih yātchàih heui Sāigung táiyihmháh waahtchèuhngsaan lā. Ngóh kèihsaht dōu m̀sīk wáan waahtchèuhngsaan ga, sóyíh chéngjó gaaulihn làih gaau ngóhdeih. Nīgo láihbaai luhk seuhngjau ngóh ge gaaulihn wúih heui Sāigung lihnjaahp, bātyùh néih dōu yātchàih ā!

雯雯：	好呀，我都未玩過滑翔傘。帶我去吖！	**Màhnmán:**	Hóu a, ngóh dōu meih wáangwo waahtchèuhngsaan. Daai ngóh heui ā!
琪琪：	不過喺香港玩滑翔傘幾麻煩。我哋首先要喺馬鞍山市中心搭巴士去馬鞍山郊野公園，之後開始行山。唔止行山，仲要孭好多嘢㗎！我哋每個人要孭廿五公斤嘅裝備，行大約四十五分鐘。教練會喺山頂等我哋，因為佢都要教幾個學生。到咗山頂，我哋就可以上堂嘑。我哋會上兩個鐘頭度。滑翔傘可以坐兩個人，教練會坐喺你後面。	**Kèihkéi:**	Bātgwo hái Hēunggóng wáan waahtchèuhngsaan géi màhfàahn. Ngóhdeih sáusīn yiu hái Máh'ōnsāan síh jūngsām daap bāsí heui Máh'ōnsāan Gāauyéh Gūngyún, jīhauh hōichí hàahngsāan. M̀jí hàahngsāan, juhng yiu mē hóudō yéh ga! Ngóhdeih múihgo yàhn yiu mē yahngh gūnggān ge jōngbeih, hàahng daaihyeuk seisahpngh fānjūng. Gaaulihn wúih hái sāandéng dáng ngóhdeih, yānwaih kéuih dōu yiu gaau géigo hohksāang. Doujó sāandéng, ngóhdeih jauh hóyíh séuhngtòhng la. Ngóhdeih wúih séuhng léuhnggo jūngtàuh dóu. Waahtchèuhngsaan hóyíh chóh léuhnggo yàhn, gaaulihn wúih chóh hái néih hauhmihn.
	上完堂，我哥哥同家姐佢哋會喺郊野公園嘅燒烤場燒嘢食。晏晝我哋一齊燒嘢食啦。點呀？星期六有冇時間一齊去呀？		Séuhngyùhntòhng, ngóh gòhgō tùhng gājē kéuihdeih wúih hái gāauyéh gūngyún ge sīuhāauchèuhng sīuyéhsihk. Aanjau ngóhdeih yātchàih sīuyéhsihk lā. Dím a? Sīngkèihluhk yáuh móuh sìhgaan yātchàih heui a?
雯雯：	好呀！	**Màhnmán:**	Hóu a!

7.2 In a casual gathering, Bowie recommends a fitness club to his friend, Ken.

阿寶 (Bowie)：	最近我肥咗好多，肚腩越嚟越大。點算好？	**A-Bóu:**	Jeuigahn ngóh fèihjó hóudō, tóuhnáahm yuht làih yuht daaih. Dímsyun hóu?

小強 （Ken）：	同我一齊做吓運動減吓肥啦！我平時去開九龍一間健身中心做運動，啲教練好好，地點又方便，就喺油麻地地鐵站 A 出口出嚟轉右，行五分鐘就到噃。健身中心有兩層，入面咩嘢都有，有跑步機、舉重機，仲有室內高爾夫球場同泳池。更衣室好大好舒服㗎，做完運動仲可以焗桑拿。我做完運動之後食啲嘢，健身室有咖啡室同餐廳。喺嗰度食完早餐啱啱好八點半，過海返到金鐘嘅辦公室都未到九點。	Síukèuhng:	Tùhng ngóh yātchàih jouhháh wahnduhng gáamháh fèih lā! Ngóh pìhngsìh heuihōi Gáulùhng yātgāan gihnsān jūngsām jouh wahnduhng, dī gaaulihn hóu hóu, deihdím yauh fōngbihn, jauh hái Yàuhmàhdéi deihtitjaahm A chēutháu chēutlàih jyunyauh, hàahng ńgh fānjūng jauh dou la. Gihnsān jūngsām yáuh léuhngchàhng, yahpmihn mēyéh dōu yáuh, yáuh páaubouhgēi, géuichúhnggēi, juhng yáuh sātnoih gōuyíhfūkàuhchèuhng tùhng wìhngchìh. Gāngyīsāt hóu daaih hóu syūfuhk ga, jouhyùhn wahnduhng juhng hóyíh guhk sōngnàh. Ngóh jouhyùhn wahnduhng jīhauh sihkdī yéh, gihnsānsāt yáuh gafēsāt tùhng chāantēng. Hái gódouh sihkyùhn jóuchāan (ng)āam(ng)āamhóu baatdímbun, gwohói fāandou Gāmjūng ge baahngūngsāt dōu meih dou gáudím.
阿寶：	咁好，會費貴唔貴呀？	A-Bóu:	Gam hóu, wúifai gwai m̀gwai a?
小強：	每個月只係四百三十蚊，學生平啲，收三百三十蚊。除咗健身之外，仲可以學瑜珈、跳舞同泰拳。你有時間可以上佢哋嘅 Facebook 睇吓或者搵日同我一齊上去試吓啦。	Síukèuhng:	Múihgo yuht jíhaih seibaak sāamsahp mān, hohksāang pèhngdī, sāu sāambaak sāamsahp mān. Chèuihjó gihnsān jīngoih, juhng hóyíh hohk Yùhgā, tiumóuh tùhng Taaikyún. Néih yáuh sìhgaan hóyíh séuhng kéuihdeih ge *Facebook* táiháh waahkjé wán yaht tùhng ngóh yātchàih séuhngheui siháh lā.

Lesson 4 Commenting on a movie and a film director

評論電影和導演

1. Contexts and linguistic functions

語境特徵與語言功能 yúhgíng dahkjīng yúh yúhyìhn gūngnàhng

Contexts (who, where, when) 語境特徵（人地時）	Linguistic functions 語言功能
Who: friends, family members, colleagues, relatives **Where:** in a living room, home, neighbourhood, coffee shop, etc. **When:** casual and informal	**Core function:** commenting 評論
Language Scenarios: Commenting on a movie between three friends in a living room; two colleagues commenting on a film director during the lunch break. 三個朋友在客廳電視機前觀看電視時聊起有甚麼電影值得在家裏重看；午飯時間，一位同事問另一位覺得吳宇森導演怎麼樣，於是兩個人議論起來。	**Supplementary functions:** Asking for direction and showing a right way to the airport 指路：坐車去機場的幾條路綫； Showing how to get to Boracay, Philippines from Hong Kong. 指路：怎麼從香港前去菲律賓長灘島

Notes on pragmatic knowledge	Notes on language structure
I. Difference between "góng" and "wah" II. Confirming one's condition and corresponding in accordance with the other party's reply III. Expressing agreement or assent	- Final particles "ga la" or "ge la" - Question particle "hó" - Verbs with complex directional compound - Similarity and dissimilarity - Adverbs modifying the verb phrase - Degrees of comparison

2. *Texts*

課文 fomàhn

2.1 Ken chats with Kate and Mandy at home and they comment on a movie.

琪琪（Kate）：	你屋企有好多 DVD 喎！	**Kèihkéi:**	Néih ūkkéi yáuh hóudō DVD wo!
小強（Ken）	係咩？都係以前買嘅嗻。而家好少買 DVD。	**Síukèuhng:**	Haih mē? Dōu haih yíhchìhn máaih ge la. Yìhgā hóusíu máaih DVD.
琪琪：	咦，我都有《鐵達尼號》喎，呢套電影簡直係經典呀！	**Kèihkéi:**	Yí, ngóh dōu yáuh "Titdaahtnèih houh" wo, nītou dihnyíng gáanjihk haih gīngdín a!
小強：	係呀，第一次去戲院睇嗰陣時一面睇一面喊。而家再睇都覺得好感動。	**Síukèuhng:**	Haih a, daih yātchi heui heiyún tái gójahnsìh yātmihn tái yātmihn haam.Yìhgā joi tái dōu gokdāk hóu gámduhng.
雯雯（Mandy）：	你哋講緊咩嘢呀？乜嘢「鐵」乜嘢「號」呀？	**Màhnmán:**	Néihdeih gónggán mēyéh a? Mātyéh "tit" mātyéh "houh" a?
小強：	你太後生嗻。未聽過「鐵達尼號」咩？Titanic 呀！呢齣電影係真人真事改編嘅。「鐵達尼號」係一隻好大嘅船，嗰陣時係世界最大嘅船。1912 年第一次出發，但係點知喺大西洋撞倒冰山，跟住隻船冇幾耐沉咗，收尾死咗好多人。	**Síukèuhng:**	Néih taai hauhsāang la. Meih tēnggwo "Titdaahtnèih houh" mē? *Titanic* a! Nīchēut dihnyíng haih jān yàhn jān sih góipīn ge. "Titdaahtnèih houh" haih yātjek hóu daaih ge syùhn, gójahnsìh haih saigaai jeui daaih ge syùhn. Yāt-gáu-yāt-yih nìhn daih yātchi chēutfaat, daahnhaih dímjı hái Daaihsāiyèuhng johngdóu bīngsāan, gānjyuh jek syùhn móuh géinoih chàhmjó, sāumēi séijó hóudō yàhn.
雯雯：	好睇咩？啲歷史嘅嘢好悶㗎喎。	**Màhnmán:**	Hóutái mē? Dī lihksí ge yéh hóu muhn ga wo.
琪琪：	唔係講歷史㗎，呢套係講兩個人嘅愛情故事。男主角仲好靚仔添。	**Kèihkéi:**	M̀haih góng lihksí ga, nītou haih góng léuhnggo yàhn ge oichìhng gusih. Nàahm jyúgok juhng hóu lengjái tīm.

小強：	係呀，阿 Jack 同阿 Rose 其實係兩個世界嘅人。阿 Jack 好窮，阿 Rosc 嘅屋企好有錢。阿 Rose 嘅屋企人想佢同一個有錢人結婚，但係阿 Rose 覺得有錢人嘅世界好悶，唔想同嗰個人結婚，所以佢就諗，不如喺船度跳海自殺啦。就喺呢個時候，阿 Jack 出嚟嘑，仲救咗阿 Rose。	Síukèuhng:	Haih a, A-Jack tùhng A-Rose kèihsaht haih léuhnggo saigaai ge yàhn. A-Jack hóu kùhng, A-Rose ge ūkkéi hóu yáuhchín. A-Rose ge ūkkéiyàhn séung kéuih tùhng yātgo yáuhchín yàhn gitfān, daahnhaih A-Rose gokdāk yáuhchín yàhn ge saigaai hóu muhn, m̀séung tùhng gógo yàhn gitfān, sóyíh kéuih jauh nám, bātyùh hái syùhn douh tiuhói jihsaat lā. Jauh hái nīgo sìhhauh, A-Jack chēutlàih la, juhng gaujó A-Rose.
雯雯：	吓？嗰跟住點呀？	Màhnmán:	Há? Gám gānjyuh dím a?
琪琪：	鐵達尼號好大，窮人同有錢人坐嘅地方唔同，阿 Jack 帶阿 Rose 走落去睇吓窮人喺船上面做啲咩嘢。阿 Rose 睇到啲窮人雖然冇錢，但係喺船上面開開心心，啲人一面唱歌一面跳舞。阿 Rose 覺得有錢人冇窮人咁開心。阿 Jack 識畫畫，我好鍾意佢幫阿 Rose 畫嘅嗰幅畫。	Kèihkéi:	Titdaahtnèih Houh hóu daaih, kùhngyàhn tùhng yáuhchín yàhn chóh ge deihfōng m̀tùhng, A-Jack daai A-Rose jáulohkheui táiháh kùhngyàhn hái syùhn seuhngmihn jouh dī mēyéh. A-Rose táidóu dī kùhngyàhn sēuiyìhn móuh chín, daahnhaih hái syùhn seuhngmihn hōihōisāmsām, dī yàhn yātmihn cheunggō yātmihn tiumóuh. A-Rose gokdāk yáuhchín yàhn móuh kùhngyàhn gam hōisām. A-Jack sīk waahkwá, ngóh hóu jūngyi kéuih bōng A-Rose waahk ge gófūk wá.
小強：	冇着衫嗰幅畫嗬？	Síukèuhng:	Móuh jeuksāam gófūk wá àh?
雯雯：	嘩！	Màhnmán:	Wa!
琪琪：	其實佢哋嗰陣時着嘅衫真係好靚。我覺得而家嘅人着衫冇以前嘅人咁好睇。	Kèihkéi:	Kèihsaht kéuihdeih gójahnsìh jeuk ge sāam jānhaih hóu leng. Ngóh gokdāk yìhgā ge yàhn jeuksāam móuh yíhchìhn ge yàhn gam hóutái.

小強：	嗯。我最鍾意玩音樂嘅幾個人着嘅衫，真係好靚。我記得嗰隻船發生意外之後，好多人都知道隻船會沉，但係嗰幾個玩音樂嘅人唔怕死，佢哋繼續玩音樂。或者佢哋想話俾大家知，佢哋唔會放棄自己嘅夢想。	Síukèuhng:	Mm. Ngóh jeui jūngyi wáan yāmngohk gó géigo yàhn jeuk ge sāam, jānhaih hóu leng. Ngóh geidāk gójek syùhn faatsāng yi'ngoih jīhauh, hóudō yàhn dōu jīdou jek syùhn wúih chàhm, daahnhaih gó géigo wáan yāmngohk ge yàhn m̀pa séi, kéuihdeih gaijuhk wáan yāmngohk. Waahkjé kéuihdeih séung wah béi daaihgā jī, kéuihdeih m̀wúih fonghei jihgéi ge muhngséung.
琪琪：	係呀，沉船嗰個鏡頭我最感動。船上面嘅救生艇唔夠，但係好多男人都俾女仔同老人家走先。雖然係嗰樣，阿 Rose 冇走，佢決定走返去同阿 Jack 見面。天氣太凍，收尾阿 Jack 喺海裏面凍死咗。但係佢死之前對阿 Rose 講，叫佢千祈唔好放棄。	Kèihkéi:	Haih a, chàhmsyùhn gógo gengtàuh ngóh jeui gámduhng. Syùhn seuhngmihn ge gausāngténg m̀gau, daahnhaih hóudō nàahmyán dōu béi néuihjái tùhng lóuhyàhngā jáu sīn. Sēuiyìhn haih gámyéung, A-Rose móuh jáu, kéuih kyutdihng jáufāanheui tùhng A-Jack ginmihn. Tīnhei taai dung, sāumēi A-Jack hái hói léuihmihn dung séijó. Daahnhaih kéuih séi jīchìhn deui A-Rose góng, giu kéuih chīnkèih m̀hóu fonghei.
雯雯：	呢個故事我有啲印象喎，我聽第二啲朋友講過。	Màhnmán:	Nīgo gusih ngóh dōu yáuhdī yanjeuhng wo, ngóh tēng daihyih dī pàhngyáuh gónggwo.
小強：	好值得睇㗎！你有興趣嘅話，我借隻 DVD 俾你啦。	Síukèuhng:	Hóu jihkdāk tái ga! Néih yáuh hingcheui ge wah, ngóh je jek DVD béi néih lā.
雯雯：	好呀，多謝你哋介紹呢套電影俾我。	Màhnmán:	Hóu a, dōjeh néihdeih gaaisiuh nītou dihnyíng béi ngóh.

2.2 Paul chats with Karen in their company and comments on a film director during the lunch break.

嘉茵 (Karen)：	呀，你有冇聽過一個叫做吳宇森嘅導演呀？	Gāyān:	A, néih yáuh móuh tēnggwo yātgo giujouh Ǹgh Yúh-sām ge douhyín a?

保羅 (Paul)：	John Woo ？梗係有啦。	**Bóulòh:**	*John Woo*? Gánghaih yáuh lā.
嘉茵：	係嘅。	**Gāyān:**	Haih àh.
保羅：	有呀，做咩呀？	**Bóulòh:**	Yáuh a, jouh mē a?
嘉茵：	冇呀，你覺得佢拍嗰啲戲點樣呀？我都幾鍾意佢㗎，你呢？	**Gāyān:**	Móuh a, néih gokdāk kéuih paak gódī hei dímyéung a? Ngóh dōu géi jūngyi kéuih ga, néih nē?
保羅：	佢拍嘅戲喺香港都好出名。你有冇睇過「英雄本色」呀？	**Bóulòh:**	Kéuih paak ge hei hái Hēunggóng dōu hóu chēutméng. Néih yáuh móuh táigwo "Yīnghùhng Búnsīk" a?
嘉茵：	梗係有啦。	**Gāyān:**	Gánghaih yáuh lā.
保羅：	「喋血雙雄」有冇呀？	**Bóulòh:**	"Dihphyut sēunghùhng" yáuh móuh a?
嘉茵：	都有聽過啦。	**Gāyān:**	Dōu yáuh tēnggwo lā.
保羅：	「Face/Off」呢？	**Bóulòh:**	"*Face/Off*" nē?
嘉茵：	嘩，我最鍾意呢套嘑。	**Gāyān:**	Wa, ngóh jeui jūngyi nītou la.
保羅：	你係咪成日見倒有一啲鏡頭，好似周潤發嗰啲呢，好有型嘅出場嗰啲呢，跟住有啲白鴿飛出嚟嘅？	**Bóulòh:**	Néih haih maih sèhngyaht gindóu yáuh yātdī gengtàuh, hóuchíh Jāu Yeuhn-faat gódī nē, hóu yáuhyìhng gám chēutchèuhng gódī nē, gānjyuh yáuhdī baahkgáap fēichēutlàih gé?
嘉茵：	簡直係經典呀。	**Gāyān:**	Gáanjihk haih gīngdín a.
保羅：	吳宇森嘅拍攝手法呢，幾特別，好似係「定格」，跟住「慢鏡」，以前嘅電影雖然都有，但係佢嘅拍攝手法，以我所知，應該係第一個嘅做嘑。	**Bóulòh:**	Ngh Yúh-sām ge paaksip sáufaat nē, géi dahkbiht, hóuchíh haih "dihnggaak", gānjyuh "maahngeng", yíhchìhn ge dihnyíng sēuiyìhn dōu yáuh, daahnhaih kéuih ge paaksip sáufaat, yíh ngóh só jī, yīnggōi haih daih yātgo gám jouh la.
嘉茵：	係？	**Gāyān:**	Haih?

保羅：	好似係。係嘑，我仲想講少少佢嘅故事俾你聽呀。以前有人訪問過佢，吳宇森話，荷里活嗰啲人一早想搵佢拍戲，但係因為佢嗰陣時啲英文唔係幾好，又怕外國人呃佢，所以外國人問佢乜嘢，佢都講「no、no、no」。有一次有個荷李活導演想搵佢幫手，吳宇森就講「no、no、no」，嗽就拒絕咗個合作機會嘑。	**Bóulòh:**	Hóuchíh haih. Haih la, ngóh juhng séung góng síusíu kéuih ge gusih béi néih tēng a.Yíhchìhn yáuh yàhn fóngmahngwo kéuih, Ǹgh Yúh-sām wah, Hòhléihwuht gódī yàhn yātjóu séung wán kéuih paakhei, daahnhaih yānwaih kéuih gójahnsìh dī Yīngmàhn m̀haih géi hóu, yauh pa ngoihgwokyàhn āak kéuih, sóyíh ngoihgwok yàhn mahn kéuih mātyéh, kéuih dōu góng "no, no, no". Yáuh yātchi yáuh go Hòhléihwuht douhyín séung wán kéuih bōngsáu, Ǹgh Yúh-sām jauh góng "no, no, no", gám jauh kéuihjyuhtjó go hahpjok gēiwuih la.
嘉茵：	吓！？	**Gāyān:**	Há!?
保羅：	嗽佢而家識英文嘑，再諗返嗰陣時，其實人哋好耐以前就好想搵佢去美國。所以而家有乜嘢機會都唔會放棄。	**Bóulòh:**	Gám kéuih yìhgā sīk Yīngmàhn la, joi námfāan gójahnsìh, kèihsaht yàhndeih hóu noih yìhchìhn jauh hóu séung wán kéuih heui Méihgwok. Sóyíh yìhgā yáuh mātyéh gēiwuih dōu m̀wúih fonghei.
嘉茵：	以前真係嘥咗好多機會呀。	**Gāyān:**	Yíhchìhn jānhaih sāaijó hóudō gēiwuih a.
保羅：	係呀，但係佢而家呢啲戲越嚟越少嘑。	**Bóulòh:**	Haih a, daahnhaih kéuih yìhgā nīdī hei yuht làih yuht síu la..
嘉茵：	香港其實仲有好多好犀利嘅導演。如果你有興趣，下次得閒約出嚟一面飲咖啡一面傾吓啦！	**Gāyān:**	Hēunggóng kèihsaht juhngyáuh hóudō hóu sāileih ge douhyín.Yùhgwó néih yáuh hingcheui, hahchi dākhàahn yeuk chēutlàih yātmihn yám gafē yātmihn kīngháh lā!
保羅：	好呀好呀，就嗽決定啦。	**Bóulòh:**	Hóu a hóu a, jauh gám kyutdihng lā.

3 Vocabulary in use

活用詞彙 wuhtyuhng chìhwuih

3.1 Common vocabulary

Number	Word	Yale Romanization	POS	English
3.1.1	以前	yíhchìhn	TW	in the past; formerly; previously
3.1.2	簡直	gáanjihk	Adv	simply; at all
3.1.3	喊	haam	V	cry; weep
3.1.4	感動	gámduhng	Adj	heart-moving; heartening
3.1.5	撞倒	johngdóu	RVE	bump into; bump against
3.1.6	跟住	gānjyuh	Adv	and then; and after; next
3.1.7	收尾	sāumēi	TW	finally; as a result
3.1.8	死	séi	V	die, be dead
3.1.9	悶	muhn	Adj	bored; boring
3.1.10	窮	kùhng	Adj	poor; poverty-stricken
3.1.11	結婚	gitfān	V	marry; get married
3.1.12	怕	pa	V/Adj	fear; dread; be afraid of
3.1.13	繼續	gaijuhk	V	continue; go on
3.1.14	放棄	fonghei	V	give up
3.1.15	夢想	muhngséung	N/V	wishful thinking; dream of
3.1.16	老人家	lóuhyàhngā	N	a respectful form of address to an old person; a polite term for old woman or man
3.1.17	決定	kyutdihng	V/N	decide; determine; make up one's mind; decision
3.1.18	同……見面	tùhng…ginmihn	Patt	meet someone; see each other
3.1.19	天氣	tīnhei	N	weather

3.1.20	對	deui	CV	with regard to; concerning; to
3.1.21	印象	yanjeuhng	N	impression
3.1.22	值得	jihkdāk	Adj/V	worth; deserve
3.1.23	借	je	V	lend; borrow
3.1.24	放假	fongga	VO	have a holiday or vacation; have a day off
3.1.25	訪問	fóngmahn	V/N	interview; call on; visit
3.1.26	呃	āak	V	deceive; cheat
3.1.27	人哋	yàhndeih	N	other people
3.1.28	嘥	sāai	V	waste; miss
3.1.29	機會	gēiwuih	N	chance; opportunity

3.2 Proper nouns or place words

3.2.1	鐵達尼號	Titdaahtnèih Houh	N	A Hollywood movie "Titanic" in 1997
3.2.2	世界	saigaai	N	world
3.2.3	大西洋	Daaihsāiyèuhng	N	the Atlantic Ocean
3.2.4	冰山	bīngsāan	N	iceberg
3.2.5	吳宇森	Ngh Yúh-sām	PN	John Woo
3.2.6	周潤發	Jāu Yeuhn-faat	PN	Chow Yun Fat
3.2.7	荷里活	Hòhléihwuht	PW	Hollywood
3.2.8	英雄本色	Yīnghùhng Búnsīk	PN	A Hong Kong movie "A better Tomorrow" in 1986
3.2.9	喋血雙雄	Dihphyut sēunghùhng	PN	A Hong Kong movie "The Killer" in 1989
3.2.10	柯士甸站	Ōsihdīn jaahm	PW	Austin Road station, MTR
3.2.11	圓方商場	Yùhnfōng Sēungchèuhng	PW	the shopping mall at Elements, Kowloon
3.2.12	科學館	Fōhohkgún	PW	Science Museum
3.2.13	機場快線	Gēichèuhng Faaisin	PN	Airport Express
3.2.14	泰國	Taaigwok	PW	Thailand

3.2.15	菲律賓	Fēileuhtbān	PW	Philippines
3.2.16	長灘島	Chèuhngtāandóu	PW	Boracay
3.2.17	馬尼拉	Máhnèihlāai	PW	Manila

3.3 About movie and movie story

3.3.1	經典	gīngdín	Adj/N	classic; classical; classics
3.3.2	戲院	heiyún	PW	cinema
3.3.3	沉船	chàhmsyùhn	VO	the boat sinks
3.3.4	歷史	lihksí	N/Adj	history; historical
3.3.5	主角	jyúgok	N	leading role; lead
3.3.6	愛情	oichìhng	N	love
3.3.7	故事	gusih	N	story
3.3.8	跳海	tiuhói	VO	jump into the sea
3.3.9	唱歌	cheunggō	VO	sing (a song)
3.3.10	跳舞	tiumóuh	VO	dance
3.3.11	自殺	jihsaat	V	commit suicide; take one's own life
3.3.12	畫畫	waahkwá	VO	paint a painting; draw a picture
3.3.13	着衫	jeuksāam	VO	wear clothes
3.3.14	導演	douhyín	N	film director
3.3.15	拍戲	paakhei	VO	make a film; shoot a scene
3.3.16	鏡頭	gengtàuh	N	shot; scene; camera lens
3.3.17	(有)型	(yáuh)yìhng	Adj	stylish; cool; handsome
3.3.18	出場	chēutchèuhng	VO	come on the stage; appear on the scene
3.3.19	白鴿	baahkgáap/gaap	N	pigeon
3.3.20	拍攝手法	paaksip sáufaat	N	skill of shooting (a film or picture)
3.3.21	定格	dihnggaak	N	stop motion (filmmaking)
3.3.22	慢鏡	maahngeng	N	slowmotion (filmmaking)

3.4 Going from one place to another

3.4.1	塞車	sākchē	VO	traffic jam
3.4.2	出發	chēutfaat	V	depart; set off
3.4.3	電梯	dihntāi	N	escalator
3.4.4	天橋	tīnkìuh	N	overline bridge
3.4.5	班	bāan	M	a measure word for number of flights, or number of runs of buses, boats, trains, MTR, etc.
3.4.6	趕時間	gón sìhgaan	PH	in a hurry
3.4.7	轉機	jyun gēi	VO	change planes
3.4.8	直航 (機)	jihkhòhng(gēi)	N	direct flight
3.4.9	落機	lohkgēi	VO	disembark a plane
3.4.10	暈車浪	wàhn chē lohng	PH	carsick
3.4.11	救生艇	gausāngtéhng	N	lifeboat

3.5 Useful expressions

3.5.1	呢齣 / 呢套電影係真人真事改編嘅。	Nīchēut/nītou dihnyíng haih jān yàhn jān sih góipīn ge.	PH	This film is a story of real people and real events; this film is based on a true story.
3.5.2	拒絕咗個合作機會嘑	kéuihjyuhtjó go hahpjok gēiwuih la	PH	refused a good chance of cooperation
3.5.3	享受吓陽光與海灘	héungsauhháh yèuhnggwōng yúh hóitāan.	PH	enjoy, the sunshine and beach

4 Notes on language structures

語言結構知識 yúhyìhn gitkau jīsīk

4.1 Final particles "ga la" or "ge la"

The final particle "la" is used to emphasize completed action. "La" can also be used to indicate that status or situation(s) has/have been changed. "Ga la" and "ge la" are interchangeable. "Ge" gives affirmativeness implying "this is the case". The particle "ge/ga" combined with "la" is used to produce stronger degree of one's emphasis and significance.

1. Chēutdāk heui meih a?
   Chēutdāk heui ga la/ ge la.
2. Néih sihk dōdī lā.
   Ngóh sihkjó hóudō la. Gau ga la/ ge la.
3. Néih jouhyùhn meih a?
   Ngóh jouhyùhn ga la/ ge la.
4. Hái nīdouh néih sīkm̀sīk heui ngóh ūkkéi a?
   Ngóh sīk ga la/ ge la. Ngóh jīdou néihge deihjí(地址 address) ga la/ ge la.
5. Gwóngdūngwá gam nàahnhohk. Ngóhdeih yiu dím hohk a?
   Néihdeih góng dōdī jauh dāk ga la/ ge la.
6. Gāmyaht haih Máhlaih ge sāangyaht, néih máaihjó láihmaht béi kéuih meih a?
   Ngóh máaihjó ga la/ ge la. Néih nē?

4.2 Question particle "hó"

"Hó" is a question particle that expects the addressee's confirmation. It can be preceded by other particles such as "a", "la", "ga", "ga la" and "ge la" and form a new particle combination.

1. Néih haih Chàhn síujé hó?
2. Kéuih hahgo sīngkèih fāan Méihgwok a hó?
3. Néih ge néui sahp seui la hó?
4. Dihp faahn m̀yiu la hó?
5. Nībún syū haih néih ga hó?
6. Néih sihkjó faahn la hó? Ngóh m̀jyúfaahn la.
7. Móuh mahntàih ga la hó? Yùhgwó móuh mahntàih ngóh jauh fāanheui la.

4.3 Verbs with complex directional compounds

būn	**séuhng**	
ló	**lohk**	
nīng/līng	**chēut**	**làih**
jáu	**yahp**	**heui**
hàahng	**fāan**	
fēi	**gwo**	
kéih	**màaih**	
chóh	**hōi**	

*būn-   move(relocate oneself); move something heavy or bulky

*ló-   hold; take; catch

*nīng/līng-   carry (in one's hand with the arm down)

*jáu-   run; leave; go away

*hàahng-   walk

*fēi-   fly

*kéih-   stand

*chóh-   sit

---

*séuhngheui- go up   /   séuhnglàih- come up

*lohkheui-go down   /   lohklàih-come down

*chēutheui- go out   /   chēutlàih- come out

*yahpheui- go in   /   yahplàih- come in

*fāanheui- go back   /   fāanlàih- come back

*gwoheui- go over   /   gwolàih- come over

*màaihheui- go closer   /   màaihlàih- come closer

*hōiheui- go away (from)   /   hōilàih- come away (from)

1. Kéuih hàahngséuhnglàih wán ngóh.

2. Wòhng síujé (ng)āam(ng)āam jáujóchēutheui máaih gafē.

3. Ngóh jáuchēutheui táiháh kéuih làihjó meih.

4. Kéuih wah hahgo láihbaai hái Yīnggwok fēigwolàih taam ngóhdeih.

5. M̀gōi néih būn nīdīyéh lohkheui làuhhah.

6. Kéuih yìhgā m̀dākhàahn, néih m̀hóu chóhmàaihheui kéuih gaaklèih tùhng kéuih kīnggái.

7. Deuimihn ge fóng móuh yàhn, néih hóyíh hàahngyahpheui duhksyū.

8. Kéuih yìhgā hái Wohnggok, kéuih wah wúih ló gódī bōlòhbāau gwolàih Jīmsājéui béi ngóhdeih.

9. Nīdī boují haih gūngsī ge, néih m̀hóyíh lófāanheui ngūkkéi.

10. Néih m̀hóu hàahnghōiheui, gódouh hóudō chē.

4.4 Similarity and dissimilarity

4.4.1 Similarity

> A yáuh B gam Adj.

This pattern means A is as Adj. as B.

1. Kéuih ūkkéi ge chisó yáuh ngóh ge seuihfóng gam daaih.
2. Nīgāan chàh chāantēng ge faaichāan yáuh jáudim gam hóusihk.
3. Gāmyaht ge tīnhei yáuh kàhmyaht gam hóu.

> A tùhng B yātyeuhng

This pattern means A is the same as B.

1. Nīgo tòuhsyūgún tùhng gāaisíh yātyeuhng gam dō yàhn.
2. Méihgwok tùhng Jūnggwok yātyeuhng gam daaih.
3. Oumún yàhn tùhng Hēunggóng yàhn yātyeuhng góng Gwóngdūngwá.

> A tùhng B yātyeuhng gam Adj.

This pattern means A is just as Adj. as B.

1. Gòhgō tùhng bàhbā yātyeuhng gam fèih.
2. Bōlòhbāau tùhng daahntāat yātyeuhng gam hóusihk.
3. Nīgo nàahmyán tùhng gógo néuihyán yātyeuhng gam hauhsāang.
4. Jouh Yùhgā tùhng dá Taaikyún yātyeuhng gam sānfú.

4.4.2 Dissimilarity

> A móuh B gam Adj.

This pattern means A is not as Adj. as B.

1. Chāsīu yifán móuh sāidōsí gam yihthei.
2. Nīgo gaaulihn móuh gógo gaaulihn gam lengjái.

3.　Méihgwok móuh Gānàhdaaih gam daaih.

> A tùhng B m̀yātyeuhng
>
> Or
>
> A tùhng B m̀tùhng

This pattern means A is different from B.

1.　Jūngyī tùhng Sāiyī m̀yātyeuhng.
2.　Póutūngwá tùhng Gwóngdūngwá m̀yātyeuhng.
3.　Nīchēut dihnyíng tùhng góchēut dihnyíng ge gitguhk m̀tùhng.
4.　Jūngwàahn tùhng Wohnggok m̀tùhng.

> A tùhng B m̀haih yātyeuhng gam Adj.

This pattern means A and B are not equally Adj.

1.　Fēigēi tùhng fóchē m̀haih yātyeuhng gam faai.
2.　Yìhgā jōu'ūk ge gachìhn tùhng yíhchìhn m̀yātyeuhng.
3.　Mùihmúi tùhng jèhjē m̀haih yātyeuhng gam gōu.

4.5 Adverbs modifying the verb phrase

4.5.1 Reduplication of adjectives in the form "AABB"

In the case of bisyllabic adjectives, both syllables are reduplicated separately. Reduplication of adjectives is highly idiomatic. Therefore, it is hard to predict exactly which adjectives may be reduplicated. Reduplication of adjectives will form adverbs, which may serve to modify and describe an activity or a verb phrase in a form below:

> Adv gám…

<u>Adj</u>		<u>Adv</u>	
hōisām (happy)	→	hōihōisāmsām	
syūfuhk(comfortable)	→	syūsyūfuhkfuhk	
gáandāan (simple)	→	gáangáandāandāan	gám...
màhfàahn (troublesome)	→	màhmàhfàahnfàahn	
póutūng (ordinary; mediocre; nothing special)	→	póupóutūngtūng	

1. Chàhn sīnsāang léuhnggo jái múihyaht dōu hōihōisāmsām gám fāanhohk.
   (Mr. Chan has two sons. They go to school happily every day.)
   *gám: in this way

2. Kéuih chóhhái sōfá douh syūsyūfuhkfuhk gám táihei/ tái dihnyíng.
   (She sits on the sofa comfortably to watch movie/TV.)

3. Ngóh hóusíu hái ngoihbihn sihkfaahn, hái ūkkéi gáangáandāandāan jyú dī yéh jauh dāk la. (I rarely eat outside. I prefer to cook at home in a simple way.)

4. Nīdouh fuhgahn mātyéh dōu móuh. Máaih dī sāanggwó dōu yiu jáu chēutheui daapchē, màhmàhfàahnfàahn, hóu m̀fōngbihn.

4.5.2 Using an adjective followed by "gám" before the verb

> Hóu Adj gám ...

1. Dihnyíng léuihbihn nàahm jyúgok hóu yáuhyìhng gám hái jáudim hàahngchēutlàih.
   (yáuhyìhng: stylish; cool; graceful)

2. Yānwaih gón sìhgaan, ngóh yiu hóu faai gám jáu heui fóchējaahm.
   (faai: fast; jáu: run)

3. Kéuih hóu chīngchó gám wah béi ngóh jī kéuih múihyaht hái gūngsī yiu jouh dī mātyéh. (chīngchó: clear)

4.6 Degrees of comparison

An adjective or a verb can be modified by the addition of degree adverbs. These adverbs include "hóudō" (much), "síusíu" (a little) and "dīdī" (a bit).

1. M̀hóu yisi, ngóh yiu chìh síusíu dou.
2. Yìhgā ngóh hóusíu heui heiyún táihei.
   *heiyún: cinema
3. Ngóh séung góng síusíu Jūngyī tùhng Sāiyī yáuh mātyéh m̀tùhng.
4. Syutgwaih léuihbihn juhng yáuh dīdī sāanggwó.
5. Kéuih gahnpàaih fèihjó hóudō.
6. Nībouh láahngheigēi tùhng góbouh m̀yātyeuhng. Nībouh gwai hóudō.
7. Bāsí móuh síubā gam faai. Síubā faai dīdī.

5 Notes on pragmatic knowledge
語用知識注解 yúhyuhng jīsīk jyugáai

5.1 Difference between "góng" and "wah"

The verbs "góng" and "wah" are interchangeable when they are used in this kind of verb construction, "PN told someone that…". A sentence particle "wóh" (喎) may be used in indirect statements and questions as an overt indicator of reported speech. There is no difference between these two sentences:

1. Máhlaih góng béi kéuih jī/tēng tīngyaht fāanheui Méihgwok(wóh).
2. Máhlaih wah béi kéuih jī/tēng tīngyaht fāanheui Méihgwok (wóh).

However, we should not confuse their use in the following contexts.

5.1.1 "góng"
We should use "góng" instead of "wah" as a main verb alone when the main verb means "speak" or "talk".

Kéuih sīk góng Gwóngdūngwá.
(She can speak Cantonese.)

Néihdeih góng mātyéh a?
(What are you guys talking about?)

Nīchēut dihnyíng góng léuhnggo hohksāang heuijó Fēileuhtbān gaau Yīngmàhn ge gusih.

(This movie is a story related to two students who went to Philippines for teaching English.)

5.1.2 "wah"

In Cantonese, there is no conjunction corresponding to English "that", and a sentence of reported speech "PN says that…" simply follows "wah". Again, the sentence particle "wóh" (喎) may be used in indirect statements and questions as an overt indicator of reported speech.

Kéuih wah go tóuh m̀syūfuhk (wóh).
(She said her stomach is not feeling well.)

Wòhng taaitáai wah kéuih hóu jūngyi sihk Yahtbún choi (wóh).
(Mrs. Wong said she likes Japanese cuisine.)

"Wah" appears in direct speech when it is used to indicate one's thinking and to express one's opinion.

Ngóh wah daahntāat hóusihk gwo bōlòhbāau.
(I think egg tart is more delicious than pineapple bun.)

Ngóh wah Hòhléihwuht ge dihnyíng hóutáidī.
(I think Hollywood films are more interesting.)

Finally, "wah" is used to express a condition and to come after a conditional clause.
(Yùhgwó) móuh mahntàih ge wah, ngóh jauh fāanheui la.
(If there is no problem, I will go back home.)

Sīngkèih yaht yáuh sìhgaan ge wah, néih hóyíh gwolàih wán ngóh. Ngóh bàhbā màhmā m̀hái ūkkéi.
(If you have leisure time on Sunday, you may come over to my place. My parents are not at home.)

5.2 Confirming one's condition and corresponding in accordance with the other party's reply

A question particle "sīn"(先) is used to ask people's confirmation. The answer or response from the other party will determine the direction of next step and upcoming conversation. The question pushes the other party to explain what is in his/her mind and clarify clearly her standpoint clearly before going on their conversation. For example:

Máhlaih:　Ngóhdeih heui bīndouh sihkfaahn a?

Bóulòh:　Haih m̀haih m̀séung heui chàh chāantēng sīn?

Máhlaih:　Gánghaih lā.

Bóulòh:　Gám ngóhdeih heui sihk sāichāan ā?

Máhlaih:　Hóu a!

In this conversation, Mary and John were talking about where to go. Paul remembered that Mary was not willing to have lunch in a Hong Kong style restaurant. Mary's confirmation had helped Paul to exclude the option of going to Hong Kong style restaurants.

Based on this function, a common Cantonese expression "haih maih sīn?" (係咪先？) is derived and its meaning is equivalent to English "isn't it?", "isn't that so?". For example:

"Néih móuh hingcheui heui táihei hóyíh wah béi ngóh jī gá/gā ma! Haih maih sīn?"
你冇興趣去睇戲可以話俾我知㗎嘛，係咪先？
(If you have no interest in watching movie, you may simply tell me. Isn't that so?)

5.3　Expressing agreement or assent

Besides saying "haih (a)", "hóu (a)"(好呀，好呀) explicitly, Chinese people are accustomed to express agreement or assent with a word "m̀m"(嗯). It is often used as a signal of listening and responding to others.

Another signal to show understanding, acknowledgement or sympathy is "òh"(哦). The tone changes to low rising for emphasis.

Examples:

1. Máhlaih: Ngóh jáu sīn la.
   Daaihwaih: Òh, bāaibaai.
2. Máhlaih: Néih hóm̀hóyíh gaau ngóh "chicken leg" ge Gwóngdūngwá dím góng a?
   Daaihwaih: Óh, móuh mahntàih. Gwóngdūngwá giujouh "gāibéi".

6 Contextualized speaking practice

情境説話練習 chìhnggíng syutwah lihnjaahp

6.1 Faatyām lihnjaahp (Pronunciation Exercises)

Listen to the teacher and match the correct combinations of the following verbs and objects.

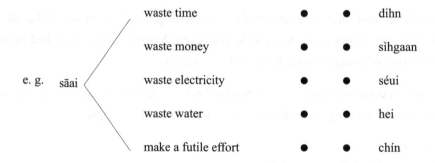

	waste time ●	● dihn
	waste money ●	● sìhgaan
e. g. sāai	waste electricity ●	● séui
	waste water ●	● hei
	make a futile effort ●	● chín

6.2 Chìhnggíng syutwah lihnjaahp (Situational Topics)

6.2.1 Please answer the following questions.

1. Chóh bāsí yáuh móuh chóh deihtit gam fōngbihn a?

_____

2. Heiséui haih m̀haih tùhng bējáu yātyeuhng gam hóuyám a?

_____

3. Hái Hēunggóng chóh fēigēi fēifāanheui néih ge gwokgā yiu géinoih a? Sáim̀sái jyungēi a?

_____

4. Néih deui Hēunggóng ge yanjeuhng haih dím a?

_____

6.2.2 Fill in the blanks with the given words. Each vocabulary should be used once only.

sāumēi gáanjihk gānjyuh tùhng

bin jihkdāk gón deui

1. Móuh làih Hēunggóng géinìhn, Hēunggóng yíhgīng _____ jó hóudō.
2. Ngóh múihyaht héisān jīhauh jauh sihk jóuchāan, _____ jauh fāangūng la.
3. Nīdouh dī sāichāan jānhaih hóusihk, gachìhn yauh m̀gwai, _____ heuiyùhn joi heui.
4. Yùhgwó néih _____ sìhgaan, jeui hóu daap deihtit la, yānwaih nīgo sìhgaan dōsou sākchē ge.
5. Ngóh _____ dihnyíng móuh hingcheui.
6. Kéuih táijó hóudō chi Sāiyī dōu juhng meih hóufāan, jīhauh kéuih ge pàhngyáuh gaaisiuh kéuih heui tái Jūngyī, _____ jauh hóufāansaai la.
7. Gòhgō wah hahjau dásyun _____ néuih pàhngyáuh ginmihn.
8. Tóuhtung gójahnsìh _____ lìhn séui dōu m̀séung yám.

6.2.3 Multiple choice questions

1. A-jái, néih fongjó gūng ( )? Néih tùhng ngóh heui chīukāp síhchèuhng máaihdī bējáu ā!
   A. ga la
   B. la hó
   C. gwa

2. Nībún syū ngóh táiyùhn jīhauh tīngyaht jauh wúih béifāan néih ( ).
   A. hó
   B. wóh
   C. ga la

3. Kéuih wah Jūngmàhn Daaihhohk haih chyùhn Hēunggóng jeui dō ngoihgwok hohksāang ge daaihhohk ( ).
   A. wóh
   B. ge la
   C. dóu

4. Móuh gin géigo yuht, néih ge Gwóngdūngwá lēkjó ( ) wo.
   A. háh
   B. hóudō
   C. gā ma

5.   Ngóh móuh sìhgaan jyúfaahn, sóyíh jihnghaih hóyíh hóu gáandāan (   ) máaihjó go téuidáanjih sihk.

        A. ge

        B. sīn

        C. gám

6.3 Speech topics

Please practice the following topics.

Chéng néih gaaisiuh yāttou néih gokdāk hóu gámduhng ge dihnyíng béi ngóhdeih tēng.

請你介紹一套你覺得好感動嘅電影俾我哋聽。

Please introduce to us a movie that you think it is heartening.

Néih saigo gójahn yáuh mātyéh muhngséung a? Sāumēi yáuh móuh fonghei nē? Dímgáai nē?

你細個嗰陣有乜嘢夢想呀？收尾有冇放棄呢？點解呢？

What was your dream when you were a child? Have you given up your dream already? Why?

7.   Listening and speaking

聽説練習 tingsyut lihnjaahp

7.1 Mrs. Chu wants to know how to get to the airport from Tsim Sha Tsui. She goes to ask her husband.

朱太：	阿朱嘀，要喺尖沙咀去機場呢，噉應該點去呀？	Jyū táai:	A-Jyū àh, yiu hái Jīmsājéui heui gēichèuhng nē, gám yīnggōi dím heui a?
阿朱：	呀，你會喺邊度，係咪喺我哋屋企，尖沙咀嗰度出發先？	A-Jyū:	A, néih wúih hái bīndouh, haih maih hái ngóhdeih ūkkéi, Jīmsājéui gódouh chēutfaat sīn?
朱太：	噉梗係啦。	Jyū táai:	Gám gánghaih lā.

阿朱：	哦，okay。如果係嘅話呢，嘅其實我哋喺呢度去好方便啦。我哋喺尖沙咀嗰度就搭返去柯士甸站啦，嘅跟住呢，柯士甸站嗰度 Boy 出口，一出返去呢就可以上到去九龍站，嘅九龍站嗰度就有條機場快線，嗰度就可以去到機場囉。	**A-Jyū:**	Óh, *okay*. Yùhgwó haih ge wah nē, gám kèihsaht ngóhdeih hái nīdouh heui hóu fōngbihn lā. Ngóhdeih hái Jīmsājéui gódouh jauh daap fāan heui Ōsihdīn jaahm lā, gám gānjyuh nē, Ōsihdīn jaahm gódouh *Boy* chēutháu, yāt chēutfāan heui nē jauh hóyíh séuhngdouheui Gáulùhng jaahm, gám Gáulùhng jaahm gódouh jauh yáuh tìuh Gēichèuhng Faaisin, gódouh jauh hóyíh heuidou gēichèuhng lō.
朱太：	吓，即係點行……嗰個咩……咩嚟㗎？	**Jyū táai:**	Há, jīkhaih dím hàahng…gógo mē…mē làih ga?
阿朱：	冇，咪嗰度呢，B出口嗰度，嘅就會有條電梯上去嘅。嘅經過條天橋，經過圓方商場，嘅圓方商場入面呢就係九龍站囉。嗱，但係如果你覺得麻煩嘅話呢，又可以喺科學館搭車喎。你知唔知邊度科學館先？	**A-Jyū:**	Móuh, maih gódouh nē, B chēutháu gódouh, gám jauh wúih yáuh tìuh dihntāi séuhngheui ge. Gám gīnggwo tìuh tīnkìuh, gīnggwo Yùhnfōng Sēungchèuhng, gám Yùhnfōng Sēungchèuhng yahpbihn nē jauh haih Gáulùhngjaahm lō. Làh, daahnhaih yùhgwó néih gokdāk màhfàahn ge wah nē, yauh hóyíh hái Fōhohkgún daapchē wo. Néih jī m̀jī bīndouh Fōhohkgún sīn?
朱太：	梗係知啦。	**Jyū táai:**	Gánghaih jī lā.
阿朱：	喺科學館嗰度有架巴士，係A21嚟嘅，四十分鐘可以去到機場，都幾快㗎。	**A-Jyū:**	Hái Fōhohkgún gódouh yáuh ga bāsí, haih A21 làih ge, seisahp fānjūng hóyíh heuidou gēichèuhng, dōu géi faai ga.
朱太：	要等幾耐一班呀？	**Jyū táai:**	Yiu dáng géinoih yātbāan a?
阿朱：	我諗十至十五分鐘囉，唔會好耐嘅。	**A-Jyū:**	Ngóh nám sahp ji sahpńgh fānjūng lō, m̀wúih hóu noih gé.
朱太：	嘅要坐幾耐呀？	**Jyū táai:**	Gám yiu chóh géinoih a?
阿朱：	搭機鐵快好多，半個鐘就到，但係如果搭巴士唔塞車，都係一個鐘三個字左右啦。	**A-Jyū:**	Daap Gēitit faai hóudō, bungo jūng jauh dou, daahnhaih yùhgwó daap bāsí m̀sākchē, dōu haih yātgo jūng sāamgo jih jóyáu lā.
朱太：	係咪呀？	**Jyū táai:**	Haih maih a?

阿朱：	係呀。	A-Jyū:	Haih a.
朱太：	噉即係你覺得我應該搭巴士好嘅嘅？	Jyū táai:	Gám jīkhaih néih gokdāk ngóh yīnggōi daap bāsí hóudī àh?
阿朱：	如果你覺得去機鐵站好麻煩，噉梗係搭巴士啦。	A-Jyū:	Yùhgwó néih gokdāk heui Gēititjaahm hóu màhfàahn, gám gánghaih daap bāsí lā.
朱太：	噉又係。	Jyū táai:	Gám yauh haih.
阿朱：	你會唔會好趕時間先？同埋要睇吓你咩時間出發喎。如果你打算半夜出發，噉你就……	A-Jyū:	Néih wúih m̀wúih hóu gón sìhgaan sīn? Tùhngmàaih yiu táiháh néih mē sìhgaan chēutfaat wo. Yùhgwó néih dásyun bunyé chēutfaat, gám néih jauh…
朱太：	半夜出發就要你送我啦。	Jyū táai:	Bunyé chēutfaat jauh yiu néih sung ngóh lā.
阿朱：	如果嗰啲時間嘅話就要搭的士㗎。	A-Jyū:	Yùhgwó gódī sìhgaan ge wah jauh yiu daap dīksí la.
朱太：	我打算下晝去囉，我諗唔使搭的士。	Jyū táai:	Ngóh dásyun hahjau heui lō, ngóh nám m̀sái daap dīksí.
阿朱：	噉你去科學館嗰度坐巴士啦。	A-Jyū:	Gám néih heui Fōhohkgún gódouh chóh bāsí lā.
朱太：	嗯……好啦。	Jyū táai:	M̀m…hóu lā.

7.2 Mary shares her travelling experience with Ken. She shows him how to take a flight to Boracay, Philippines.

瑪麗 (Mary)：	放假去邊度玩呀？	Máhlaih:	Fongga heui bīndouh wáan a?
小強 (Ken)：	嗯。聖誕節都請倒一個禮拜假嘅。	Síukèuhng:	M̀m. Singdaanjit dōu chéngdóu yātgo láihbaai ga gé.
瑪麗 (Mary)：	不如，去享受吓陽光海灘吖。	Máhlaih:	Bātyùh, heui héungsauhháh yèuhnggwōng hóitāan ā.
小強：	好吖，近排呢度有啲凍，去啲熱嘅地方都唔錯。	Síukèuhng:	Hóu ā, gahnpáai nīdouh yáuhdī dung, heui dī yiht ge deihfōng dōu m̀cho.
瑪麗：	唉，我舊年去過嗰個 Boracay，長灘島呀。	Máhlaih:	Aai, ngóh gauhnín heuigwo gógo *Boracay*, Chèuhngtāandóu a.

小強：	哦。	**Síukèuhng:**	Òh.
瑪麗：	嗰度都幾好喫，不如去試吓吖。	**Máhlaih:**	Gódouh dōu géi hóu ga, bātyùh heui siháh ā.
小強：	咩嚟喫？泰國喫？	**Síukèuhng:**	Mē làih ga? Taaigwok àh?
瑪麗：	唔係，菲律賓呀。	**Máhlaih:**	M̀haih, Fēileuhtbān a.
小強：	哦。	**Síukèuhng:**	Óh.
瑪麗：	好出名喫，你未聽過咩？	**Máhlaih:**	Hóu chēutméng ga, néih meih tēnggwo mē?
小強：	唔好意思呀，我未去過菲律賓。	**Síukèuhng:**	M̀hóu yisi a, ngóh meih heuigwo Fēileuhtbān.
瑪麗：	都好玩喫，不過去嘅嗰個旅程呢就麻煩啲囉。	**Máhlaih:**	Dōu hóuwáan ga, bātgwo heui ge gógo léuihchìhng nē jauh màhfàahndī lō.
小強：	唔，點去喫？	**Síukèuhng:**	M̀m, dím heui ga?
瑪麗：	你喺香港出發係咪？	**Máhlaih:**	Néih hái Hēunggóng chēutfaat haih mái?
小強：	係呀。	**Síukèuhng:**	Haih a.
瑪麗：	你呢就要喺香港搭機去馬尼拉。	**Máhlaih:**	Néih nē jauh yiu hái Hēunggóng daap gēi heui Máhnèihlāai.
小強：	哦。	**Síukèuhng:**	Óh.
瑪麗：	喺馬尼拉呢再轉機去長灘島。	**Máhlaih:**	Hái Máhnèihlāai nē joi jyungēi heui Chèuhngtāandóu.
小強：	咁複雜嘅，冇直航機喫？	**Síukèuhng:**	Gam fūkjaahp gé, móuh jihkhòhnggēi gàh?
瑪麗：	冇喫。嗰度係一個好遠嘅地方。	**Máhlaih:**	Móuh ga. Gódouh haih yātgo hóu yúhn ge deihfōng.
小強：	哦。	**Síukèuhng:**	Óh.
瑪麗：	噉你轉咗機之後呢，落咗機仲未得喫喎。	**Máhlaih:**	Gám néih jyunjógēi jīhauh nē, lohkjó gēi juhng meih dāk ga wo.
小強：	嗯。	**Síukèuhng:**	M̀m.
瑪麗：	仲要坐巴士。	**Máhlaih:**	Juhng yiu chóh bāsí.

小強：	嘩。	Síukèuhng:	Wa.
瑪麗：	我記得係，嘩，坐咗幾個鐘頭巴士呀。	Máhlaih:	Ngóh geidāk haih, wa, chóhjó géigo jūngtàuh bāsí a.
小強：	嗯。	Síukèuhng:	Ṁm.
瑪麗：	你唔暈車浪㗎可？	Máhlaih:	Néih m̀wàhnchēlohng ga hó?
小強：	我 okay，但係我唔知同我一齊去嗰啲人點㗎嘛。	Síukèuhng:	Ngóh okay, daahnhaih ngóh m̀jī tùhng ngóh yātchàih heui gódī yàhn dím gā ma.
瑪麗：	係呀，因為我哋嗰次去呢，有人喺度暈車浪，跟住呢，我哋嗰日上晝開始搭車，跟住去到嗰度呢，去到嗰陣時其實已經夜晚㗎嘑。仲未到酒店㗎喎，酒店就會搵隻船，喺碼頭嗰度接你返酒店，嗰樣囉。	Máhlaih:	Haih a, yānwaih ngóhdeih góchi heui nē, yáuh yàhn háidouh wàhnchēlohng, gānjyuh nē, ngóhdeih góyaht seuhngjau hōichí daapchē, gānjyuh heuidou gódouh nē, heuidou gójahnsìh kèihsaht yíhgīng yehmáahn ga la. Juhng meih dou jáudim ga wo, jáudim jauh wúih wán jek syùhn, hái máhtàuh gódouh jip néih fāan jáudim, gámyéung lō.
小強：	嘩，咁麻煩。	Síukèuhng:	Wa, gam màhfàahn.
瑪麗：	好值得㗎。	Máhlaih:	Hóu jihkdāk ga.
小強：	十幾個鐘，美國都去倒㗎喎。	Síukèuhng:	Sahpgéigo jūng, Méihgwok dōu heuidóu la wo.
瑪麗：	嗰唔同嘅，你搭機去美國，如果你係直航機呀，你搭嗰十幾個鐘你都唔可以休息啦，係咪呀？你去到菲律賓嘅機場，你可以去吓洗手間呀，食吓嘢呀，玩吓電話。	Máhlaih:	Gám m̀tùhng gé, néih daap gēi heui Méihgwok, yùhgwó néih haih jihkhòhng gēi a, néih daap gó sahpgéi go jūng néih dōu m̀hóyíh yāusīk lā, haih maih a? Néih heuidou Fēileuhtbān ge gēichèuhng, néih hóyíh heuiháh sáisáugāan a, sihkháhyéh a, wáanháh dihnwá.
小強：	嗰又係嘅。唉，有冇嘢做㗎？去成個禮拜。	Síukèuhng:	Gám yauh haih gé. Aai, yáuh móuh yéh jouh ga? Heui sèhnggo láihbaai.

瑪麗：	噉咪喺酒店食嘢囉，去沙灘游水呀、同埋買吓嘢噉囉，你可以玩滑翔傘呀。	**Máhlaih:**	Gám maih hái jáudim sihkyéh lō, heui sātāan yàuhséui a, tùhngmàaih máaihháhyéh gám lō, néih hóyíh wáan waahtchèuhngsaan a.
小強：	唔。好似幾好玩喎，就噉決定啦。	**Síukèuhng:**	M̀m. Hóuchíh géi hóuwáan wo, jauh gám kyutdihng lā.
瑪麗：	你唔使問吓太太先嘅？	**Máhlaih:**	Néih m̀sái mahnháh taaitáai sīn àh?
小強：	啊……太太。好，我返去問吓先。	**Síukèuhng:**	A…taaitáai. Hóu, ngóh fāanheui mahnháh sīn.

Lesson 5　Explaining your reasons
解釋點解要噉做

1. Contexts and linguistic functions
語境特徵與語言功能 yúhgíng dahkjīng yúh yúhyìhn gūngnàhng

Contexts (who, where, when) 語境特徵（人地時）		Linguistic functions 語言功能
Who: friends, colleagues, classmates, family members **Where:** coffee shop, company, home, etc. **When:** casual and informal, general		**Core function:** Explaining 解釋
Language Scenarios: In a coffee shop, a friend explains why she never joins tour group. Another friend states her reasons why travelling is no good during holidays while the other disagrees with her. 從歐洲回來的女生與她的朋友在咖啡店裏談到自己對旅遊的看法；同事解釋為何喜歡假期留港不喜歡出外去旅行，但是另一個同事卻有不同意見。		

Notes on pragmatic knowledge	Notes on language structure
I.　Denoting familiarity II.　Playing down a fact by using "jē" III. Interjection in a conversation	- Manner of action - Idioms of motion - Infinite expressions - Reason clause with "maih…lō" - Describing a continuous activity or state without change

2. *Texts*

課文 fomàhn

2.1 Paul and May are sitting in a coffee shop sharing their views on traveling. May explains why she never joins tour group.

保羅：	喂，你係咪啱啱去完歐洲呀？	**Bóulòh:**	Wai, néih haih maih āam'āam heuiyùhn Āujāu a?
阿 May：	係呀，好好玩呀！	**A-Mēi:**	Haih a, hóu hóuwáan a!
保羅：	哦，去咗邊個國家呀？	**Bóulòh:**	Óh, heuijó bīngo gwokgā a?
阿 May：	哦，去咗好多呀，歐洲幾個國家啦，奧地利啦，德國啦，跟住去法國同埋英國。	**A-Mēi:**	Óh, heuijó hóudō a, Āujāu géigo gwokgā lā, Oudeihleih lā, Dākgwok lā, gānjyuh heui Faatgwok tùhngmàaih Yīnggwok.
保羅：	嘩，去咗咁多個國家嘅？	**Bóulòh:**	Wa, heuijó gamdō go gwokgā àh?
阿 May：	係呀。	**A-Mēi:**	Haih a.
保羅：	吖，係喎，講開又講，你好似冇跟團喎。	**Bóulòh:**	Ā, haih wo, gónghōi yauh góng, néih hóuchíh móuh gāntyùhn wo.
阿 May：	係呀，跟團有咩咁好玩啫？	**A-Mēi:**	Haih a, gāntyùhn yáuh mē gam hóuwáan jē?
保羅：	你唔明喫嘑，我同阿爸阿媽去，梗係跟團好啲啦。	**Bóulòh:**	Néih m̀mìhng ga la, ngóh tùhng A-bàh A-mā heui, gánghaih gāntyùhn hóudī lā.
阿 May：	噉又係，不過如果自己去或者又鍾意行路嘅，同埋都識英文，噉我覺得唔使跟團啦。	**A-Mēi:**	Gám yauh haih, bātgwo yùhgwó jihgéi heui waahkjé yauh jūngyi hàahnglouh ge, tùhngmàaih dōu sīk Yīngmàhn, gám ngóh gokdāk m̀sái gāntyùhn lā.
保羅：	我啱啱去完北京返嚟。去北京嗰陣時，同埋爸爸媽媽一齊去，佢哋行得好慢，所以都用咗好多時間搭車。收尾去完返嚟之後我就諗嘑，吖，不如都係跟團好啲。	**Bóulòh:**	Ngóh āam'āam heuiyùhn Bākgīng fāanlàih. Heui Bākgīng gójahnsìh, tùhngmàaih bàhbā màhmā yātchàih heui, kéuihdeih hàahngdāk hóu maahn, sóyíh dōu yuhngjó hóudō sìhgaan daapchē. Sāumēi heuiyùhn fāanlàih jīhauh ngóh jauh nám la, ā, bātyùh dōu haih gāntyùhn hóudī.

阿May：	嗯，歐洲其實坐火車都好方便嘅，啲國家又唔係好大啦，路程又唔遠啦，你隨時買張飛，噉就邊個城市都去倒囉。同埋我啲行李又唔係好多。	**A-Mēi:**	M̀m, Āujāu kèihsaht chóh fóchē dōu hóu fōngbihn ge, dī gwokgā yauh m̀haih hóu daaih lā, louhchìhng yauh m̀yúhn lā, néih chèuihsìh máaih jēung fēi, gám jauh bīngo sìhngsíh dōu heuidóu lō. Tùhngmàaih ngóhdī hàhngléih yauh m̀haih hóu dō.
保羅：	哦，噉就好啲。	**Bóulòh:**	Óh, gám jauh hóudī.
阿May：	係呀，可以搭火車同埋巴士。	**A-Mēi:**	Haih a, hóyíh daap fóchē tùhngmàaih bāsí.
保羅：	係嘑，你揹住行李走嚟走去好麻煩㗎喎，係咪呀？	**Bóulòh:**	Haih la, néih mējyuh hàhngléih jáulàih jáuheui hóu màhfàahn ga wo, haih maih a?
阿May：	噉唔好拖篋囉，揹背囊就唔麻煩㗎嘑，行得好輕鬆。同埋我覺得跟團好多限制㗎，因為佢啲嘅行程已經決定好晒。	**A-Mēi:**	Gám m̀hóu tōgīp lō, mē buinòhng jauh m̀màhfàahn ga la, hàahngdāk hóu hīngsūng. Tùhngmàaih ngóh gokdāk gāntyùhn hóudō haahnjai ga, yānwaih kéuih gódī hàhngchìhng yíhgīng kyutdihng hóusaai.
保羅：	係呀係呀。	**Bóulòh:**	Haih a, haih a.
阿May：	有啲地方你或者唔鍾意啦，或者佢會帶你去買嘢啦，或者……	**A-Mēi:**	Yáuhdī deihfōng néih waahkjé m̀jūngyi lā, waahkjé kéuih wúih daai néih heui máaihyéh lā, waahkjé…
保羅：	噉你可以唔買㗎啫。	**Bóulòh:**	Gám néih hóyíh m̀máaih ga jē.
阿May：	噉好嘥時間㗎嘛，我如果淨係想喺一個地方留耐啲，影多啲相，噉佢又催我走，我就……	**A-Mēi:**	Gám hóu sāai sìhgaan gā ma, ngóh yùhgwó jihnghaih séung hái yātgo deihfōng làuh noihdī, yíng dōdī séung, gám kéuih yauh chēui ngóh jáu, ngóh jauh…
保羅：	但係跟團始終都安全啲嘅，因為你去到嗰個地方，可能啲的士司機會呃你㗎嘛。	**Bóulòh:**	Daahnhaih gāntyùhn chíjūng dōu ōnchyùhn dī ge, yānwaih néih heuidou gógo deihfōng, hónàhng dī dīksí sīgēi wúih āak néih gā ma.
阿May：	唉，呢啲嘢就冇辦法㗎啦，我諗呢個世界都係好人多啲嘅。	**A-Mēi:**	Aai, nīdī yéh jauh móuh baahnfaat ga lā, ngóh nám nīgo saigaai dōu haih hóu yàhn dōdī ge.
保羅：	唔係㗎，我啱啱去北京嗰陣時……	**Bóulòh:**	M̀haih ga, ngóh āam'āam heui Bākgīng gójahnsìh…
阿May：	呃少少當幫吓佢哋囉。	**A-Mēi:**	Āak síusíu dong bōngháh kéuihdeih lō.

保羅：	我本來想去天安門，但係個司機話：「唉，今日唔開呀」，跟住佢就話不如車我哋去一個胡同，所以收尾我哋就諗，佢咁想帶我哋去嗰度，多數都係呃人嘅。	**Bóulòh:**	Ngóh búnlòih séung heui Tīn'ōnmùhn, daahnhaih go sīgēi wah, "aai, gāmyaht m̀hōi a", gānjyuh kéuih jauh wah bātyùh chē ngóhdeih heui yātgo wùhtùhng, sóyíh sāumēi ngóhdeih jauh nám, kéuih gam séung daai ngóhdeih heui gódouh, dōsou dōu haih āak yàhn ge.
阿 May：	你如果聰明啲呢，你就知道嗰個人想呃你，噉你咪搭第二部的士囉。	**A-Mēi:**	Néih yùhgwó chūngmìhngdī nē, néih jauh jīdou gógo yàhn séung āak néih, gám néih maih daap daihyih bouh dīksí lō.
保羅：	噉樣都係一個好有趣嘅體驗喎。	**Bóulòh:**	Gámyéung dōu haih yātgo hóu yáuhcheui ge táiyihm wo.

2.2 Two colleagues are chatting about their holiday plans. May prefers to stay at home but her colleague likes to go overseas.

同事：	喂，阿 May，啱啱見倒你，想問吓你，就嚟聖誕節嘑喎，有冇打算同老公去邊呀？	**tùhngsih:**	Wai, A-Mēi, āam la gindóu néih, séung mahnháh néih, jauhlàih Singdaanjit la wo, yáuh móuh dásyun tùhng lóuhgūng heui bīn a?
阿 May：	冇呀，去邊吖咁多嘢做？	**A-Mēi:**	Móuh a, heui bīn ā gamdō yéh jouh?
同事：	吓？咁難得放假，唔會去吓旅行㗎咩？	**tùhngsih:**	Há? Gam nàahndāk fongga, m̀wúih heuiháh léuihhàhng ga mē?
阿 May：	我唔會㗎，你會㗎咩？	**A-Mēi:**	Ngóh m̀wúih ga, néih wúih ga mē?
同事：	我會㗎，嘩，每年一有假期，梗係即刻想同老婆去旅行啦。	**tùhngsih:**	Ngóh wúih ga, wa, múihnìhn yāt yáuh gakèih, gánghaih jīkhāk séung tùhng lóuhpòh heui léuihhàhng lā.
阿 May：	唓，想兩個人休息吓，留喺香港都可以啫，去咩旅行！	**A-Mēi:**	Ché, séung léuhnggo yàhn yāusīkháh, làuhhái Hēunggóng dōu hóyíh jē, heui mē léuihhàhng!

同事：	嘩，香港梗係唔得啦，人又多車又多，有咩好去呀，又有嘢好食，去旅行就唔同㗎。嗱，近近地去吓台北，又有夜市又有啲地道小食，遠啲嘅又可以去吓東京、首爾睇吓雪。	tùhngsih:	Wa, Hēunggóng gánghaih m̀dāk lā, yàhn yauh dō chē yauh dō, yáuh mē hóu heui a, yauh móuh yéh hóusihk, heui léuihhàhng jauh m̀tùhng la. Làh, káhnkándéi heuiháh Tòihbāk, yauh yáuh yehsíh yauh yáuhdī deihdouh síusihk, yúhndī ge yauh hóyíh heuiháh Dūnggīng, Sáuyí táiháh syut.
阿 May：	邊有咁多錢呀？	A-Mēi:	Bīn yáuh gamdō chín a?
同事：	使得幾多吖？你喺香港兩個人食個普飛都六百幾蚊啦，你俾多少少錢，嗰都已經可以去一次台北、東京㗎。去吓第二啲城市唔好咩？喺香港你話去得邊吖？	tùhngsih:	Sáidāk géidō ā? Néih hái Hēunggóng léuhnggo yàhn sihkgo pouhfēi dōu luhkbaak géi mān lā, néih béi dō síusíu chín, gám dōu yíhgīng hóyíh heui yātchi Tòihbāk, Dūnggīng la. Heuiháh daihyihdī sèhngsíh m̀hóu mē? Hái Hēunggóng néih wah heuidāk bīn ā?
阿 May：	喺香港舒舒服服唔好咩？去旅行又要趕時間，飛嚟飛去，我覺得好辛苦囉。	A-Mēi:	Hái Hēunggóng syūsyū fuhkfuhk m̀hóu mē? Heui léuihhàhng yauh yiu gón sìhgaan, wa, fēilàih fēiheui, ngóh gokdāk hóu sānfú lō.
同事：	嗰睇吓你去幾多日㗎啫。譬如話你放一個星期假，你可以去五日旅行，兩日留喺香港，係咪？但係如果你全個禮拜都留喺香港，你話你去得邊吖？都係去吓長洲、大嶼山、西貢、南丫島。而家，人又多，周圍都係人，逼嚟逼去，最後邊度都唔使去，留喺屋企瞓覺最好。	tùhngsih:	Gám táiháh néih heui géidō yaht ga jē. Peiyùhwah néih fong yātgo sīngkèih ga, néih hóyíh heui nghyaht léuihhàhng, léuhngyaht làuhhái Hēunggóng, haih mái? Daahnhaih yùhgwó néih chyùhngo láihbaai dōu làuhhái Hēunggóng, néih wah néih heuidāk bīn ā? Dōu haih heuiháh Chèuhngjāu, Daaihyùhsāan, Sāigung, Nàahm-ā-dóu…yìhgā, yàhn yauh dō, jāuwàih dōu haih yàhn, bīklàih bīkheui, jeuihauh bīndouh dōu m̀sái heui, làuhhái ūkkéi fangaau jeui hóu.
阿 May：	冇錯，我就係想喺屋企，喺屋企開吓電腦呀飲杯酒，幾好？而家上網咁方便，得閒上網睇吓戲仲開心啦。	A-Mēi:	Móuh cho, ngóh jauhhaih séung hái ūkkéi, hái ūkkéi hōiháh dihnnóuh a yám būi jáu, géi hóu? Yìhgā séuhngmóhng gam fōngbihn, dākhàahn séuhngmóhng táiháhhei juhng hōisām lā.

同事：	飲酒都要睇吓喺邊度㗎嘛，係咪先？	tùhngsih:	Yámjáu dōu yiu táiháh hái bīndouh gā/gá ma, haih maih sīn?
阿 May：	我冇你咁浪漫呀，你同老婆真係……	A-Mēi:	Ngóh móuh néih gam lohngmaahn a, néih tùhng lóuhpòh jānhaih…
同事：	嗱，可以一面睇雪，一面飲酒，睇吓啲馬騮仔碌嚟碌去，唔好咩？旅行最緊要就係可以輕鬆吓。你去到嗰度之後，你可以大癲大沸，你去到一個城市冇人識你喎，係咪先？你喺香港，你會唔會出街「嘩」噉樣大癲大沸吖？	tùhngsih:	Làh, hóyíh yātmihn táisyut, yātmihn yámjáu, táiháh dī máhlāujái lūklàih lūkheui, m̀hóu mē? Léuihhàhng jeui gányiu jauhhaih hóyíh hīngsūngháh. Néih heuidou gódouh jīhauh, néih hóyíh daaihdīn daaihfai, néih heuidou yātgo sèhngsíh móuh yàhn sīk néih wo, haih maih sīn? Néih hái Hēunggóng, néih wúih m̀wúih chēutgāai "wa" gámyéung daaihdīn daaihfai ā?
阿 May：	你平時飲完啤酒之後都大癲大沸㗎啦。	A-Mēi:	Néih pìhngsìh yámyùhn bējáu jīhauh dōu daaihdīn daaihfai ga lā.
同事：	近近哋去吓旅行幾好吖，係咪先？而家去旅行，平有平去，貴有貴去。如果唔想太貴，可以去吓東南亞，有錢有時間嗰陣時，可以飛吓歐洲唔同嘅地方，好多嘢睇㗎。	tùhngsih:	Káhnkándéi heuiháh léuihhàhng géi hóu ā, haih maih sīn? Yìhgā heui léuihhàhng, pèhng yáuh pèhng heui, gwai yáuh gwai heui. Yùhgwó m̀séung taai gwai, hóyíh heui háh Dūngnàahm'a, yáuh chín yáuh sìhgaan gójahnsìh, hóyíh fēiháh Āujāu m̀tùhng ge deihfōng, hóudō yéh tái ga.
阿 May：	老老實實嘵，我真係冇乜錢嘅，有咩好介紹，平平地先？	A-Mēi:	Lóuhlóuh sahtsaht la, ngóh jānhaih móuh māt chín ge, yáuh mē hóu gaaisiuh, pèhngpéngdéi sīn?
同事：	唉，嗱，我而家諗緊去雲南嘅香格里拉，你有冇興趣呀？	tùhngsih:	Aai, làh, ngóh yìhgā námgán heui Wàhnnàahm ge Hēunggaakléihlāai, néih yáuh móuh hingcheui a?
阿 May：	我都有啲興趣喎，我阿媽都話想去。	A-Mēi:	Ngóh dōu yáuhdī hingcheui wo, ngóh A-mā dōu wah séung heui.
同事：	咦，係嘛？不如你問吓你媽媽啦，我又問吓我老婆啦。如果大家時間啱，就一齊去啦。	tùhngsih:	Yí, haih àh? Bātyùh néih mahnháh néih màhmā lā, ngóh yauh mahnháh ngóh lóuhpòh lā. Yùhgwó daaihgā sìhgaan āam, jauh yātchàih heui lā.

阿 May：	好呀。	**A-Mēi:**	Hóu a.
同事：	多啲人去開心啲。	**tùhngsih:**	Dōdī yàhn heui hōisāmdī.
阿 May：	好呀好呀。你上網搵啲資料，搵吓有冇平嘅酒店，之後話俾我知啦。	**A-Mēi:**	Hóu a hóu a. Néih séuhngmóhng wándī jīlíu, wánháh yáuh móuh pèhng ge jáudim, jīhauh wah béi ngóh jī lā.
同事：	好，冇問題呀。	**tùhngsih:**	Hóu, móuh mahntàih a.

3 Vocabulary in use
活用詞彙 wuhtyuhng chìhwuih

3.1 Common vocabulary

Number	Word	Yale Romanization	POS	English
3.1.1	跟（旅行）團	gān (léuihhàhng) tyùhn	VO	travel with tour group
3.1.2	行（路）	hàahng(louh)	V(O)	walk
3.1.3	路程	louhchìhng	N	distance travelled; journey
3.1.4	買飛	máaihfēi	VO	buy tickets
3.1.5	隨時	chèuihsìh	Adv	at any time
3.1.6	行李	hàhngléih	N	luggage; baggage
3.1.7	拖篋	tōgīp	VO	pull or drag small suitcase
3.1.8	揹背囊	mē buinòhng	VO	carry knapsack on the back
3.1.9	行程	hàhngchìhng	N	route; itinerary
3.1.10	催	chēui	V	urge; hurry; press
3.1.11	始終	chíjūng	Adv	from beginning to end; after all
3.1.12	安全	ōnchyùhn	Adj/N	safe; secure; safety
3.1.13	可能	hónàhng	Adv	perhaps; maybe; likely

3.1.14	的士司機	dīksí sīgēi	N	taxi driver
3.1.15	冇辦法	móuh baahnfaat	PH	there is no way
3.1.16	當	dong	V	treat as; regard as; take for
3.1.17	聰明	chūngmìhng	Adj	clever; intelligent; bright
3.1.18	有趣	yáuhcheui	Adj	interesting; fascinating; amusing
3.1.19	難得	nàahndāk	Adj	hard to come by; rare
3.1.20	即刻	jīkhāk	Adv	at once; immediately; instantly
3.1.21	地道小食	deihdouh síusihk	N	local and genuine snacks
3.1.22	雪	syut	N	snow
3.1.23	使錢	sáichín	VO	spend money
3.1.24	普飛	pouhfēi	N	buffet
3.1.25	辛苦	sānfú	Adj	strenuous; toilsome; exhausting; go to a lot of trouble
3.1.26	睇吓	táiháh	Adv	that depends on…
3.1.27	周圍	jāuwàih	Adv	surroundings; everywhere; all over the place
3.1.28	逼	bīk	V/Adj	jostle; push; squeeze; crowded
3.1.29	上網	séuhngmóhng	VO	get on the internet
3.1.30	浪漫	lohngmaahn	Adj	romantic
3.1.31	老老實實	lóuhlóuh sahtsaht	Adv	reduplication of adjective "lóuhsaht" in the form of "AABB"; honestly; conscientiously; frankly

3.2 Countries (gwokgā 國家), cities (sìhngsíh 城市) and places (deihfōng 地方)

3.2.1	歐洲	Āujāu	PW	Europe
3.2.2	奧地利	Oudeihleih	PW	Austria
3.2.3	德國	Dākgwok	PW	Germany
3.2.4	北京	Bākgīng	PW	Beijing

3.2.5	天安門	Tīn'ōnmùhn	PW	Tiananmen
3.2.6	胡同	wùhtùhng	N/PW	lane; alley
3.2.7	夜市	yehsíh	N/PW	night market
3.2.8	長洲	Chèuhngjāu	PW	Cheung Chau Island
3.2.9	大嶼山	Daaihyùhsāan	PW	Lantau Island
3.2.10	南丫島	Nàahm-ā-dóu	PW	Lamma Island
3.2.11	東南亞	Dūngnàahm'a	PW	South-east Asia
3.2.12	雲南	Wàhnnàahm	PW	Yunnan, a province in south-west of China
3.2.13	香格里拉	Hēunggaakléihlāai	PW	Shangri-La

3.3 People

3.3.1	老公	lóuhgūng	N	(informal) husband
3.3.2	老婆	lóuhpòh	N	(informal) wife
3.3.3	馬騮仔	máhlāujái	N	"little monkey" (affectionate term for children, subordinates)

3.4 Useful expressions

3.4.1	講開又講	góng hōi yauh góng	PH	since we are on the topic
3.4.2	譬如（話）	peiyùh(wah)	PH	for example; for instance
3.4.3	係咪先	haih maih sīn?	PH	isn't it?
3.4.4	大癲大沸	daaihdīn daaihfai	PH	to act in a crazy and uninhibited manner
3.4.5	平有平去，貴有貴去。	pèhng yáuh pèhng heui, gwai yáuh gwai heui.	IE	fancy or simple according to somebody's budget

4 Notes on language structures

語言結構知識 *yúhyìhn gitkau jīsīk*

4.1 Manner of action

"V dāk" is followed by an adverb plus an adjective to express the manner or degree of the action that was completed or that is habitually done. In the VO construction (the verb followed by an object or the verb that consists of the VO structure itself), it becomes "V O V dāk Adv Adj", but not "V O dāk Adv Adj". Sometimes the object is placed before the verb, which forms "O V dāk Adv Adj".

> S V O Vdāk Adv Adj

Example:

Bóulòh yàuhséui yàuhdāk hóu faai. (Paul swims very fast.)

1. Néih cheunggō cheungdāk jānhaih hóu hóutēng.
2. Néihge Gwóngdūngwá góngdāk hóu hóu.
3. Léih táai jyú sāichāan jyúdāk géi hóusihk.
4. Néih sé Jūngmàhn jih sédāk hóu leng.
5. Dímgáai néih gāmyaht sihkfaahn sihkdāk gam síu a?
6. A-Mēi hàahnglouh hàahngdāk hóu maahn. (*hàahnglouh: walking)
7. Ngóh dī pàhngyáuh góng yéh góngdāk hóu faai, sóyíh ngóh m̀jī kéuihdeih góng dī mē.
8. Kéuihdeih heui léuihhàhng wáandāk hóu hōisām.
9. Kéuih jouhyéh jouhdāk hóu sānfú.

4.2 Idioms of motion

> V làih V heui

Verbs placed before "làih" and "heui" form an idiomatic expression, i.e. "V làih V heui", which usually indicates repetition of an action.

| hàahnglàih hàahngheui | ➔ | walk back and forth / to and fro |
| táilàih táiheui | ➔ | look over and over again |

sélàih séheui	→	write again and again
dálàih dáheui	→	play again and again (video game);
		redial phone number again and again
wánlàih wánheui	→	look for it many times
fēilàih fēiheui	→	fly hither and thither
		(in or to many places by plane)
bīklàih bīkheui	→	mill about; jostle
lūklàih lūkheui	→	roll back and forth

Example:

Gójek hùhngmāau lūklàih lūkheui, hóu dākyi a!

(*hùhngmāau 熊貓 : panda; dākyi 得意 : cute)

1. Ngóh dá dihnwá heui kéuih ngūkkéi, daahnhaih dálàih dáheui dōu móuh yàhn tēng.
2. Ngóh hàahnglàih hàahngheui dōu gin m̀dóu néih. Néih heuijó bīndouh a?
3. Ngóh wah sihklàih sihkheui dōu haih nīgāan jáulàuh ge dímsām jeui hóusihk.
4. Nīgo láihbaai, màhmā jyúlàih jyúheui dōu haih jyú yifán.
5. Dímgáai kéuih hohklàih hohkheui dōu m̀sīk ga?
6. Wánlàih wánheui dōu m̀gin deihtitjaahm wo.
7. Kéuih hóu jūngyi góchēut dihnyíng wo. Kéuih wah lójó góchēut dihnyíng ge DVD fāanheui, táilàih táiheui yíhgīng táijó sahpchi la.

4.3 Indefinite expressions

not much	nothing serious
not too long	nothing particular
nowhere special	no one special

When it comes to expressing phrases such as the phrases listed above, sentences must be changed to the negative form. The negative form may contain "m̀", "móuh", or "meih". The verb in each of these sentences should be placed in front of the question word.

Example:

Máhlaih: Dángjó hóu noih làh?

Bóulòh: Dángjó móuh géinoih jē.

In this example Mary arrives late and asks Paul whether he has been waiting for a long time. Paul is so polite and he says he had just arrived. Therefore he did not wait for so long.

1. Nīgo yuht móuh māt chín, ngóh m̀séung máaihyéh.

2. Fongga gó géi yaht múihyaht dōu chēutgāai wáan, móuh táigwo mātyéh syū.

3. Máhlaih: Néih haih maih heuigwosaai nīgo ūkchyūn dī chāantēng a?

    Bóulòh: Ngóh móuh/meih heuigwo bīngāan.

4. Gāmyaht hóu mòhng, móuh māt sìhgaan séuhng Facebook.

5. Deui m̀jyuh, ngóh m̀haih géi syūfuhk, ngóh m̀séung heui bīndouh.

    *deui m̀jyuh 對唔住 : sorry

6. Bóulòh: Séung sihk mē a?

    Máhlaih: Ngóh m̀sái sihk mēyéh dōu dāk, ngóh m̀haih géi tóuhngoh.

7. Bóulòh: Néih wán ngóh àh?

    Máhlaih: Móuh māt(yéh) sih. Séung wán néih kīngháh gái jē.

    *móuh māt(yéh) sih 冇乜 (嘢) 事 : nothing serious

8. Bóulòh: Néih heuigwo hóudō gwokgā léuihhàhng àh?

    Máhlaih: M̀haih, móuh géidō jē.

9. Kéuih ūkkéi hóu yáuhchín, bātyihp jīhauh m̀sái jouh mātyéh, làuhhái ūkkéi dágēi jauh dāk la.

    *bātyihp 畢業 : graduate / graduation ; dágēi 打機 : play video games

4.4 Reason clause with "maih…lō"

To express reason in a sentence, we usually put "yānwaih" clause in the front first, followed by the main clause containing "jauh" or "sóyíh". "Jauh" (then) is used to express a consequence or result. There is one more particle that shares a similar function to "jauh". It is called "maih"(咪). Note that "maih" has a special affinity with the particle "lō". In a conversation, it usually serves as negotiating a settlement, inviting agreement, cooperation or sympathy.

Example:

Néih jóudī fāan ūkkéi, m̀hóu wáan dou gam yeh, gám maih daapdóu deihtit lō.

你早啲返屋企，唔好玩到咁夜，噉咪搭倒地鐵囉。

(It is better to go home earlier. Don't stay until very late. That way you will catch up the MTR.)

1. Yùhgwó néih séung heui Dūngnàahm'a léuihhàhng, ngóhdeih maih heui gódouh wáan lō.

    *Dūngnàahm'a: South East Asia

2. Néih yáuh hingcheui maih yātchàih heui sihk pouhfēi lō.

3. Hóu guih maih fāanheui fangaau lō.

    *guih 癐: tired

4. Néih jūngyi gógihn sāam ngóh maih máaih béi néih lō.

4.5 Describing a continuous activity or state without change

"Jyuh" is an aspect marker behaving like a suffix. It cannot be separated from the verb. However, it is closely associated with particular verbs. It is used to describe a continuous activity or state without change.

1. Ngóh gónjyuh fāangūng, ngóhdeih chìhdī joi kīng lā.
    (I am hurrying for going to work. Let's chat again later.)
2. Hóudō hohksāang yaht yaht dōu mējyuh hóu chúhng ge syūbāau fāanhohk.
    (Many students carry heavy schoolbags on the back every day when they go to school.)
3. Ngóhdeih hàahngyahpheui sīn, m̀hóu jójyuh yàhndeih.
    (We walk inside first. Don't block the entrance.)
4. Ngóh séung heui chisó, néih hóm̀hóyíh bōng ngóh táijyuh dī hàhngléih a?
    (I want to go to washroom. Could you watch my luggage?)
5. Yìhgā hóudō yàhn hàahnglouh gójahn jūngyi lójyuh bouh dihnwá. Yātmihn hàahng, yātmihn tái.
    (Many people like to keep hold of their telephone while walking. They walk and keep watching the phone at the same time.)

5 Notes on pragmatic knowledge
語用知識注解 yúhyuhng jīsīk jyugáai

5.1 Denoting familiarity

There is a usual practice in Cantonese society to denote familiarity by putting the "a"(阿) prefix in front of names and kinship terms.

màhmā	➜	A-mā
gòhgō	➜	A-gō
mùihmúi	➜	A-múi
bàhbā	➜	A-bàh
Sam/ Paul/ May	➜	A-Sam / A-Paul orA-Bóulòh/ A-Mēi
Chàhn sīnsāang	➜	A-Chán
Wòhng sāang	➜	A-Wóng

Note that there is a change of tone if the pronunciation of the last name is not a high level tone. It will become a high rising tone.

5.2 Playing down a fact by using "jē"

Some people are accustomed to stay humble and meek when others praise them like this:

Máhlaih: Wa, néih gihn sāam hóu leng a!"
A-Mēi: M̀haih, hóu póutūng jē. (It's so ordinary.)

On the other hand, people may play down a fact as well when they disagree with other people's judgement. For example:

Máhlaih: Hái nīdouh heui Jūngwàahn hóu yúhn wo. Ngóh m̀heui la.
A-Mēi: M̀haih hóu yúhn (ga/ge) jē. Néih hóyíh chóh síubā. M̀sái yihsahp fānjūng jauh dou la!

In this example, May uses a particle "jē" in her reply. She does not think that travelling to Central from here is far away, because taking minibus is quite convenient and fast.

5.3 Interjection in a conversation

The adverbial "gám" may serve to fill a pause or transition, like a place-filler, which allows one to think before giving a reply. It is usually asociated with a particle such as "àh" like this:

Bóulòh:
Nīdouh jāuwàih yauh dō yàhn, yauh sākchē. Hóu nàahn wán dīksí ga. Ngóhdeih juhng dáng m̀dáng a?

Chàhn sīnsāang:
Gám àh, ngóhdeih bātyùh chóh deihtit lā. Chìhnbihn yātjihkhàahng jauh haih deihtit jaahm la.

"Gám" may be combined with adverbial phrase "yauh haih" to express a mild agreement with others. Look at this example:

Máhlaih: Néih bātyùh yāusīkháh sīn lā. Gam guih mātyéh dōu jouhm̀dóu ga.
Bóulòh: Gám yauh haih. Daahnhaih ngóh yauh séung jouhsaai dī yéh sīn wo.

Probably Paul will follow Mary's advice. However, he does not fully agree with Mary because he wishes to finish off his work first.

6. Contextualized speaking practice

情境説話練習 chìhnggíng syutwah lihnjaahp

6.1 Faatyām lihnjaahp (Pronunciation Exercises)

Match the correct combinations of the following verbs and objects.Askquestions with your classmates with the use of each VO afterwards.

1.	mē ●	●	gīp
2.	bīk ●	●	chín
3.	tō ●	●	pouhfēi
4.	gān ●	●	deihtit
5.	sái ●	●	tyùhn
6.	sihk ●	●	buinòhng

6.2 Chìhnggíng syutwah lihnjaahp (Situational Topics)

6.2.1 Please answer the following questions.

1. Fongga làuhhái Hēunggóng hóudī dihnghaih heui daihyih douh léuihhàhng hóudī a? Dímgáai a?

_____

2. Dímgáai kéuih gāmyaht sihkfaahn sihkdāk gam síu a?

_____

3. Néih wah heui léuihhàhng tōgīp fōngbihndī dihnghaih mē buinòhng fōngbihndī a? Dímgáai a?

_____

4. Néih gokdāk gáan lóuhgūng yiu yātgo lohngmaahndī ge dihnghaih lóuhlóuh sahtsaht ge hóudī nē? Dímgáai a?

_____

6.2.2 Fill in the blanks with the given vocabularies. Each vocabulary can be chosen once only.

móuh géinoih	móuh jouh mātyéh	m̀hóyíh yuhng géinoih	búnlòih
m̀sihkdāk géidō	meih sihkgwo	gahnpáai	sāumēi

1. Ngóh āamāam làih Hēunggóng _____ , meih heuigwo bīndouh wáan.

2. Nībouh sáugēi taai gauh, ngóh nám _____ la.

3. Ngóh yíhgīng baatsahp seui la, yauh hóusíu jouh wahnduhng, m̀sái jyú gamdō sung la, ngóh _____ yéh.

4. Nīgo jāumuht ngóh làuh hái ngūkkéi fangaau tùhng tái dihnsih, _____ , hóu dākhàahn.

5. Ngóh _____ yáuhsìh wúih heui gógo gāaisíh máaih sung.

6. Kéuih _____ jyuhhái Gānàhdaaih, _____ būnjó làih nīdouh.

6.3 Speech topics

Please practise the following topics.

Néih ge tùhnghohk mahn néih gān tyùhn hóu dihnghaih jihgéi heui hóu. Chéng néih góngháh néih ge táifaat tùhng léihyàuh.
你嘅同學問你跟團好定係自己去好。請你講吓你嘅睇法同理由。
Your classmate consulted you whether she should go travel with tour group or go travel by herself. Please share your view and explain your reasons.

Néih gokdāk dímgáai Hēunggóngyàhn fongga gójahnsìh gam jūngyi heui léuihhàhng? Néih wah fongga làuhhái ūkkéi yāusīk hóu m̀hóu nē? Chéng néih góngháh néih ge táifaat tùhng léihyàuh.
你覺得點解香港人放假嗰陣時咁鍾意去旅行？你話放假留喺屋企休息好唔好呢？請你講吓你嘅睇法同理由。
What do you think why so many Hong Kong people like to go travel during holidays? Do you think that staying at home during holidays is also a good idea? Please share your view and explain your reasons.

Mid-term Review L1-L5

1. *Application of Vocabulary and Grammar*

1.1 Chat with your classmates on the following questions

1. Néih yìhgā jyuh hái bīndouh a?

   _____

2. Néih jyuh ge deihfōng yáuhdī mātyéh chitbeih tùhng dihnhei a?

   _____

3. Néih heuigwo bīndouh léuihhàhng a? Néih jeui jūngyi bīndouh a? Dímgáai a?

   _____

4. Néih deui mēyéh wahnduhng yáuh hingcheui a?

   _____

1.2 Sentence Making

1. jáuyahplàih

   _____

2. hàahnggwoheui

   _____

3. yātmihn…yātmihn…

   _____

4. A móuh B gam Adj

   _____

5. A tùhng B yātyeuhng gam Adj

   _____

2. *Oral Skills Practice*

2.1 Paul tells us something about his recent life in Hong Kong

最近覺得有啲熱氣，生咗好多暗瘡，喉嚨有啲唔舒服，唔知係咪因為太夜瞓覺。我嘅同事話俾我知，香港人平時會飲涼茶。飲涼茶同食藥唔一樣，有啲人每日都飲。佢哋話飲涼茶飲得多，可以對健康好啲嘅喎。

我嚟咗香港半年度。啱啱過嚟嗰陣時，我連尖沙咀喺邊度都唔知，之後去咗中文大學學廣東話。而家啲同事話我嘅中文越嚟越好。其實講得唔係幾好啫。平時我喺公司多數講英文，不過因為識咗幾個好鍾意玩嘅香港同事，有時放工會一齊打吓波食吓飯，有時會傾吓屋企人嘅嘢。講開又講，我而家一個人住，我嘅父母都喺歐洲，所以有時我會上網同佢哋傾偈。我爸爸後生嗰陣時係滑翔傘嘅教練，媽媽係醫生。佢哋都未嚟過香港嘅。有時間嘅話，我想請佢哋嚟香港行吓。佢哋都唔係好後生㗎喇，行路都行得唔係幾快，我諗跟旅行團嚟香港好啲呥？你哋有咩睇法呀？

Jeuigahn gokdāk yáuhdī yihthei, sāangjó hóudō amchōng, hàuhlùhng yáuhdī m̀syūfuhk, m̀jī haih maih yānwaih taaiyeh fangaau. Ngóh ge tùhngsih wah béi ngóh jī, Hēunggóng yàhn pìhngsìh wúih yám lèuhngchàh.Yám lèuhngchàh tùhng sihkyeuhk m̀yātyeuhng, yáuhdī yàhn múihyaht dōu yám.Kéuihdeih wah yám lèuhngchàh yámdāk dō, hóyíh deui gihnhōng hóudī wóh.

Ngóh làihjó Hēunggóng bunnìhn dóu. Āam'āam gwolàih gójahnsìh, ngóh lìhn Jīmsājéui hái bīndouh dōu m̀jī, jīhauh heuijó Jūngmàhn Daaihhohk hohk Gwóngdūngwá. Yìhgā dī tùhngsih wah ngóh ge Jūngmàhn yuht làih yuht hóu. Kèihsaht góngdāk m̀haih géi hóu jē. Pìhngsìh ngóh hái gūngsī dōsou góng Yīngmàhn, bātgwo yānwaih sīkjó géigo hóu jūngyi wáan ge Hēunggóng tùhngsih, yáuhsìh fonggūng wúih yātchàih dáháhbō sihkháhfaahn, yáuhsìh wúih kīnghàh ūkkéi yàhn ge yéh. Gónghōi yauh góng, ngóh yìhgā yātgo yàhn jyuh, ngóh ge fuhmóuh dōu hái Āujāu, sóyíh yáuhsìh ngóh wúih séuhngmóhng tùhng kéuihdeih kīnggái. Ngóh bàhbā hauhsāang gójahnsìh haih waahtchèuhngsaan ge gaaulihn, màhmā haih yīsāng. Kéuihdeih dōu meih làihgwo Hēunggóng ge. Yáuh sìhgaan ge wah, ngóh séung chéng kéuihdeih làih Hēunggóng hàahngháh. Kéuihdeih dōu m̀haih hóu hauhsāang ga la, hàahnglouh dōu hàahngdak m̀haih géi faai, ngóh nám gān léuihhàhngtyùhn làih Hēunggóng hóudī gwa? Néihdeih yáuh mē táifaat a?

3. Speech Topic

With the help of the information below, design a 2-day tour in Hong Kong for Paul's parents who are coming to Hong Kong very soon.

- **Go through Victoria Harbour (wàihdō leih'a Góng) via Star Ferry (Tīnsīng Síulèuhn) towards Kowloon Island (Tsim Sha Tsui area)**
  From Hong Kong Island, you can ride the Star Ferry from either Wan Chai pier or Central pier and it only takes about 10 minutes to reach Tsim Sha Tsui pier. Tickets can be bought on the spot and the ferries leave every 10 minutes.

- **Head to Tsim Sha Tsui Promenade**
  If you've got time, the promenade is a charming place to stroll in. Around this area you can find the Hong Kong Cultural Centre **(Màhnfa Jūngsām)**, the Hong Kong Space Museum **(Taaihūnggún)**, the Clock Tower **(Jūnglàuh)**, and the Avenue of Stars **(Sīnggwōng Daaihdouh)**.

- **Dinner // Dine at any of the food stalls lined along Temple Street (Miuh Gāai)**
  Starts at around HKD $45 per dish – To really be with the locals, this is a must-do! Try out the fresh seafood dishes or look for a stall that offers *claypot rice* **(bōujáifaahn)** — a Hong Kong classic! *(Nearest MTR: Jordan Station)***(Jódēun deihtitjaahm)**

- **Go back to Hong Kong Island via Star Ferry**
  HKD $2.70 *in Jan 2018* – I suggest taking the Tsim Sha Tsui to Central route since it has a more picturesque view of the harbour with the beautiful Victoria Peak **(sāandéng)** in view. If you want, Star Ferry also offers a harbour cruise that is timed together with the Symphony of Lights.

- **Go up the Sky100 Hong Kong Observation Deck**
  HKD $169 if you buy online – This is located on the 100th floor of Hong Kong's tallest building, the International Commerce Centre (ICC) **(Tīnjai Yātbaak)**. In here, you can have a fantastic 360-degree panoramic view of Victoria Harbour! *(Nearest MTR: Kowloon Station)* **(Gáulùhng jaahm)**

- **Go hiking**
  Hiking **(hàahngsāan)** is slowly becoming a favorite pasttime of the people in Hong Kong and with the vast green terrain that surround the country park **(gāauyéh gūngyún)**, there are surely various hiking trails that you can choose from (such as Lion Rock frail among many others).

- **Visit some temples**

  The most notable ones are:

  Chi Lin Nunnery **(Jilìhn Jihngyún)** – a large temple complex that has been established as a retreat for Buddhist nuns. You can find here statues of the Sakyamuni Buddha, Guanyin and other bodhisattvas made from gold, clay, wood, and stone. *(Nearest MTR: Diamond Hill Station)* **(Jyunsehksāan jaahm)**

  Che Kung Temple**(Chēgūng Míu)** – this honors Che Kung, a military commander of the Southern Song dynasty. Naturally, you will find a giant statue of Che Kung at the main worship hall's altar. *(Nearest MTR: Tai Wai Station)* **(Daaihwàih jaahm)**

  Ten Thousand Buddhas Monastery**(Maahnfaht Jí)** – there are actually no resident monks in this Buddhist temple as it is now managed by laypersons. However, the beauty of this place's temples, pavilions and pagodas are not to be missed; plus, the journey up to this monastery is an attraction itself due to the golden Buddhas that line up the path. *(Nearest MTR: Sha Tin Station)* **(Sātìhn jaahm)**

- **Ride 360 Ngong Ping**

  HKD $290 for Standard roundtrip and HKD $370 for Crystal Cabin roundtrip*(in 2018)*– This 25-minute cable car ride is the best way to explore Lantau Island. It starts from Tung Chung (MTR) **(Dūngchūng Jaahm)** and if you have some HKD to spare from your travel budget, I suggest that you try the Crystal Cabin — it has a glass bottom so that you can see everything around and below you in clear view.

- **See the Po Lin Monastery and the Tian Tan Buddha (Big Buddha)**

  Po Lin Monastery **(Bóulìhn Jí)** is one of Hong Kong's most important Buddhist places and has been called as the 'Buddhist World in the South'. Opposite to this is the famous bronze Big Buddha statue that sits at 34 metres high and facing north to look towards Mainland China (it is open from 10AM to 5:30PM).

- Head out to Tai O **(Daaih Ou)**

  A lot of photographers find this as an interesting spot to picture: a community of fishermen who have their houses built on traditional stilts — a common feature of old Chinese fishing villages. You could also explore the local fish market that the locals flock into. (This is a short bus or taxi ride away, approximately 15 minutes from the Big Buddha).

- **Take the Hong Kong Tramway (Dingding) (dihnchē / "dīngdīng")**

  As low as HKD $2.30, payable with Octopus Card (Jan 2018) – this 1920s-style tram is the best way to discover Hong Kong Island.

- **Dine and drink at Lan Kwai Fong (Làahn Gwai Fōng)**

  This small square street is one of Hong Kong's most popular nightlife hot spots with over a hundred of restaurants and bars. Certainly, if you're up for partying afterwards, you'll have no shortage of options here. *(Nearest MTR: Central Station)* (Jūngwàahn deittitjaahm)

- **Shop around Causeway Bay (Tùhnglòhwāan)**

  If you're up for a high-end shopping spree, go to the big shopping malls like Time Square, IFC, and Landmark among others. For gadgets and computers, there's the Wan Chai Computer Centre. *(Nearest MTR: Causeway Bay Station)* (Tùhnglòhnwāan deihtitjaahm)

Lesson 6 Reminding my friends of something important

提醒我嘅朋友

1. *Contexts and linguistic functions*

語境特徵與語言功能 *yúhgíng dahkjīng yúh yúhyìhn gūngnàhng*

Contexts (who, where, when) 語境特徵（人地時）	Linguistic functions 語言功能
Who: classmates, roomates, colleagues, friends **Where:** dormitory, campus, office, etc. **When:** general	**Core function:** reminding 提醒
Language Scenarios: A university student reminds her rommmate of the dress code for a job interview; An uncle living in the Mainlaid reminds his niece not to travel by bus or by train. 在宿舍的房間裏，一位學生與室友談到明天要參加面試，室友提醒她見工時的衣着；伯父在電話中提醒姪女前往廣西玉林時最好不要乘搭巴士和火車。	**Supplementary functions:** Caring about a colleague who was injured in a traffic accident 對交通意外中受傷的同事表示關心； Telling a colleague about choosing the best gifts for a hospital patient. 告訴同事去醫院探病帶甚麼好。

Notes on pragmatic knowledge	Notes on language structure
I. Pass time in Chinese New Year in Canton (VO: gwonìhn 過年) II. Chinese soup III. Concept of "ancestral home town" IV. Deflecting a compliment	- "Sīnji" to mean "before", "after" or "then" - "Sīnji" with verb suffixes - "Sīnji" to mean "not until" - "Sīnji" to mean "only" or "only when" - Causative and resultative constructions with "jíng" and "gáau"

2. Texts

課文 fomàhn

2.1 Mary and Lisa are roommates. Lisa reminds Mary the dress code for a job interview.

瑪麗 (Mary)：	麗莎，我聽日要去見工呀，但係我仲未諗倒着咩衫，你有咩意見呀？	**Máhlaih:**	Laihsā, ngóh tīngyaht yiu heui gingūng a, daahnhaih ngóh juhng meih námdóu jeuk mē sāam, néih yáuh mē yigin a?
麗莎 (Lisa)：	咦，你咁好嘅？有得見工。恭喜你先喎。你見咩工呀？	**Laihsā:**	Yí, néih gam hóu àh? Yáuh dāk gin gūng. Gūnghéi néih sīn wo. Néih gin mē gūng a?
瑪麗：	研究助理咋。	**Máhlaih:**	Yìhngau johléih ja.
麗莎：	研究助理？我諗見工最緊要係乾淨同埋整齊嘅。如果着多件褸，可能仲好睇喎。	**Laihsā:**	Yìhngau johléih? Ngóh nám gingūng jeui gányiu haih gōnjehng tùhngmàaih jíngchàih ge. Yùhgwó jeuk dō gihn lāu, hónàhng juhng hóutái wo.
瑪麗：	吓？天氣咁熱，仲要着褸嘅？	**Máhlaih:**	Há? Tīnhei gam yiht, juhng yiu jeuk lāu àh?
麗莎：	你而家去見工呀，唔係拍拖。着多件褸，人哋會覺得你斯文啲㗎。	**Laihsā:**	Néih yìhgā heui gingūng a, m̀haih paaktō. Jeuk dō gihn lāu, yàhndeih wúih gokdāk néih sīmàhndī ga.
瑪麗：	唔……等我去衣櫃搵吓先。	**Máhlaih:**	M̀m…… dáng ngóh heui yīgwaih wánháh sīn.
麗莎：	搵唔搵倒呀？	**Laihsā:**	Wán m̀wándóu a?
瑪麗：	呀，好彩有一件兩年前嘅，希望啱着啦。你話我着咩衫好睇呀？	**Máhlaih:**	A, hóuchói yáuh yātgihn léuhngnìhn chìhn ge, hēimohng āam jeuk lā. Néih wah ngóh jeuk mē sāam hóutái a?
麗莎：	我覺得着件裇衫，加一條半截裙，都唔錯嘅。	**Laihsā:**	Ngóh gokdāk jeuk gihn sēutsāam, gā yāttìuh bunjihtkwàhn, dōu m̀cho gé.
瑪麗：	唔，裇衫我有幾件，等我攞去襯吓先。	**Máhlaih:**	M̀m, sēutsāam ngóh yáuh géi gihn, dáng ngóh lóheui chanháh sīn.
麗莎：	啲裇衫咁耐冇着，記得熨吓佢先至着喎。	**Laihsā:**	Dī sēutsāam gam noih móuh jeuk, geidāk tongháh kéuih sīnji jeuk wo.
瑪麗：	放心啦，我會㗎嘑！	**Máhlaih:**	Fongsām lā, ngóh wúih ga la!

| 麗莎： | 仲有呀，千祈唔好着波鞋同牛仔褲去見工呀！ | **Laihsā:** | Juhng yáuh a, chīnkèih m̀hóu jeuk bōhàaih tùhng ngàuhjáifu heui gingūng a! |
| 瑪麗： | 得㗎嘑！ | **Máhlaih:** | Dāk ga la! |

2.2 Karen makes a phone call to her uncle who is living in Guangxi Province, China. She is about to visit him during the Lunar New Year. Her uncle reminds her not to travel by bus or train.

大伯：	（鈴聲）喂。	**daaih baak:**	(lìhng sīng / ringtone)Wái.
嘉茵 （Karen）：	喂，呀大伯嘞。	**Gā-yān:**	Wái, A-daaih baak àh?
大伯：	哦，呀⋯⋯	**daaih baak:**	Òh,a....
嘉茵：	嘉茵呀。	**Gā-yān:**	Gā-yān a.
大伯：	呀⋯⋯嘉茵，咩事呀？	**daaih baak:**	A...Gā-yān, mēsih a?
嘉茵：	農曆新年想返鄉下探吓你哋呀。	**Gā-yān:**	Nùhnglihk sānnìhn séung fāan hēunghá taamháh néihdeih a.
大伯：	嘩，咁好呀。好吖，幾時嚟呀？	**daaih baak:**	Wa, gam hóu a. Hóu ā, géisìh làih a?
嘉茵：	係呀，好多年冇見嘑。我諗可能年初四度啦。	**Gā-yān:**	Haih a, hóudō nìhn móuh gin la. Ngóh nám hónàhng nìhn chō sei dóu lā.
大伯：	年初四嘞？不如早啲啦，你年初四先至返嚟，咁遲，不如早啲啦？年廿八就返嚟啦，我哋一齊食團年飯，好冇？	**daaih baak:**	Nìhn cho sei àh? Bātyùh jóudī lā, néih nìhn cho sei sīnji fāanlàih, gam chìh, bātyùh jóudī lā? Nìhn yahbaat jauh fāanlàih lā, ngóhdcih yātchàih sihk tyùhnnìhn faahn, hóu móu?
嘉茵：	哦，噉都好嘅。但係我唔知點樣搭車去廣西。	**Gā-yān:**	Òh, gám dōu hóu wo. Daahnhaih ngóh m̀jī dímyéung daapchē heui Gwóngsāi.
大伯：	唔，你以前嚟過啦，不過嗰陣時你好細個，可能唔記得嘑。	**daaih baak:**	M̀, néih yíhchìhn làihgwo lā, bātgwo gójahnsìh néih hóu saigo, hónàhng m̀geidāk la.
嘉茵：	係呀係呀，唔記得嘑。	**Gā-yān:**	Haih a haih a, m̀geidāk la.

大伯：	嗱，噉呢有幾個辦法嘅。你想搭巴士、搭火車，定搭飛機呀？	daaih baak:	Làh, gám nē yáuh géigo baahnfaat gé. Néih séung daap bāsí, daap fóchē, dihng daap fēigēi a?
嘉茵：	唔……我都想搭吓巴士喎。	Gā-yān:	M̀m…ngóh dōu séung daapháh bāsí wo.
大伯：	巴士嘛……	daaih baak:	Bāsí àh…
嘉茵：	因為可以睇風景。	Gā-yān:	Yānwaih hóyíh tái fūnggíng.
大伯：	坐巴士睇風景？話俾你聽啦，你日頭搭巴士好易塞車㗎，好多人一齊返去吖嘛。噉如果你夜晚搭呢，又危險㗎喎。有冇聽過新聞呀？好多司機呀，夜晚揸車就瞌眼瞓，搞到交通意外。	daaih baak:	Chóh bāsí tái fūnggíng? Wah béi néih tēng lā, néih yahttáu daap bāsí hóu yih sākchē ga, hóudō yàhn yātchàih fāanheui ā ma. Gám yùhgwó néih yehmáahn daap nē, yauh ngàihhím la wo. Yáuh móuh tēnggwo sānmàhn a? Hóudō sīgēi a, yehmáahn jāchē jauh hāp ngáahnfan, gáaudou gāautūng yi'ngoih.
嘉茵：	嘩，咁得人驚嘅，噉我唔搭巴士嘑。	Gā-yān:	Wa, gam dāk yàhn gēng gé, gám ngóh m̀daap bāsí la.
大伯：	唔……噉仲有兩個選擇嘅。	daaih baak:	M̀m……gám juhng yáuh léuhnggo syúnjaahk gé.
嘉茵：	呀，噉我搭火車好唔好呢？	Gā-yān:	A, gám ngóh daap fóchē hóu m̀hóu nē?
大伯：	火車嘛？你知啦，我哋屋企喺玉林吖嘛，係咪？噉呀，我哋又唔係好近火車站，你搭火車呢，又要再轉車，所以有啲唔方便囉。搭飛機其實最好。	daaih baak:	Fóchē àh? Néih jī lā, ngóhdeih ūkkéi hái Yuhklàhm ā ma, haih mái? Gám a, ngóhdeih yauh m̀haih hóu káhn fóchējaahm, néih daap fóchē nē, yauh yiu joi jyunchē, sóyíh yáuhdī m̀fōngbihn lō. Daap fēigēi kèihsaht jeui hóu.
嘉茵：	搭飛機？噉最近嘅機場喺邊度呀？	Gā-yān:	Daap fēigēi? Gám jeui káhn ge gēichèuhng hái bīndouh a?
大伯：	最近呢……就係南寧嘑。我去南寧機場等你啦。	daaih baak:	Jeui káhn nē…jauhhaih Nàahmnìhng la. Ngóh heui Nàahmnìhng Gēichèuhng dáng néih lā.
嘉茵：	嘩，好呀好呀，大伯你真係好人。	Gā-yān:	Wa, hóu a hóu a, daaih baak néih jānhaih hóu yàhn.

大伯：	講呢啲，真係。	**daaih baak:**	Góng nīdī, jānhaih.
嘉茵：	真係唔該晒你呀，麻煩晒你嘑。	**Gā-yān:**	Jānhaih m̀gōisaai néih a, màhfàahnsaai néih la.
大伯：	客咩氣吖。你哋點呀，你哋一家幾多個人過嚟呀？	**daaih baak:**	Haak mē hei ā. Néihdeih dím a, néihdeih yātgā géidō go yàhn gwolàih a?
嘉茵：	兩大兩細呀。	**Gā-yān:**	Léuhng daaih léuhng sai a.
大伯：	兩大兩細⋯⋯得啦，啱啱我買咗架新嘅車，七人車。	**daaih baak:**	Léuhng daaih léuhng sai…dāk lā, āam'āam ngóh máaihjó ga sānge chē, chāt yàhn chē.
嘉茵：	嘩，你好有錢喎。	**Gā-yān:**	Wa, néih hóu yáuhchín wo.
大伯：	唉呀，講啲嗽嘅嘢，叫你男朋友一齊返嚟，見吓大伯，仲有位呀！係嗽啦，嗱，搭飛機嚟嘑喎。	**daaih baak:**	Aiya, góngdī gám ge yéh, giu néih nàahm pàhngyáuh yātchàih fāanlàih, ginháh daaih baak, juhng yáuh wái a. Haih gám lā, làh, daap fēigēi làih la wo.
嘉茵：	係咪而家就要訂機票？	**Gā-yān:**	Haih maih yìhgā jauh yiu dehng gēipiu?
大伯：	梗係啦，我依家都驚你訂唔倒呀，快啲訂呀。你依家上網訂，越早訂越好啦。	**daaih baak:**	Gánghaih lā, ngóh yīgā dōu gēng néih dehng m̀dóu a, faaidī dehng a. Néih yīgā séuhngmóhng dehng, yuht jóu dehng yuht hóu lā.
嘉茵：	哦，好啦，嗽我訂倒機票，之後就話返俾你聽啦。	**Gā-yān:**	Óh, hóu lā, gám ngóh dehngdóu gēipiu, jīhauh jauh wah fāan béi néih tēng lā.
大伯：	其實呢，好簡單㗎，你用手機嚟訂飛都得啦，係咪先？	**daaih baak:**	Kèihsaht nē, hóu gáandāan ga, néih yuhng sáugēi làih dehng fēi dōu dāk lā, haih maih sīn?
嘉茵：	嗽又係喎！嘩，大伯你真係好叻呀！	**Gā-yān:**	Gám yauh haih wo ! Wa, daaih baak néih jānhaih hóu lēk a!
大伯：	好啦，唔講咁多嘑，係嗽先，記得早啲返嚟嘑。	**daaih baak:**	Hóu lā, m̀góng gamdō la, haih gám sīn, geidāk jóudī fāanlàih la.
嘉茵：	好啦好啦。拜拜。	**Gā-yān:**	Hóu lā hóu lā. Bāaibaai.
大伯：	拜拜。	**daaih baak:**	Bāaibaai.

3 Vocabulary in use
活用詞彙 wuhtyuhng chìhwuih

3.1 Common vocabulary

Number	Word	Yale Romanization	POS	English
3.1.1	意見	yigin	N	idea; view; opinion; suggestion
3.1.2	見工	gingūng	VO	interview for a job
3.1.3	恭喜	gūnghéi	V/N	congratulate; congratulations
3.1.4	緊要	gányiu	Adj	important; essential; urgent
3.1.5	乾淨	gōnjehng	Adj	clean
3.1.6	整齊	jíngchàih	Adj	tidy
3.1.7	拍拖	paaktō	VO	date; lover's walk
3.1.8	着褸 / 着外套	jeuk lāu/ jeuk ngoihtou	VO	wear overcoat or jacket
3.1.9	斯文	sīmàhn	Adj	refined; gentle; cultured
3.1.10	希望	hēimohng	V/N	hope; wish; expect
3.1.11	啱着	āamjeuk	Adj	fit-to-body
3.1.12	襯	chan	V	match (clothes, couple, colour)
3.1.13	熨衫	tongsāam	V	iron (or press) clothes
3.1.14	放心	fongsām	V	rest assured; set one's mind at rest; be at ease; feel relieved
3.1.15	返鄉下	fāan hēunghá	VO	return to one's home village
3.1.16	年廿八	nìhn yahbaat	TW	the 28th day of the final month in the lunar calendar
3.1.17	年初四	nìhn chō sei	TW	the 4th day of the Lunar New Year
3.1.18	團年飯	tyùhnnìhn faahn	N	Chinese New Year Eve dinner; reunion dinner before the Lunar New Year

3.1.19	危險	ngàihhím	Adj/N	dangerous; danger
3.1.20	新聞（M：單）	sānmàhn (M: dāan)	N	news
3.1.21	瞌眼瞓	hāp ngáahnfan	VO	doze off; nod
3.1.22	搞到	gáaudou	RVE	end up (from any actions); lead to; bring about; result in
3.1.23	交通意外（M：宗）	gāautūng yingoih (M: jūng)	N	traffic accident
3.1.24	得人驚	dāk yàhn gēng	Adj	frightening; scary; shocking; terrifying
3.1.25	驚	gēng	V/Adj	worry; feel anxious; scared; frightened
3.1.26	訂機票	dehng gēipiu	VO	book air ticket
3.1.27	依家	yīgā	TW	now; currently; a variation of 'yìhgā'

3.2 Proper nouns or place words

3.2.1	麗莎	Laihsā	PN	Lisa
3.2.2	廣西	Gwóngsāi	PW	Guangxi, a province in China next to Guangdong (Canton)
3.2.3	玉林	Yuhklàhm	PW	Yulin, or Watlam, a city in Guangxi Province, China
3.2.4	南寧	Nàahmnìhng	PW	Nanning, the capital city of Guangxi Province, China
3.2.5	瑪麗醫院	Máhlaih Yīyún	PW	Queen Mary Hospital
3.2.6	花園街	Fāyùhn Gāai	PW	Fa Yuen Street at Mong Kok, a street where stalls with fresh fruits and vegetables intermingle with the clothing and other items.
3.2.7	鴻福堂	Hùhngfūktòhng	PN	Hung Fook Tong, a famous retailer of Chinese herbal products in Hong Kong.

3.2.8	（大學）保健處	(Daaihhohk) Bóugihnchyu	PN	University Health Centre

3.3 Job and clothing

3.3.1	研究助理	yìhngau johléih	N	research assistance
3.3.2	裇衫	sēutsāam	N	shirt
3.3.3	半截裙	bunjihtkwàhn	N	skirt
3.3.4	波鞋	bōhàaih	N	sneakers
3.3.5	牛仔褲	ngàuhjáifu	N	jeans

3.4 Body parts and medical condition

3.4.1	手	sáu	N	hands; arms
3.4.2	右手	yauhsáu	N	right hand
3.4.3	啲骨裂咗	dī gwāt lihtjó	PH	fractures cause a crack in the bone

3.5 Other vocabularies

3.5.1	扣安全帶	kau ōnchyùhndáai	VO	fasten seat belt
3.5.2	洗手	sáisáu	VO	wash hands
3.5.3	戒口	gaaiháu	VO	abstain from certain food while sick
3.5.4	沖涼	chūnglèuhng	VO	take a shower
3.5.5	生果籃	sāanggwó láam	N	fruit basket hamper
3.5.6	煲湯	bōutōng	VO	cook soup; made soup by simmering for a long time
3.5.7	加熱	gāyiht	V	heat
3.5.8	打開	dáhōi	RVE	open; take off

3.6 Useful expressions

3.6.1	講呢啲	góng nīdī	PH	no big deal; don't mention it
3.6.2	講啲噉嘅嘢	góngdī gám ge yéh	PH	don't mention it
3.6.3	客咩氣吖	haak mē hei ā	PH	(casual) no formalities
3.6.4	係噉先	haih gám sīn	PH	that's all for now
3.6.5	同你傾幾句吖	Tùhng néih kīng géigeui ā	PH	May I speak with you for a moment?
3.6.6	咩事呀？	Mēsih a?	PH	What's the matter?

4. Notes on language structures
語言結構知識 yúhyìhn gitkau jīsīk

4.1 "Sīnji" to mean "before", "after" or "then"

> (AV) VO₁ sīnji (AV) VO₂

1. Ngóh séung máaih dī sāanggwó sīnji fāanheui.
2. Néih yiu béichín sīnji hóyíh jáu.
3. Néih jānhaih (séung) máaih sīnji mahn gachìhn lā.
4. Ngóh tùhng kéuih joi kīng yātjahn sīnji gwolàih.
5. Ngóh fonggūng sīnji dá dihnwá béi kéuih.
6. Néih yiu hohk sīnji sīk.

4.2 "Sīnji" with verb suffixes

> V jó/gwo/yùhn/saai O₁ sīnji VO₂

1. Néih geidāk yiu sáijósáu sīnji sihkfaahn wo.
2. Kéuih wah yiu jouhyùhnsaai yéh sīnji hóyíh fonggūng wóh.
3. Néih yiu mahnháh gachìhn sīnji máaih.

4. Néih sigwo sīnji jīdou hóu m̀hóusihk.

5. Sihksaai sīnji joi máaih lā.

4.3 "Sīnji" to mean "not until"

> TW sīnji VO

1. Ngóh tīngyaht sīnji dākhàahn.

2. Kéuih hauhyaht sīnji fāanlàih.

3. Ngóh chēutnín sīnji wúih joi gin kéuih.

4. Kéuih múihgo sīngkèih yaht seuhngjau sahpdím sīnji héisān.

4.4 "Sīnji" to mean "only" or "only when"

> N/PH sīnji…

1. Jūngmàhn Daaihhohk ge hohksāang sīnji hóyíh hái nīdouh dábō.

2. Néih gindóu kéuih sīnji mahn kéuih lā.

3. Ngóh yiu hahgo sīngkèih luhk sīnji dākhàahn.

4.5 Causative and resultative constructions with "jíng" and "gáau"

Primarily "jíng"(整) and "gáau"(搞) are two different verbs with different use.

"jíng": make; do;break

1. Màhmā **jíng** daahngōu jíngdāk hóu leng.

   *jíng daahngōu: make a cake

2. Kéuih gaau ngóh **jíng** syutgōu.

3. Bóulòh **jíng**waaihjó Máhlaih bouh dihnnóuh.

   (Paul has broken Mary's computer.)

"jíng": put in order; rectify; renovate; repair

1. Ngóh ge seuihfóng hóu gauh la, ngóh dásyun fongga **jíng**háh gāan fóng.

2. Kéuih **jíng**háh tìuh (léhng)tāai sīnji jeuk ngoihtou.

   (He adjusts his necktie before putting on his overcoat.)

3. Ngóh ge dihnnóuh m̀yuhngdāk, yiu ló heui dihnnóuh gūngsī **jíng** la.

4. Chéng mahn **jíng** láahngheigēi yiu géidō chín a?

"gáau": work out; set up; organize; clear up the mess

1. Ngóh séung tùhng léuhnggo pàhngyáuh **gáau** yātgāan gūngsī.

2. Singdaanjit jauhlàih dou la, ngóhdeih bāan dásyun **gáau** yātgo Singdaan party.

3. Néih faaidī bōng ngóh **gáaufāanhóu** kéuih lā.

   (Help me to clear up the mess as soon as possible.)

The verbs "jíng" and "gáau" followed by an adjective and an object will express a causation of an event. To express the meaning "making something happen", a construction "gáau dou" or "jíng dou" is used.

1. Wún tōng dungjó, ngóh bōng néih jíngfāanyiht kéuih.

   (The soup has cooled off. Let me help you to heat up the soup again.)

2. Gòhgō jínglaahnjó ngóh bouh sáugēi.

   (My older brother broke my mobile phone.)

3. Dī jilíu jínghóujó jauh fong hái ngóh tói seuhngmihn.

   (After you have sorted out the data then put the file on my desk.)

4. Kéuih yānwaih gāautūng yingoih, gáaudou yahpjó yīyún.

   (He was sent to hospital because of traffic accident.)

5. Yānwaih sākchē, gáaudou chìhjó fāandou gūngsī.

   (Because of traffic jam, I was coming late to office.)

5. *Notes on pragmatic knowledge*
語用知識注解 *yúhyuhng jīsīk jyugáai*

5.1 Pass time in Chinese New Year in Canton/Guangdong (VO: gwonìhn 過年)

5.1.1 Chinese New Year (Nùhnglihk sānnìhn 農曆新年)

Chinese New Year, or Lunar New Year, also known as the Spring Festival in modern Mainland, celebrated at the turn of the traditional lunisolar Chinese calendar. Since Chinese New Year varies every year, some special terms below are helpful to remind us to mark down the date on our Gregorian calendar.

> nìhn yahbaat 年廿八 (28th day of the final month in the Lunar New Year)
> nìhn sāamsahp máahn/ nìhn sā'ah máahn 年三十晚 (Lunar New Year Eve)
> nìhn chō yāt 年初一 (the first day of the Lunar New Year)
> nìhn chō yih 年初二 (the second day of the Lunar New Year)
> nìhn chō sāam 年初三 (the third day of the Lunar New Year)
> nìhn chō sei 年初四 (the fourth day of the Lunar New Year)
> nìhn chō chāt 年初七 (the seven day of the Lunar New Year). It is known as "yàhn yaht 人日 ", which means "everyone's birthday".

The 28th day of the final month in the Lunar New Year is a very special day. It is the tradition of Hong Kong, Macau and places in southern Guangdong to have an annual clean-up. Besides, Chinese families used to have a gathering before the New Year begins. They have a reunion dinner which is called "tyùhnnìhnfaahn 團年飯 ".

As for the new year's food, all of them are related to good wishes for health, wealth and happiness. Note that new year cake is among one of the most important food. Ithas a number of different styles in China. New year cake, or "nìhn gōu 年糕 "in Cantonese, is a pastry made of the flour of glutinous rice, isserved primarily in the Lunar New Year period. In Canton, new year cake is a round and sweet one.

There are so many expressions of wish and hope being spokenby Chinese people when they greet each other. Just list some of themthat are used by Cantonese speakers below.

gūnghéi faatchòih 恭喜發財 PH: wish you to have good fortune
sāntái gihnhōng 身體健康 PH: wish you to have a sound body
dūngsìhng sāijauh 東成西就 PH: wish you success everywhere
bouhbouh gōusīng 步步高陞 PH: wish you to get promotion
sāangyi hīnglùhng 生意興隆 PH: wishes for success in business
chòihyùhn gwóngjeun 財源廣進 PH: wish wealth come geneously to you
sām séung sih sìhng 心想事成 PH: wish all your dreams come true

5.1.2 The last day of Chinese New Year

> jīngyuht sahpngh 正月十五 / Yùhnsīu jit 元宵節
> (the fifteenth day of the Lunar Calendar)

The fifteenth day of the lunar calendar marks the end of a Chinese New Year. It is also called "Yùhnsīu jit 元宵節" or Lantern Festival. Cantonese people has a tradition of having "tōngyùhn / yún 湯圓" at that night while observing on the first full moon in a lunar year. "Tōngyùhn / yún 湯圓" is a kind of stuffed dumplings made of glutinous rice flour and sweet filling such as peanut and sesame served in soup or sweet soup. Lantern Festival is also called "Jūnggwok Chìhngyàhn jit 中國情人節", or Chinese Valentine's Day.

5.2 Chinese soup

Preparing Chinese soup is not just a kind of food, but it is a part of family life. "Bōutōng" (Soup made by simmering for a long time) is a symbol of showing affection and family love. Parents are always expecting their children's ealy arrival. By doing so, they often talk to their children over the phone like this:

"Bōujó tōng la, néih gāmmáahn jóudī fonggūng fāanlàih yámtōng lā."
(I have prepared soup for you, get off work and go home earlier tonight.)

5.3 Concept of "ancestral home town"

Chinese people maintain a strong sense of belonging to their ancestral home town.Even their ancestors moved away from their home town to another city some few hundredyears old, younger generations still value their ancestral home town. It is a way of getting know each other by asking people's ancestral home town. Just like the following example:

"Néih hēunghá hái bīndouh a?"

Therefore many people choose to go back to their ancestral home town during the Lunar New Year holidays, especially for those who still have some relatives living in the town. You may call this kind of family visit "fāan hēunghá 返鄉下 ".

5.4 Deflecting a compliment

There are many ways to respond to a compliment such as saying "m̀haih m̀haih", "bīndouh haih a" when someone gives you a "thumbs up" sign and tells you that your Cantonese is awesome.

But since you are no longer a beginner, it is time to move on to some other responses that will sound more common in everyday conversation.

1. **Góng nīdī! 講呢啲 !**
2. **Góngdī gám ge yéh! 講啲噉嘅嘢 !**

3. Haak mē hei ā! 客咩氣吖！

These alternatives are used to return the compliment when someone says thank you for your help. The first two are strategies to show feign surprise. For example, someone says you are a nice person because you have just helped her to do a great job. These expressions are similar to English "it was no big deal!", "don't mention it!"

6. *Contextualized speaking practice*
情境說話練習 chìhnggíng syutwah lihnjaahp

6.1 Faatyām lihnjaahp (Pronunciation Exercises)

6.1.1 Identify the following colours (ngàahnsīk 顏色) in Cantonese by listening to the teacher's pronunciation.

black	☼	☼	hùhngsīk
white	☼	☼	hāksīk
brown	☼	☼	làahmsīk
grey	☼	☼	fēsīk
red	☼	☼	luhksīk
pink	☼	☼	chēngsīk
orange	☼	☼	baahksīk
yellow	☼	☼	cháangsīk
green	☼	☼	fūisīk
cyan	☼	☼	jísīk
blue	☼	☼	wòhngsīk
purple	☼	☼	fánhùhngsīk

6.2 Chìhnggíng syutwah lihnjaahp (Situational Topics)

6.2.1 Your friend asks you how to match his clothing. It is his first time to date a girl. Please give him some advice (e.g. how to match and which colours should be chosen, etc.) on following clothing.

> sēutsāam / bōhàaih / ngàuhjáifu / ngoihtou /
> (léhng)tāai (領) 帶 (necktie) /génggān 頸巾 (scarf; muffler)

Try to use this pattern in your output:

Ngóh wah [colour] ge [clothing] chan [colour] ge [clothing] jeui hóutái.

6.2.2 Fill in the blanks with the given vocabularies. Each vocabulary can be chosen once only.

fongsām	āamjeuk	gōnjehng
ngàihhím	hēimohng	gaaiháu

1. Jāchē m̀kau ōnchyùhndáai hóu _____.
2. Ngóh behngjó tái yīsāng, yīsāng wah ngóh gámmouh, yáuhdī yéh m̀sihkdāk, yiu _____.
3. Yīgwaih léuihmihn tìuh tìuh ngàuhjáifu dōu gam dyún, dōu m̀ _____ la, yiu máaih sān ge.
4. Behngjó jānhaih hóu sānfú, _____ néih faaidī hóufāan lā.
5. Néih ge sáu m̀ _____, sáijósáu sīnji sihkfaahn lā.

6.2.3 Try to answer the following questions with "sīnji"

1. Jūnggwok yàhn yahtyaht dōu sihk júng tùhng yuhtbéng àh?

   _____

2. Néih pìhngsìh dōu jeukdāk gam jíngchàih fāangūng gàh?

   _____

3. Hēunggóng yàhn múihyaht dōu heui jáulàuh yámchàh àh?

   _____

4. Néih géisìh heui léuihhàhng a?

   _____

6.3 Speech topics

Please practise the following topics.

1. Néih ge tùhngsih yìhgā yiu gón sìhgaan chēutheui Jūngwàahn hōiwúi, kéuih dásyun chóh dīksí. Bātgwo yìhgā haih hahjau nghdím bun, néih gokdāk daap dīksí mhóu. Néih yìhgā hái gūngsī tùhng kéuih kīngháh.

   你嘅同事而家要趕時間出去開會，佢打算坐的士。不過而家係下晝五點半，你覺得搭的士唔好。你而家喺公司同佢傾吓。

   Your colleague is rushing for a meeting. He wants to take a taxi from his company. However, the time is now 5:30pm, and you think that it is not wise to take a taxi.You try to remind your colleague before he goes.

2. Máhlaih yahpjó yīyún, néih tùhng géigo pàhngyáuh heuidou yīyún taam kéuih. Néihdeih yìhgā tùhng Máhlaih kīnggái.

   瑪麗入咗醫院，你同幾個朋友去到醫院探佢。你哋而家同瑪麗傾偈。

   Mary was sent to hospital. You are visiting her with a few friends. Now you are talking with Mary.

7. Listening and speaking

聽說練習 tingsyut lihnjaahp

7.1 Kate was injured in a traffic accident. Today she has just come back and her colleague, May cares about her injury.

阿 May：	咦，琪琪嘞，返嚟嘞？咦，做咩事呀你隻手？	A-Mēi:	Yí, Kèihkéi àh, fāanlàih làh? Yí, jouh mē sih a néih jek sáu?
琪琪 (Kate)：	嘿，前幾日放工呀，搭小巴，個小巴司機揸得好快，撞倒前面嗰架車，我又冇扣安全帶嗰，收尾搞到入醫院囉。	Kèihkéi:	Hēi, chìhn géi yaht fonggūng a, daap síubā, go síubā sīgēi jādāk hóu faai, johngdóu chìhnmihn góga chē, ngóh yauh móuh kau ōnchyùhndáai wo, sāumēi gáaudou yahp yīyún lō.

阿 May：	原來前嗰排嗰單交通意外嘅新聞就係你嚟㗎？	**A-Mēi:**	Yùhnlòih chìhngópáai gódāan gāautūng yi'ngoih ge sānmàhn jauh haih néih làih gàh?
琪琪：	係呀。	**Kèihkéi:**	Haih a.
阿 May：	噉你而家點呀？	**A-Mēi:**	Gám Néih yìhgā dím a?
琪琪：	而家要時時去（大學）保健處睇醫生，都唔知幾時好返呀，我諗要請多幾日假囉。	**Kèihkéi:**	Yìhgā yiu sìhsìh heui (Daaihhohk) Bóugihnchyu tái yīsāng, dōu m̀jī géisìh hóufāan a,ngóh nám yiu chéng dō géiyaht ga lō.
阿 May：	醫生點講呀？	**A-Mēi:**	Yīsāng dím góng a?
琪琪：	醫生話我隻右手啲骨裂咗。	**Kèihkéi:**	Yīsāng wah ngóh jek yauhsáu dī gwāt lihtjó.
阿 May：	噉你而家記得唔好洗咁多手，同埋戒口喎。	**A-Mēi:**	Gám néih yìhgā geidāk m̀hóu sái gamdō sáu, tùhngmàaih gaaiháu wo.
琪琪：	冇呀，一個禮拜都冇沖涼㗎。	**Kèihkéi:**	Móuh a, yātgo láihbaai dōu móuh chūnglèuhng la.
阿 May：	休息吓啦，唔好咁辛苦㗎。	**A-Mēi:**	Yāusīkháh lā, m̀hóu gam sānfú la.
琪琪：	而家右手有問題，你話幾麻煩呀，食唔到嘢呀，寫唔到嘢呀。	**Kèihkéi:**	M̀dāk a, yìhgā yauhsáu yáuh mahntàih, néih wah géi màhfàahn a, sihkm̀dóu yéh a, sémdóu yéh a.
阿 May：	休息吓啦，呢度有啲乜嘢要我哋幫你，就話俾我哋聽啦。	**A-Mēi:**	Yāusīkháh lā, nīdouh yáuhdī mātyéh yiu ngóhdeih bōng néih, jauh wah béi ngóhdeih tēng lā.
琪琪：	哦，好啦，冇辦法啦。	**Kèihkéi:**	Òh, hóu lā, móuh baahnfaat lā.

7.2 Ken asks her colleague Mary about choosing the best gifts for a hospital patient.

小強 (Ken)：	喂，瑪麗，有冇時間呀？	**Síukèuhng:**	Wai, Máhlaih, yáuh móuh sìhgaan a?
瑪麗：	咩事呀？	**Máhlaih:**	Mēsih a?
小強：	同你傾幾句吖。	**Síukèuhng:**	Tùhng néih kīng géigeui ā.
瑪麗：	好呀。	**Máhlaih:**	Hóu a.
小強：	冇呀，我有個朋友呢，最近入咗醫院呀。	**Síukèuhng:**	Móuh a,ngóh yáuh go pàhngyáuh nē, jeuigahn yahpjó yīyún a.

瑪麗：	哦。係嘅？	**Máhlaih:**	Óh. Haih àh?
小強：	係呀。佢因為交通意外受咗傷，入咗醫院，而家就住喺瑪麗醫院。	**Síukèuhng:**	Haih a. Kéuih yānwaih gāautūng yi'ngoih sauhjó sēung, yahpjó yīyún, yìhgā jauh jyuhhái Máhlaih Yīyún.
瑪麗：	哦哦。	**Máhlaih:**	Òh, òh.
小強：	我打算放工之後去探佢，但係我係咪要帶啲嘢去呀？	**Síukèuhng:**	Ngóh dásyun fonggūng jīhauh heui taam kéuih, daahnhaih ngóh haih maih yiu daaidī yéh heui a?
瑪麗：	你想唔想買生果俾佢呀？	**Máhlaih:**	Néih séung m̀séung máaih sāanggwó béi kéuih a?
小強：	生果？都唔知佢鍾意食乜嘢喎。	**Síukèuhng:**	Sāanggwó? Dōum̀jī kéuih jūngyi sihk mātyéh wo.
瑪麗：	係嘅？	**Máhlaih:**	Haih àh?
小強：	如果買蘋果，又唔知佢食唔食。	**Síukèuhng:**	Yùhgwó máaih pìhnggwó, yauh m̀jī kéuih sihk m̀sihk.
瑪麗：	其實你可以去旺角花園街，買一個生果籃俾你朋友。	**Máhlaih:**	Kèihsaht néih hóyíh heui Wohnggok Fāyùhn Gāai, máaih yātgo sāanggwóláam béi néih pàhngyáuh.
小強：	哦。	**Síukèuhng:**	òh.
瑪麗：	你可以話俾小販知，想買個生果籃俾住喺醫院嘅朋友。	**Máhlaih:**	Néih hóyíh wah béi síufáan jī, séung máaih go sāanggwóláam béi jyuhhái yīyún ge pàhngyáuh.
小強：	要唔要早啲打電話俾佢地訂㗎？	**Síukèuhng:**	Yiu m̀yiu jóudī dá dihnwá béi kéuihdeih dehng ga?
瑪麗：	唔使訂㗎噃，等一陣就得㗎噃。	**Máhlaih:**	M̀sái dehng ga la, dáng yātjahn jauh dāk ga la.
小強：	噉我試吓啦。	**Síukèuhng:**	Gám ngóh siháh lā.
瑪麗：	唔。	**Máhlaih:**	M̀m.
小強：	除咗生果籃之外，仲有冇其他嘢可以買俾朋友呀？	**Síukèuhng:**	Chèuihjó sāanggwóláam jī'ngoih, juhng yáuh móuh kèihtā yéh hóyíh máaih béi pàhngyáuh a?

瑪麗：	仲可以買湯啦，我覺得都可以嘅。	**Máhlaih:**	Juhng hóyíh máaih tōng lā, ngóh gokdāk dōu hóyíh ge.
小強：	我唔識煲湯㗎喎。	**Síukèuhng:**	Ngóh m̀sīk bōutōng ga wo.
瑪麗：	冇問題，而家有啲舖頭，譬如話鴻福堂嗰啲呢，一包包已經係整好咗㗎嘑。你去到可以揀你要嘅湯，跟住呢，你可以叫佢哋幫你加熱咗先。	**Máhlaih:**	Móuh mahntàih, yìhgā yáuhdī poutáu, peiyùhwah Hùhngfūktòhng gódī nē, yātbāaubāau yíhgīng haih jínghóujó ga la. Néih heuidou hóyíh gáan néih yiu ge tōng, gānjyuh nē, néih hóyíh giu kéuihdeih bōng néih gāyihtjó sīn.
小強：	哦。	**Síukèuhng:**	Óh.
瑪麗：	係呀，嗽……	**Máhlaih:**	Haih a, gám…
小強：	好方便喎。	**Síukèuhng:**	Hóu fōngbihn wo.
瑪麗：	係呀係呀，嗽加熱咗之後，佢哋會俾個杯你，去到醫院先至打開包湯，啲湯仲係好熱㗎。	**Máhlaih:**	Haih a haih a, gám gāyihtjó jīhauh, kéuihdeih wúih béi go būi néih, heuidou yīyúnsīnji dáhōi bāau tōng, dī tōng juhng haih hóu yiht ga.
小強：	嗯。	**Síukèuhng:**	M̀m.
瑪麗：	嗽就可以俾你個朋友飲囉。	**Máhlaih:**	Gám jauh hóyíh béi néih go pàhngyáuh yám lō.
小強：	好，嗽我今晚返去試吓先。我去買嘢嘑。唔該晒你，拜拜。	**Síukèuhng:**	Hóu, gám ngóh gāmmáahn fāanheui siháh sīn. Ngóh heui máaihyéh la. M̀gōisaai néih la, bāaibaai.
瑪麗：	客咩氣吖。	**Máhlaih:**	Haak mē hei ā.

Lesson 7 Refusing invitation or request

婉拒人哋邀請或請求

1. Contexts and linguistic functions

語境特徵與語言功能 yúhgíng dahkjīng yúh yúhyìhn gūngnàhng

Contexts (who, where, when) 語境特徵（人地時）	Linguistic functions 語言功能
Who: classmates, relatives, friends, family members, colleagues, new acquaintance **Where:** classroom, campus, dormitory, hospital, MTR station, etc. **When:** general; first encounter	**Core function:** refusing 拒絕
Language Scenarios: Your classmate invites you to join a class reunion party at Lan Kwai Fong; You are a nurse in a hospital. A girl asks you to allow her to visit her cousin after the visiting hours. 課堂休息時間一位同學邀請你晚上到蘭桂坊參加班裏的聯誼活動；你是醫院的護士，有一個病人的親友前來想探望她的表弟，可是已經過了探訪時間。	**Supplementary functions:** Giving thanks to a stranger who found and returned your lost bag. 感謝丟東西後提供幫助的路人； Thanks to your relative for helping you to find a job and you get the job successfully. 感謝親友在求職過程中的幫助。

Notes on pragmatic knowledge	Notes on language structure
I. Filling a pause in a sentence II. Repetition of the same word or phrase III. Converting nouns to verbs IV. Refusing someone's request by saying "hóu nàahnjouh" V. Checking someone's identity with a question "néih haih kéuih bīnwái a?"	- Indicating the source and nature of knowledge expressed in the sentence with "ā ma" particle - Double sentence final particles meaning "only" or "that's all" - Describing habits with "bātnāu" - Giving force to a rhetorical question: m̀tūng…?

2. *Texts*

課文 fomàhn

2.1 Ken invites his classmate, Mary to join a class reunion party. Mary refuses to join.

小強 （Ken）：	喂，聽講我哋班，而家約緊去蘭桂坊喎。	**Síukèuhng:**	Wai, tēnggóng ngóhdeih bāan, yìhgā yeukgán heui Làahn Gwai Fōng wo.
瑪麗 （Mary）：	呀，係咩？唉，有咩要慶祝呀？	**Máhlaih:**	A, haih mē? Aai, yáuh mē yiu hingjūk a?
小強：	嗯，好似話嗰個日本同學生日吖嘛。	**Síukèuhng:**	M̀m, hóuchíh wah gógo Yahtbún tùhnghohk sāangyaht ā ma.
瑪麗：	哦，係嘛。	**Máhlaih:**	Òh, haih àh.
小強：	係呀，佢話想體驗吓香港嘅酒吧文化同東京有咩唔同。	**Síukèuhng:**	Haih a, kéuih wah séung táiyihmháh Hēunggóng ge jáubā màhnfa tùhng Dūnggīng yáuh mē m̀tùhng.
瑪麗：	幾好吖。	**Máhlaih:**	Géi hóu ā.
小強：	噉，一齊去啦。	**Síukèuhng:**	Gám, yātchàih heui lā.
瑪麗：	一齊去？我哋全班一齊去咩？	**Máhlaih:**	Yātchàih heui? Ngóhdeih chyùhnbāan yātchàih heui mē?
小強：	大部分都去啦。	**Síukèuhng:**	Daaihbouhfahn dōu heui lā.
瑪麗：	大部分？但係佢有冇話請邊幾個㗎？	**Máhlaih:**	Daaihbouhfahn? Daahnhaih kéuih yáuh móuh wah chéng bīn géigo ga?
小強：	吓？噉我又唔清楚喎，不過，去咗都冇乜所謂啩。	**Síukèuhng:**	Há? Gám ngóh yauh m̀chīngchó wo, bātgwo, heuijó dōu móuh māt sówaih gwa.
瑪麗：	如果人哋冇請你，你去咗就唔好意思啦。	**Máhlaih:**	Yùhgwó yàhndeih móuh chéng néih, néih heuijó jauh m̀hóu yisi lā.
小強：	唔會嘅，係一個班嘅活動嚟㗎嘛，個個都可以參加嘅。	**Síukèuhng:**	M̀wúih ge, haih yātgo bāan ge wuhtduhng làih gā ma, gogo dōu hóyíh chāamgā ge.

瑪麗:	係咪有人俾錢呀？如果有人俾錢呢，嗽多咗一個人參加，人哋就會失預算嘅嘑。	**Máhlaih:**	Haih maih yáuh yàhn béi chín a? Yùhgwó yáuh yàhn béi chín nē, gám dōjó yātgo yàhn chāamgā, yàhndeih jauh wúih sāt yuhsyun ge la.
小強:	哦，呢啲情況，應該 AA 制嘅。	**Síukèuhng:**	Óh, nīdī chìhngfong, yīnggōi A-A-jai ge.
瑪麗:	哦，嗽而家有邊啲同學去呀？	**Máhlaih:**	Óh, gám yìhgā yáuh bīndī tùhnghohk heui a?
小強:	都話大部分囉。去啦，唔好講嗽多嘑。	**Síukèuhng:**	Dōu wah daaihbouhfahn lo. Heui lā, m̀hóu góng gam dō la.
瑪麗:	嗯……其實有啲同學，都唔係好熟嘅。	**Máhlaih:**	M̀m…kèihsaht yáuhdī tùhnghohk, dōu m̀haih hóu suhk ge.
小強:	哦。	**Síukèuhng:**	Òh.
瑪麗:	冇偈傾喎。	**Máhlaih:**	Móuh gái kīng wo.
小強:	哎呀，你去到就自然有偈傾㗎啦，「一次生、兩次熟」，去啦。	**Síukèuhng:**	Aiya, néih heuidou jauh jihyìhn yáuh gái kīng ga lā, "yātchi sāang, léuhngchi suhk", heui lā.
瑪麗:	你哋都係夜晚去㗎可？	**Máhlaih:**	Néihdeih dōu haih yehmáahn heui ga hó?
小強:	唔通日頭咩？酒吧呀。	**Síukèuhng:**	M̀tūng yahttáu mē? Jáubā a.
瑪麗:	酒吧開到好夜㗎喎，我住喺上水。我驚太夜喎。	**Máhlaih:**	Jáubā hōidou hóu yeh ga wo, ngóh jyuhhái Seuhngséui. Ngóh gēng taai yeh wo.
小強:	嗽吓……	**Síukèuhng:**	Gám àh…
瑪麗:	真係好夜囉。到時冇車返屋企㗎。	**Máhlaih:**	Jānhaih hóu yeh lō. Dousìh móuh chē fāan ūkkéi ga.
小強:	香港有好多通宵車嘅喎，唔使擔心。	**Síukèuhng:**	Hēunggóng yáuh hóudō tūngsīu chē ge wo, m̀sái dāamsām.
瑪麗:	通宵車？你話半個鐘頭一班嗰啲？	**Máhlaih:**	Tūngsīu chē? Néih wah bungo jūngtàuh yātbāan gódī?
小強:	係呀。	**Síukèuhng:**	Haih a.
瑪麗:	但係我一個女仔返屋企，好似唔係幾安全喎。	**Máhlaih:**	Daahnhaih ngóh yātgo néuihjái fāan ūkkéi, hóuchíh m̀haih géi ōnchyùhn wo.

小強：	噉我叫嗰個男同學送你返屋企囉，佢好似幾鍾意你。	Síukèuhng:	Gám ngóh giu gógo nàahm tùhnghohk sung néih fāan ūkkéi lō, kéuih hóuchíh géi jūngyi néih.
瑪麗：	有冇搞錯呀！我同佢唔係好熟㗎咋，唔好麻煩人哋啦。	Máhlaih:	Yáuh móuh gáaucho a! Ngóh tùhng kéuih m̀haih hóu suhk ga ja, m̀hóu màhfàahn yàhndeih lā.
小強：	噉算啦。係嘑，聽日係咪仲要考試呀？	Síukèuhng:	Gám syun lā. Haih la, tīngyaht haih maih juhng yiu háausíh a?
瑪麗：	係呀係呀係呀。	Máhlaih:	Haih a haih a haih a.
小強：	哦，噉算啦，不如快啲返屋企讀書啦。	Síukèuhng:	Òh, gám syun lā, bātyùh faaidī fāan ūkkéi duhksyū lā.
瑪麗：	噉你哋玩得開心啲嘑喎。	Máhlaih:	Gám néihdeih wáandāk hōisām dī la wo.
小強：	好啦好啦，拜拜。	Síukèuhng:	Hóu lā hóu lā, bāaibaai.

2.2 A girl asks a nurse in a public hospital to allow her to visit her cousin after visiting hours.

米雪：	姑娘姑娘……	Máihsyut:	Gūnèuhng gūnèuhng...
護士：	有咩嘢事呀？有咩嘢幫到你呀？	wuhsih:	Yáuh mēyéh sih a? Yáuh mēyéh bōngdóu néih a?
米雪：	唔好意思呀，我遲咗放工呀，我想探吓我表弟呀！	Máihsyut:	M̀hóu yisi a, ngóh chìhjó fonggūng a, ngóh séung taamháh ngóh bíudái a!
護士：	哦，但係唔好意思喎，過咗探病時間嘑喎。	wuhsih:	Óh, daahnhaih m̀hóu yisi wo, gwojó taambehng sìhgaan la wo.
米雪：	因為我今日開 OT 呀，所以晏咗放工，而家先至可以嚟探佢。	Máihsyut:	Yānwaih ngóh gāmyaht hōi OT a, sóyíh aanjó fonggūng, yìhgā sīnji hóyíh làih taam kéuih.
護士：	我都明白，不過我哋有探病時間。病人呢個時候都需要休息㗎嘑。不如你聽日早啲嚟啦！	wuhsih:	Ngóh dōu mìhngbaahk,bātgwo ngóhdeih yáuh taambehng sìhgaan. Behngyàhn nīgo sìhhauh dōu sēuiyiu yāusīk ga la. Bātyùh néih tīngyaht jóudī làih lā!

米雪：	唔好意思呀，醫院啲嘢唔係好啱佢食，所以我帶咗少少嘢食俾佢呀。我可唔可以放低啲嘢食或者入去餵佢食呀？	Máihsyut:	M̀hóuyisi a, yīyún dī yéh m̀haih hóu āam kéuih sihk, sóyíh ngóh daaijó síusíu yéh sihk béi kéuih a. Ngóh hóm̀hóyíh fongdāi dī yéh sihk waahkjé yahpheui wai kéuih sihk a?
護士：	放低啲嘢食呢就冇問題。你放低啲嘢食俾我，我幫你俾啲嘢佢。你表弟叫乜嘢名呀？	wuhsih:	Fongdāi dī yéh sihk nē jauh móuh mahntàih. Néih fongdāi dī yéh sihk béi ngóh, ngóh bōng néih béi dī yéh kéuih. Néih bíudái giu mātyéh méng a?
米雪：	佢叫做陳保羅。	Máihsyut:	Kéuih giujouh Chàhn Bóulòh.
護士：	陳保羅……好，我哋幫你俾啲嘢食佢啦。	wuhsih:	Chàhn Bóulòh…hóu, ngóhdeih bōng néih béi dī yéh sihk kéuih lā.
米雪：	嗽我可唔可以入去同佢傾幾句偈呀？	Máihsyut:	Gám ngóh hó m̀hóyíh yahpheui tùhng kéuih kīng géigeui gái a?
護士：	因為過咗探病時間就係姑娘開始做嘢嘅時間，譬如話要幫啲病人探熱呀，幫佢哋沖涼呀嘅樣。你入去嘅話會影響我哋做嘢，都會影響啲病人㗎。希望你會明白啦。	wuhsih:	Yānwaih gwojó taambehng sìhgaan jauh haih gūnèuhng hōichí jouhyéh ge sìhgaan, peiyùhwah yiu bōng dī behngyàhn taamyiht a, bōng kéuihdeih chūnglèuhng a gámyéung. Néih yahpheui ge wah wúih yínghéung ngóhdeih jouhyéh, dōu wúih yínghéung dī behngyàhn ga. Hēimohng néih wúih mìhngbaahk lā.
米雪：	將就一次得唔得呀？我不嬲都係呢個時間嚟探佢㗎！	Máihsyut:	Jēungjauh yātchi dāk m̀dāk a? Ngóh bātnāu dōu haih nīgo sìhgaan làih taam kéuih ga!
護士：	希望你會明白，嗽樣我哋會好難做㗎。不如你聽日早啲嚟吖！	wuhsih:	Hēimohng néih wúih mìhngbaahk, gámyéung ngóhdeih wúih hóu nàahnjouh ga. Bātyùh néih tīngyaht jóudī làih ā!
米雪：	嗽嘛，好啦。嗽我放低啲嘢食，麻煩你幫我俾佢吖！	Máihsyut:	Gám ah, hóu lā. Gám ngóh fongdāi dī yéh sihk, màhfàahn néih bōng ngóh béi kéuih ā!
護士：	冇問題，冇問題。請問病人幾多號牀呀？	wuhsih:	Móuh mahntàih, móuh mahntàih. Chíngmahn behngyàhn géidō houh chòhng a?
米雪：	34號呀！	Máihsyut:	Sāamsahp sei houh a!

護士：	哦，34 號！哦，陳保羅先生。	**wuhsih:**	Óh, sāamsahp sei houh! Óh, Chàhn Bóulòh sīnsāang.
米雪：	係呀。	**Máihsyut:**	Haih a.
護士：	噉你係佢邊位呀？我話俾佢聽吖。	**wuhsih:**	Gám néih haih kéuih bīnwái a? Ngóh wah béi kéuih tēng ā.
米雪：	我係佢嘅表姐呀。	**Máihsyut:**	Ngóh haih kéuih ge bíujé a.
護士：	好。	**wuhsih:**	Hóu.
米雪：	唔該晒，唔該晒。	**Máihsyut:**	M̀gōisaai, m̀gōisaai.
護士：	你聽日早啲嚟吖！	**wuhsih:**	Néih tīngyaht jóudī làih ā!

3. *Vocabulary in use*

活用詞彙 wuhtyuhng chìhwuih

3.1 Common vocabulary

Number	Word	Yale Romanization	POS	English
3.1.1	慶祝	hingjūk	V	celebrate
3.1.2	文化	màhnfa	N	culture
3.1.3	大部分	daaihbouhfahn	N	the majority; the greater part; in large part
3.1.4	冇（乜）所謂	móuh (māt) sówaih	PH	doesn't matter; indifferent
3.1.5	失預算	sāt yuhsyun	PH	out of budget
3.1.6	情況	chìhngfong	N	circumstances; situation
3.1.7	AA 制	A-A-jai	PH	split the bill; go Dutch
3.1.8	熟	suhk	Adj	familiar (with somebody); well acquainted; ripe

3.1.9	自然	jihyìhn	Adj/Adv/N	natural; naturally; nature
3.1.10	唔通	m̀tūng	Adv	(used to give force to a rhetorical question) don't tell me…/ could it be that…/ how can we...?
3.1.11	到時	dousìh	Adv	at that (future) time; when the time comes by
3.1.12	通宵	tūngsīu	N	all night; the whole night; throughout the night
3.1.13	送 +PN	sung+PN	V	see somebody off or out; send someone to; escort someone to
3.1.14	開 OT	hōi ōutī	VO	work overtime; work an extra shift
3.1.15	晏	(ng)aan	Adj	late in the day
3.1.16	探病	taambehng	VO	visit a sick person or patient
3.1.17	不如	bātyùh	Adv	it would be better to; it might as well
3.1.18	不嬲	bātnāu	Adv	always (habit); from the past till the present
3.1.19	啱	(ng)āam	Adj	suitable; correct; right; suit somebody
3.1.20	帶	daai	V	take; bring; carry
3.1.21	餵	wai	V	feed
3.1.22	放低	fongdāi	RVE	put something down; let go with something
3.1.23	探熱	taamyiht	VO	check someone's body temperature
3.1.24	影響	yínghéung	V/N	affect; influence; effect
3.1.25	將就	jēungjauh	V	tolerate; accept (a bit reluctantly); make the best of it; make do with it

3.2 Proper nouns, place words and people

3.2.1	蘭桂坊	Làahn Gwai Fōng	PW	Lan Kwai Fong, one of Hong Kong's most popular nightlife hot spots and home to over 90 restaurants and bars.
3.2.2	酒吧	jáubā	N	bar; pub
3.2.3	姑娘	gūnèuhng	N	a respectful way to call a nurse, a female social worker, a female psychologist, etc.
3.2.4	護士	wuhsih	N	nurse
3.2.5	醫院	yīyún	N	hospital
3.2.6	病人	behngyàhn	N	patient; sick person
3.2.7	和聲（書院）	Wòhsīng (Syūyún)	PW	Lee Woo Sing College, The Chinese University of Hong Kong
3.2.8	表哥	bíugō	N	older male cousin (the son of one's father's sister or of one's mother's brother or sister, who is older than oneself)
3.2.9	表弟	bíudái	N	younger male cousin (the son of one's father's sister or of one's mother's brother or sister, who is younger than oneself)
3.2.10	表姐	bíujé	N	older female cousin (the daughter of one's father's sister or of one's mother's brother or sister, who is older than oneself)

3.3 Food and items

3.3.1	身份證	sānfánjing	N	identity card
3.3.2	銀包	ngàhnbāau	N	wallet
3.3.3	護照	wuhjiu	N	passport
3.3.4	雲端	wàhndyūn	N	cloud (computing)
3.3.5	利是	laihsih	N	red packet
3.3.6	履歷表	léihlihkbíu	N	curriculum vitae (CV); resume

3.4 Other vocabularies

3.4.1	慘	cháam	Adj	miserable; tragic; wretched; pitiful
3.4.2	試過	sigwo	V	experienced; encountered before
3.4.3	小事	síusih	N/Adj	petty thing; minor matter
3.4.4	珍貴嘅回憶	jāngwai ge wùihyīk	PH	valuable/precious memory
3.4.5	收	sāu	V	receive; take in
3.4.6	袋返	doihfāan	RVE	take back (and put it into pocket or bag or wallet)
3.4.7	搵工	wángūng	VO	look for work/job
3.4.8	第日	daihyaht	TW	next time; in the future; later
3.4.9	原來	yùhnlòih	Adv	as a matter of fact; as it turns out; actually
3.4.10	技巧	geihháau	N	skill; technique
3.4.11	包裝	bāaujōng	N/V	packaging; exterior by the looks; pack; wrap

3.5 Useful expressions

3.5.1	唔好意思	m̀hóu yisi	PH	feel apologetic; excuse me; I'm sorry
3.5.2	一次生、兩次熟	yātchi sāang, léuhngchi suhk	IE	unfamiliar at first but you get used to it; strangers are first meeting, but soon friends
3.5.3	半個鐘頭一班	bungo jūngtàuh yātbāan	PH	depart on every half hour
3.5.4	有冇搞錯呀！	Yáuh móuh gáaucho a!	PH	What's wrong? How could this be? Are you kidding?
3.5.5	算啦	syun lā	PH	forget it; enough already
3.5.6	唔好噉講	m̀hóu gám góng	PH	you are welcome
3.5.7	唔阻你（時間）喇	m̀jó néih sìhgaan la	PH	I don't want to bother you any more.

4. *Notes on language structures*

語言結構知識 yúhyìhn gitkau jīsīk

4.1 Indicating the source and nature of knowledge expressed in the sentence with "ā ma" particle

"ā ma" is an epistemic particle that indicates the source and nature of knowledge expressed in the sentence. It provides an explanation that the listener should already know or readily understand the situation or reason or the statement.

Example:

A-Bóu:　　　Dímgáai ngàhnhòhng móuh hōimùhn gé?

　　　　　　(Why the bank is closed today?)

Daaihwaih: Gāmyaht haih gakèih ā ma!

　　　　　　(Of course, today is holiday.)

1. Máhlaih:　　　Néih haih Yīnggwok yàhn, dímgáai néih sīk góng
   　　　　　　　Gwóngdūngwá a?

   Síukèuhng:　　Ngóh màhmā haih Hēunggóng yàhn ā ma!

2. Síukèuhng:　　Tīnhei gam yiht, dímgáai néih juhng daaijyuh gihn lāu a?

   Máhlaih:　　　Ngóh gēng jáulàuh léuihbihn dī láahnghei dung ā ma.

3. Bóulòh:　　　Dímgáai m̀daap deihtit daap síubā a?

   Laihsā:　　　Daap síubā m̀sái hàahng gam yúhn ā ma.

4. Wòhng táai:　　Dímgáai dá gam dō chi dihnwá béi néih, néih dōu m̀tēng
   　　　　　　　dihnwá a?

   Wòhng sāang:　Gam āam dihnwá móuh dihn ā ma!

5. Kèihkèih:　　　Yaht yaht dōu (heui / hái) ngoihbihn sihk jóuchāan hóu mē?

   Bóulòh:　　　M̀sái jihgéi jíng gam màhfàahn ā ma.

4.2 Double sentence final particles meaning "only" or "that's all"

"Ga ja" or "ge ja" are double sentence final particles that are placed at the end of a sentence. They are used in the sentence to emphasize "only" or "that's all".

Example:

Hái gógāan chāantēng sihk pouhfēi, múihyàhn jihnghaih hóyíh ló yātdihp ga ja.
(The etiquette of eating buffet in that restaurant requires that every one is only allowed to take once only.)
*yātdihp: a plate (of food)

1. Néih dáng ngóh yātjahngāan, ngóh yahpheui Chāt-sahp-yāt jāngjihk, hóu faai ga ja.
   *jāngjihk 增值 -put money on Octopus card
2. Ngóh sīkjó kéuih géigo yuht, hóusíu tùhng kéuih ginmihn. Ngóh tùhng kéuih m̀haih hóu suhk ga ja. (I am not so familiar with her.)
3. Daaihwaih: Néih ūkkéi hóu gōnjehng, daahnhaih mātyéh dihnhei dōu móuh. Dímgáai gé?
   Bóulòh: Ngóh m̀sái máaih mātyéh dihnhei. Ngóh pìhngsìh dōsou m̀hái ūkkéi. Ngóh fāan ūkkéi jihnghaih fan géigo jūngtàuh gaau ga ja.
4. Ngóh ge sáugēi yuhnglàih dá dihnwá ga ja. Ngóh hóusíu yuhng sáugēi séuhngmóhng.
5. Tàihfúnkāat múihyaht jeui dō hóyíh ló sāam maahn ga ja, néih yiu ló gamdō chín, yātdihng yiu yahpheui ngàhnhòhng jouh sīnji dāk.
   *tàihfúnkāat 提款卡 -ATM cards

4.3 Describing habits with "bātnāu"

"Bātnāu" as an adverb indicates one's habit(human or creature) or a custom of a society. It is also used to describe some usual practices in a given place where the majority of people always do something previously as a habit from the past till the present. "Bātnāu" can be replaced by "chùhnglòih"(從來), which is more formal.

S/PH	bātnāu (dōu)…
or	
S/PH	chùhnglòih (dōu)…

Example:

➢ Hēunggóng ge láu bātnāu dōu gam gwai.
   *láu 樓 : apartment; flat; storied building
   (The cost of housing in Hong Kong is so high from the past till the present.)
➢ Kéuih bātnāu dōu hóu yeh fangaau.

(His sleep habit is that he always goes to bed very late.)

1. Kéuih bātnāu dōu m̀jūngyi tùhng yàhn kīnggái.
2. Ngóh bātnāu m̀sihk jyūgūlīk, m̀yám heiséui.
   *jyūgūlīk: chocolate; heiséui: soft drink
3. Ngóh fangaau gójahnsìh bātnāu dōu m̀hōi láahnghei.
4. Bàhbā tùhng màhmā heui léuihhàhng bātnāu dōu gān (léuihhàhng)tyùhn.
5. Gótìuh gāai bātnāu dōu yáuh hóudō jáubā.
6. Wohnggok bātnāu dōu gam bīk.

4.4 Giving force to a rhetorical question: m̀tūng…

The adverb "m̀tūng" is used to give force as a rhetorical question. Its meaning is similar to English "don't tell me…", "could it be that…?", "how can we…?"etc.

Example:

➤ Yeukjó Síukèuhng chātdím. Ngóhdeih dángjó kéuih bungo jūngtàuh la. M̀tūng kéuih m̀geidākjó?

(We agreed to meet at 7pm, but we have been waiting for half an hour. Could it be that he has already forgotten?)

➤ Ngóhdeih heui jáubā gánghaih yehmáahn heui lā, m̀tūng yahttáu heui mē?

(Of course we go to bar at night. Don't tell me we go there at the daytime.)

1. Dímgáai bāsí gam noih dōu juhng meih làih gé? M̀tūng yáuh gāautūng yingoih?
2. Ngóh ge dihnnóuh séuhngm̀dóu móhng. M̀tūng dihnnóuh yáuh mahntàih?
3. Ngóh wán làih wán heui dōu wánm̀dóu kéuih.M̀tūng kéuih heuijó léuihhàhng m̀hái Hēunggóng?
4. Dímgáai m̀ginjó gógāan poutáu gé? M̀tūng yíhgīng móuhjó?
5. Ngóh ge tóuh tungdāk hóu sāileih, m̀tūng sihkjó m̀gōnjehng ge yéh?

4.5 VOV

Example: Ngóh tùhng kéuih m̀suhk móuh gái kīng ga.

         (I am not familiar with her. I can talk nothing with her.)

1. Ngóh bātyihp jīhauh jīkhāk hái Hēunggóng wán gūng jouh.
2. Bātyùh yātchàih chóh chē chēutheui Wohnggok wán yéh sihk.

3. Ngóh yahpheui máaihbūi gafē yám.

4. Kéuih móuh chín gójahnsìh jauh jáuheui mahn màhmā ló chín yuhng.

5. Dākhàahn jauh heui tòuhsyūgún ló bún syū táiháh lā, m̀hóu sèhngyaht wáan dihnnóuh.

5. Notes on pragmatic knowledge
語用知識注解 yúhyuhng jīsīk jyugáai

5.1 Filling a pause in a sentence

To illustrate something with examples, we pause occcaionally when we need a little bit time to think. Topic particles "a" and "lā" function purely to fill a pause.

For instance, your friend asks you what kinds of fruit do you like to eat. You may give several favourite fruits in a sentence. In this case you may illustrate with examples like this pattern:

Yáuh hóudō sāanggwó ngóh dōu jūngyi sihk, hóuchíh pìhnggwó a/lā, cháang a/lā, sihdōbēléi a/lā, tùhng sāigwā dáng dáng.
(I like different kinds of fruits, such as apple, orange, strawberry, water melon, etc.)

"Eh…" is another common filler sound that is spoken in conversation by one participant to signal to others a pause to think without giving the impression of having finished speaking.

Eh…ngóh yáuh dī yéh séung mahnháh néih. Yáuh móuh sìhgaan kīng géi geui a?
(I have something to ask you. May I speak with you for a while?)

It is criticized that this filler sound is a bad habit and it is better to minimize this from your vocabulary in order to sound much more polished. However, sometimes "eh…" is quite useful if you don't want to offend others in circumstances like this.

Bóulòh: Néih yáuh móuh sìhgaan a? Bōng ngóh jouh dī yéh ā?
Máhlaih: Eh…

Mary may further add "m̀hóu yisi" or "deui m̀jyuh, ngóh gón sìhgaan", "bōng m̀dóu néih" afterward if she wants to refuse Paul's request without being too straightforward.

5.2 Repetition of the same word or phrase

Repetition is a major strategy for producing emphasis, clarity, amplification, or emotional effect. In Cantonese, besides repetition of "jóusàhn" and "néih hóu" twice or three times, words or phrases such as "haih a", "hóu a", "hóu lā", "dāk", etc. are often repeated in a sentence to produce the effects just mentioned above. You may take a look below to understand that repetition is very natural in daily conversation.

Síukèuhng: Bóulòh, nīwái haih Chàhn sīnsāang.
Bóulòh: Chàhn sīnsāang, néih hóu néih hóu néih hóu.

Máhlaih: Yātjahngāan yātchàih chēutheui yám būi gafē ā?
Laihsā: Hóu a hóu a.

Chàhn táai: Faaidī fāanlàih lā, A-jái tùhng A-néui dánggán néih fāanlàih sihkfaahn a!
Chàhn sāang: Dāk la dāk la. Hóu faai fāanlàih la.

Kèihkéi: Síukèuhng, gam jóu gé, fāangūng àh?
Bóulòh: Haih a haih a. Néih nē?

5.3 Converting nouns to verbs

Some simple nouns can be changed into verbs. Note that the rules applicable to Cantonese does not necessarily apply to Mandarin or other Chinese dialects.

chē 車	N:	a car	➜	V: transport by vehicle
	Example:	Dáng ngóh chē néih heui gēichèuhng lā.		
		(Let me escort you to the airport.)		
doih/dói 袋	N:	a bag	➜	V: put something into a bag or a pocket
	Example:	Doihjyuh néih ge ngàhnbāau tùhng wuhjiu, chīnkèih m̀hóu m̀gin. (Put your wallet and passport properly in your pocket. Make sure you don't lose them.)		
	Example:	Doihfāan dī chín lā, m̀hóu A-A-jai la, ngóh chéng la. (Take back your money. Let me buy you a lunch/dinner.)		

5.4 Refusing someone's request by saying "hóu nàahnjouh"

When people talk to you "gámyéung ngóhdeih hóu nàahnjouh wo", that means you are putting them in a difficult situation. This situation is when someone wants to stretch rules, get around regulations, or want to make an exception in somebody's favour. However, allowing this flexibility would make the other party feels uncomfortable. This phrase can be used to refuse this kind of request indirectly by showing sympathy to someone's difficulty, but at the same time they cannot change the regulations because it would go beyond their authority.

5.5 Checking someone's identity with a question "néih haih kéuih bīnwái a?"

It is often used by a receptionist, a watchman or a security guard in a company, school, a church, a hospital, an apartment, etc., who wants to check people's identity when they look for a person inside. Checking their identity is usually due to some security reasons. Besides, it is a polite way to get to know the relationship between the stranger and the person he or she is looking for. Note that "bīnwái" is used instead of "bīngo"(who). Therefore a polite form is addressed in this conversation. The phrase "néih haih kéuih bīnwái a" can be preceded by "chéngmahn" or "chíngmahn", which is a common courtesy to treat others with kindness and politeness.

6. Contextualized speaking practice
情境說話練習 chìhnggíng syutwah lihnjaahp

6.1 Faatyām lihnjaahp (Pronunciation Exercises)

Identify the most appropriate responses (a to e) to the following sentences. Practice each other after completion of the matching.

1. Eh…m̀hóu yisi, ngóh gón sìhgaan, bōngm̀dóu néih. (　　　)
2. M̀jó néih la, ngóh jáu sīn. (　　　)
3. Yùhgwó móuhjó néih bōng ngóh, ngóh jauh cháam la. (　　　)
4. Ngóh m̀ginjó ngàhnbāau, dōu m̀ginjó ngóh ge sānfánjing. (　　　)
5. M̀hóu A-A-jai lā, gāmyaht ngóh béi chín. (　　　)

a. Néih dākhàahn chèuihsìh làih wán ngóh lā. Bāaibaai!
b. Yáuh móuh gáaucho a? Gám dím syun a?
c. Gám syun lā, m̀gányiu.

d. Dōjehsaai, daihyaht dou ngóh chéngfāan néih lā.

e. M̀hóu gám góng, haak mēyéh hei ā?

6.2 Chìhnggíng syutwah lihnjaahp (Situational Topics)

6.2.1　Chat with your classmates based on the following questions

1.　Tùhng nàahm pàhngyáuh waahkjé néuih pàhngyáuh paaktō, néih wah léuhnggo yàhn A-A-jai yáuh móuh mahntàih a? Dímgáai a?

_____

2.　Yehmáahn tùhng néuihjái sihkyùhnfaahn jīhauh, néih wah sái m̀sái sung kéuihdeih fāan ūkkéi a? Dímgáai a?

_____

3.　Néih yáuh móuh sigwo m̀ginjó ngàhnbāau, chín, sáugēi, sānfánjing, seunyuhngkāat waahkjé wuhjiu a? Yùhgwó yáuh, sāumēi dím a?

_____

4.　Mātyéh yàhn yiu tūngsīu gūngjok ga?

_____

6.2.2　Fill in the blanks with the given vocabularies. Each vocabulary can be chosen once only.

fongsām	m̀tūng	suhk	sāu	dousìh
bātnāu	sung	gányiu	fongdāi	ngàihhím

1.　Yámjó jáu jauh m̀hóu jāchē la, gámyéung taai (_____) la.

2.　Néih (_____) bún syū tùhng bouh sáugēi sīnji heui chisó lā.

3.　Néih (_____) lā, hóu síusih jē, ngóh jī dím jouh ga la.

4.　M̀hóu yisi, ngóhdeih nīdouh m̀ (_____) seunyuhngkāat.

5.　Hóu yeh la, kéuih juhng meih fāanlàih gé, (_____) yáuh mēyéh sih?

6.　Gam haakhei a!? Ngóh (_____) dōu m̀hingjūk sāangyaht ge, m̀sái sung láihmaht béi ngóh la.

7.　M̀sái (_____) la, ngóh jihgéi fāanheui jauh dāk ga la.

8.　Tīngyaht sāamdím yeuk néih hái Daaihhohk fóchējaahm gin, (_____) joi kīng lā.

9.　Ngóh tùhng kéuih m̀ (_____), bātyùh néih dá dihnwá yeuk kéuih lā.

10. Néih dāk m̀dākhàahn a? Ngóh yáuhdī (   ) ge sih séung wán néih
    bōngsáu.

6.3 Speech topics

Please practise the following topics.

Néih ge pàhngyáuh hahgo yuht heui Tòihwāan wáan géi yaht, séung chéng néih bōng kéuih
táijyuh ūkkéi jek gáujái. Néih m̀séung, yìhgā siháh tùhng kéuih kīngháh.

你嘅朋友下個月去台灣玩幾日，想請你幫佢睇住屋企隻狗仔。你唔想，而家試吓同佢傾
吓。

Your friend will go traveling to Taiwan next month for a few days. She requests you to take care
of her puppy at home. However, you want to refuse her request and now you are talking with her.

Néih ge bíudái āamāam bātyihp, kéuih séung wán néih bōngháh kéuih wán gūng. Yìhgā néih
tùhng kéuih ginmihn, gaauháh kéuih dímyéung wángūng tùhng béi dī yigin kéuih.

你嘅表弟啱啱畢業，佢想搵你幫吓佢搵工。而家你同佢見面，教吓佢點樣搵工同俾啲意見
佢。

Your younger male cousin has graduated recently and is now looking for a job. He asks you to
help him on job hunting. Now you chat with him and give some tips and opinions to him.

7. Listening and speaking

聽説練習 tingsyut lihnjaahp

7.1 Mr. Chan and Miss Shen did not know each other. Mr. Chan has found Miss Shen's bag and mobile phone. At the same time, Miss Shen dials her phone number to see if anyone has got her phone. Mr. Chan gives a response to the incoming call and he is about to return the belongings to Miss Shen.

陳生：	喂。	**Chàhnsāang:**	Wái.
沈小姐：	喂喂，請問……你係咪執到我部電話呀？	**Sám síujé:**	Wái wái, chéngmahn…néih haih maih jāpdóu ngóh bouh dihnwá a?

陳生：	係呀。	**Chàhnsāang:**	Haih a.
沈小姐：	真係太好嘑，嗰部電話係我㗎。	**Sám síujé:**	Jānhaih taai hóu la, góbouh dihnwá haih ngóh ga.
陳生：	不如我俾返你啦，搵個地方。	**Chàhnsāang:**	Bātyùh ngóh béifāan néih lā, wán go deihfōng.
沈小姐：	你真係好人呀先生。	**Sám síujé:**	Néih jānhaih hóuyàhn a sīnsāang.
陳生：	唔好噉講。	**Chàhnsāang:**	M̀hóu gám góng.
沈小姐：	唔見咗電話，仲慘過唔見咗信用卡呀。	**Sám síujé:**	M̀ginjó dihnwá juhng cháamgwo m̀ginjó seunyuhngkāat a.
陳生：	係呀，而家唔見咗電話真係好麻煩㗎。我哋約咗地方先啦。嗱，一陣間我會喺中文大學的士站落車㗎，不如我喺嗰度等你吖？	**Chàhnsāang:**	Haih a, yìhgā m̀ginjó dihnwá jānhaih hóu màhfàahn ga. Ngóhdeih yeukjó deihfōng sīn lā. Làh, yātjahngāan ngóh wúih hái Jūngmàhn Daaihhohk dīksí jaahm lohkchē ga, bātyùh ngóh hái gódouh dáng néih ā?
沈小姐：	哦，好呀，半個鐘頭之後得唔得？	**Sám síujé:**	Òh, hóu a, bungo jūngtàuh jīhauh dāk m̀dāk?
陳生：	得，半個鐘頭後喺大學火車站前便嘅的士站等。	**Chàhnsāang:**	Dāk, bungo jūngtàuh hauh hái Daaihhohk fóchē jaahm chìhnbihn ge dīksíjaahm dáng.
沈小姐：	好，大學火車站，遲啲見。	**Sám síujé:**	Hóu, Daaihhohk fóchējaahm, chìhdī gin.
陳生：	遲啲見，好。	**Chàhnsāang:**	Chìhdī gin, hóu.
	***********		
沈小姐：	請問你係咪陳生呀？	**Sám síujé:**	Chéngmahn néih haih maih Chàhn sāang a?
陳生：	係呀係呀。	**Chàhnsāang:**	Haih a haih a.
沈小姐：	係呀，我係沈小姐呀。	**Sám síujé:**	Haih a, ngóh haih Sám síujé a.
陳生：	沈小姐。嗱，你嘅手袋同電話呀。	**Chàhnsāang:**	Sám síujé. Làh, néih ge sáudói tùhng dihnwá a.
沈小姐：	哎呀，下次一定要小心啲嘑，今次真係多謝你嘑。	**Sám síujé:**	Āiya, hahchi yātdihng yiu síusāmdī la, gāmchi jānhaih dōjeh néih la.

陳生：	哦，唔好噉講啦，其實我都試過唔見嘢嘅。因為個袋裏面有好多緊要嘢喙，身份證呀卡呀，唔見一樣都好麻煩喙。	Chàhnsāang:	Óh, m̀hóu gám góng lā, kèihsaht ngóh dōu sigwo m̀gin yéh ge. Yānwaih go dói léuihmihn yáuh hóudō gányiu yéh ga, sānfánjing a kāat a, m̀gin yātyeuhng dōu hóu màhfàahn ga.
沈小姐：	係呀係呀，我今次又係唔見咗個銀包，同埋護照呀身份證呀嗰啲都唔見哂。	Sám síujé:	Haih a haih a, ngóh gāmchi yauh haih m̀ginjó go ngàhnbāau, tùhngmàaih wuhjiu a sānfánjing a gódī dōu m̀ginsaai.
陳生：	不過其實小姐我想同你講，唔見呢啲都係小事，你影咗嗰啲相呀，喺晒手機裏面。你知啦，而家所有啲珍貴嘅回憶，都喺部手機裏面喙嘛，你所有嘅回憶都無哂，嗰啲都係搵唔返。	Chàhnsāang:	Bātgwo kèihsaht síujé ngóh séung tùhng néih góng, m̀gin nīdī dōu haih síusih, néih yíngjó gódī séung a, háisaai sáugēi léuihmihn. Néih jī lā, yìhgā sóyáuh dī jāngwai ge wùihyīk, dōu hái bouh sáugēi léuihmihn gā ma, néih sóyáuh ge wùihyīk dōu móuhsaai, gódī dōu haih wánm̀fāan.
沈小姐：	噉又真係嗝，以後真係要做 back-up 嘑。	Sám síujé:	Gám yauh jānhaih wo, yíhhauh jānhaih yiu jouh back-up la.
陳生：	係呀，所以你最好部手機有一個 copy，電腦有一個 copy，雲端又有一個 copy，噉就安全嘑。	Chàhnsāang:	Haih a, sóyíh néih jeui hóu bouh sáugēi yáuh yātgo copy, dihnnóuh yáuh yātgo copy, wàhndyūn yauh yáuh yātgo copy, gám jauh ōnchyùhn la.
沈小姐：	真係唔該哂先生，唔阻你時間嘑，係噉先啦。	Sám síujé:	Jānhaih m̀gōisaai sīnsāang, m̀jó néih sìhgaan la, haih gám sīn lā.
陳生：	我都唔講咁多嘑，我走嘑。	Chàhnsāang:	Ngóh dōu m̀góng gamdō la, ngóh jáu la.
沈小姐：	嗱，呢度封利是呢，俾你嘅。	Sám síujé:	Làh, nīdouh fūng laihsih nē, béi néih ge.
陳生：	唔好呀唔好呀，唔好客氣唔好客氣，我唔收呀，你袋返啦。冇問題喙。呢啲大家明白喙嘑。	Chàhnsāang:	M̀hóu a m̀hóu a, m̀hóu haakhei m̀hóu haakhei, ngóh m̀sāu a, néih doihfāan lā. Móuh mahntàih ga. Nīdī daaihgā mìhngbaahk ga la.
沈小姐：	哦哦哦，噉真係唔該哂先生。唔阻你嘑唔阻你嘑。	Sám síujé:	Òh òh òh, gám jānhaih m̀gōisaai sīnsāang. M̀jó néih la m̀jó néih la.

陳生：	Okay，好，拜拜。	**Chàhnsāang:**	*Okay*, hóu, bāaibaai.
沈小姐：	拜拜。	**Sám síujé:**	Bāaibaai.

7.2 A man drops by his cousin's office. He wants to thank her for helping him find a job and he gets the job successfully.

表姐：	點呀表弟？	**bíujé:**	Dím a bíu dái?
表弟：	表姐，真係多謝晒你呀，而家搵到份好工。	**bíudái:**	Bíu jé, jānhaih dōjehsaai néih a, yìhgā wándóu fahn hóu gūng.
表姐：	嘩，噉就好囉。你都係見咗中大 TA 嗰份（工），係咪呀？	**bíujé:**	Wa, gám jauh hóu lō. Néih dōu haih ginjó Jūngdaaih *TA* gófahn (gūng), haih maih a?
表弟：	其實我見咗兩份工，一份係中大嘅 TA 啦，一份係城大嘅研究助理。	**bíudái:**	Kèihsaht ngóh ginjó léuhngfahn gūng, yātfahn haih Jūngdaaih ge *TA* lā, yātfahn haih Sìhngdaaih ge yìhngau johléih.
表姐：	哦。	**bíujé:**	Òh.
表弟：	噉最後兩邊都有 offer，我就揀咗中大呢邊嘑。	**bíudái:**	Gám jeuihauh léuhngbihn dōu yáuh *offer*, ngóh jauh gáanjó Jūngdaaih nībihn la.
表姐：	係嘅，我都話冇錯㗎嘑，你揀呢份，因為表姐都係喺中大做嘢㗎嘛，呢度風景又好。嗱，你第日有啲咩唔識嘅，可以問我啦。	**bíujé:**	Haih àh, ngóh dōu wah móuh cho ga la, néih gáan nīfahn, yānwaih bíujé dōu haih hái Jūngdaaih jouhyéh gā ma, nīdouh fūnggíng yauh hóu. Làh, néih daihyaht yáuhdī mē m̀sīk ge, hóyíh mahn ngóh lā.
表弟：	如果唔係你教我寫嗰份履歷表，我真係唔係幾識寫呀。	**bíudái:**	Yùhgwó m̀haih néih gaau ngóh sé gófahn léihlihkbíu, ngóh jānhaih m̀haih géi sīk sé a.
表姐：	哦，其實我俾吓意見啫。最緊要係你嗰份 CV，寫得靚靚地囉，寫得好好睇睇。	**bíujé:**	Óh, kèihsaht ngóh béiháh yigin jē. Jeui gányiu haih néih gófahn *CV*, sédāk lengléngdéi lō, sédāk hóuhóutáitái.
表弟：	本來我打算乜嘢都寫晒入去，原來都要有啲技巧同包裝嘅。	**bíudái:**	Búnlòih ngóh dásyun mātyéh dōu sésaai yahpheui, yùhnlòih dōu yiu yáuhdī geihháau tùhng bāaujōng ge.
表姐：	梗係啦。	**bíujé:**	Gánghaih lā.

表弟：	不如搵日我請你食餐飯，多謝你吖。	**bíudái:**	Bātyùh wán yaht ngóh chéng néih sihk chāan faahn, dōjeh néih ā.
表姐：	唔好噉講，得閒就約出嚟食飯啦。邊個請都冇所謂。	**bíujé:**	M̀hóu gám góng, dākhàahn jauh yeuk chēutlàih sihkfaahn lā. Bīngo chéng dōu móuh sówaih.
表弟：	嗱，大家都喺中大做嘢，不如喺和聲吖，嗰邊聽講有個好靚嘅飯堂，上面有得食雪糕。	**bíudái:**	Làh, daaihgā dōu hái Jūngdaaih jouh yéh, bātyùh hái Wòhsīng ā, góbihn tēnggóng yáuhgo hóu leng ge faahntòhng, seuhngmihn yáuhdāk sihk syutgōu.
表姐：	嘩，你都幾熟中大嗝。	**bíujé:**	Wa, néih dōu géi suhk Jūngdaaih wo.
表弟：	搵晒資料㗎嘑。好啦，就噉決定啦，拜拜。	**bíudái:**	Wánsaai jīlíu ga la. Hóu lā, jauh gám kyutdihng lā, bāaibaai.

Lesson 8 Complaining about the services provided

投訴公司嘅服務

1. Contexts and linguistic functions

語境特徵與語言功能 yúhgíng dahkjīng yúh yúhyìhn gūngnàhng

Contexts (who, where, when) 語境特徵（人地時）	Linguistic functions 語言功能
Who: Hair stylist, airlines staff, customers, new acquaintance **Where:** hair salon, airport, on the phone, etc. **When:** first encounter	**Core function:** complaining 投訴
Language Scenarios: At the departure hall of airport, a staff member explains to a passenger that the flight has been cancelled. The passenger complains the airlines for sudden flight cancellation; A customer complained about his haircut. 機場候機大堂職員與等候登機的旅客説明情況，乘客對於突然取消班機感到不滿；顧客前往髮型屋向老闆反映昨天光顧後感到不滿	**Supplementary functions:** Persuading a friend not to come out tonight because of the typhoon 勸朋友打風時不要外出； Persuading a child to stop addicting to video games 勸孩子少玩電子遊戲

Notes on pragmatic knowledge	Notes on language structure
I. Interjection to express disapproval or objection II. Expressing unfriendly tone even calling someone "daaihlóu" III. A casual way to call someone	- Rhetorical "bīndouh…?" - Indicating warning, suggestion, or eagerness: ā làh - "Béi" serving as "let" or "allow" - Comparison of adjective: VOVdāk Adj gwo

2. Texts

課文 fomàhn

2.1 At the departure hall of an airport, Michelle complains to the airlines for sudden flight cancellation.

米雪 (Michelle)：	先生嚙，請問去東京嗰班飛機上得機未呀？	Máihsyut:	Sīnsāang àh, chéng mahn heui Dūnggīng góbāan fēigēi séuhngdākgēi meih a?
職員：	小姐，唔好意思呀，呢個航班我哋啱啱取消咗。	jīkyùhn:	Síujé, m̀hóu yisi a, nīgo hòhngbāan ngóhdeih āamāam chéuisīujó.
米雪：	吓，取消咗？幾時講㗎？	Máihsyut:	Há, chéuisīujó? Géisìh góng ga?
職員：	其實我哋啱啱喺十五分鐘前已經有呢個廣播嘅。	jīkyùhn:	Kèihsaht ngóhdeih āamāam hái sahpńgh fānjūng chìhn yíhgīng yáuh nīgo gwóngbo ge.
米雪：	吓，點解要取消呢？	Máihsyut:	Há, dímgáai yiu chéuisīu nē?
職員：	因為……	jīkyùhn:	Yānwaih…
米雪：	我哋已經喺度等咗咁耐嘑喎。	Máihsyut:	Ngóhdeih yíhgīng háidouh dángjó gam noih la wo.
職員：	係呀，真係好唔好意思，我哋呢……	jīkyùhn:	Haih a, jānhaih hóu m̀hóu yisi, ngóhdeih nē…
米雪：	都入咗閘啦。	Máihsyut:	Dōu yahpjó jaahp lā.
職員：	係呀，我哋都明白，真係抱歉。十五分鐘前呢啱啱宣佈咗因為天氣嘅關係，我哋取消今次嘅航班嘑。	jīkyùhn:	Haih a, ngóhdeih dōu mìhngbaahk, jānhaih póuhhip. Sahpńgh fānjūng chìhn nē āamāam syūnboujó yānwaih tīnhei ge gwāanhaih, ngóhdeih chéuisīu gāmchi ge hòhngbāan la.
米雪：	天氣嘅關係？我諗你哋講大話囉，香港嘅天氣咁好，冇理由唔飛得㗎啫？噉……噉你打算點樣安排我哋去東京呀？	Máihsyut:	Tīnhei ge gwāanhaih? Ngóh nám néihdeih góng daaihwah lō, Hēunggóng ge tīnhei gam hóu, móuh léihyàuh m̀fēidāk ga jē? Gám…gám néih dásyun dímyéung ōnpàaih ngóhdeih heui Dūnggīng a?

職員：	小姐，真係唔好意思呀，雖然外面天氣好好，但係我哋航班都要照顧唔同城市嘅天氣，譬如由香港去東京我哋都會經過唔同嘅城市，所以我哋都要睇吓唔同地方嘅天氣，先至決定我哋航班嘅情況。	jīkyùhn:	Síujé, jānhaih m̀hóu yisi a, sēuiyìhn ngoihbihn tīnhei hóu hóu, daahnhaih ngóhdeih hòhngbāan dōu yiu jiugu m̀tùhng sìhngsíh ge tīnhei, peiyùh yàuh Hēunggóng heui Dūnggīng ngóhdeih dōu wúih gīnggwo m̀tùhng ge sìhngsíh, sóyíh ngóhdeih dōu yiu táiháhm̀tùhng deihfōng ge tīnhei, sīnji kyutdihng ngóhdeih hòhngbāan ge chìhngfong.
米雪：	我唔理呀，你哋要喺聽日晏晝之前送我去到東京呀，因為我喺嗰度已經訂咗酒店㗎喇。如果我取消嘅話，人哋可能即刻加我入黑名單㗎。	Máihsyut:	Ngóh m̀léih a, néihdeih yiu hái tīngyaht aanjau jīchìhn sung ngóh heuidou Dūnggīng a, yānwaih ngóh hái gódouh yíhgīng dehngjó jáudim ga la. Yùhgwó ngóh chéuisīu ge wah, yàhndeih hónàhng jīkhāk gā ngóh yahp hāk mìhngdāan ga.
職員：	明白。	jīkyùhn:	Mìhngbaahk.
米雪：	你哋點樣負責先？	Máihsyut:	Néihdeih dímyéung fuhjaak sīn?
職員：	小姐，唔好意思呀，我諗我哋都明白，每一位旅客呢，都有佢哋嘅安排，但係我哋真係唔可以喺一個唔安全嘅情況底下俾乘客上機。	jīkyùhn:	Síujé, m̀hóu yisi a, ngóh nám ngóhdeih dōu mìhngbaahk, múih yātwái léuihhaak nē, dōu yáuh kéuihdeih ge ōnpàaih, daahnhaih ngóhdeih jānhaih m̀hóyíh hái yātgo m̀ònchyùhn ge chìhngfong dáihah béi sìhnghaak séuhnggēi.
米雪：	我喺香港又冇屋企又冇親戚。嗽我今晚點算吖？你哋可唔可以負責呀？	Máihsyut:	Ngóh hái Hēunggóng yauh móuh ūkkéi yauh móuh chānchīk. Gám ngóh gāmmáahn dím syun a? néihdeih hóm̀hóyíh fuhjaak a?
職員：	冇問題嘅小姐，等我同我嘅經理商量吓先，之後我會儘快回覆你嘅。	jīkyùhn:	Móuh mahntàih ge síujé, dáng ngóh tùhng ngóh ge gīngléih sēunglèuhngháh sīn, jīhauh ngóh wúih jeuhnfaai wùihfūk néih ge.
米雪：	嗽即係等幾耐呀？	Máihsyut:	Gám jīkhaih dáng géinoih a?

職員：	小姐，不如十五分鐘之後，你再返嚟我哋呢度，我再話俾你聽吖。	jīkyùhn:	Síujé, bātyùh sahpńgh fānjūng jīhauh, néih joi fāanlàih ngóhdeih nīdouh, ngóh joi wah béi néih tēng ā.
	(十五分鐘之後)		(sahpńgh fānjūng jīhauh)
職員：	小姐，我已經同我經理傾咗嘑。	jīkyùhn:	Síujé, ngóh yíhgīng tùhng ngóh gīngléih kīngjó la.
米雪：	你哋有乜嘢安排呀？	Máihsyut:	Néihdeih yáuh mātyéh ōnpàaih a?
職員：	唔好意思，我哋唔會幫你安排住嘅地方嘅，但係我哋會俾返一張五百蚊嘅現金券你，歡迎下次再嚟享用我哋公司嘅服務。	jīkyùhn:	M̀hóu yisi, ngóhdeih m̀wúih bōng néih ōnpàaih jyuh ge deihfōng ge, daahnhaih ngóhdeih wúih béifāan yātjēung ńghbaak mān ge yihngāmhyun néih, fūnyìhng hahchi joi làih héungyuhng ngóhdeih gūngsī ge fuhkmouh.
米雪：	噉算啦，下次我都唔會再搭你哋航空公司嘅飛機㗎嘑。	Máihsyut:	Gám syun lā, hahchi ngóh dōu m̀wúih joi daap néihdeih hòhnghūng gūngsī ge fēigēi ga la.
職員：	小姐，真係唔好意思呀，呢度係五百蚊嘅現金券，希望下次仲可以見到你啦，拜拜。	jīkyùhn:	Síujé, jānhaih m̀hóu yisi a, nīdouh haih ńghbaak mān ge yihngāmhyun, hēimohng hahchi juhng hóyíh gindóu néih lā, bāaibaai.

2.2 In a hair salon, a customer complains about his haircut.

客人：	喂，老細，見到你就喘嘑，喂，我想同你講啲嘢先。	haakyàhn:	Wai, lóuhsai, gindóu néih jauh āam la, wai, ngóh séung tùhng néih góngdī yéh sīn.
髮型屋老闆：	係，咩事呀先生？	faatyìhng'ūk lóuhbáan:	Haih, mēsih a sīnsāang.
客人：	喂，上次我搵你哋阿 Ken 幫我剪頭髮呀。	haakyàhn:	Wai, seuhngchi ngóh wán néihdeih A-Ken bōng ngóh jín tàuhfaat a.
髮型屋老闆：	係。	faatyìhng'ūk lóuhbáan:	Haih.

客人：	喂，我話要做負離子直髮嘅，你哋話負離子可以 keep 一個月㗎嘛。	haakyàhn:	Wai, ngóh wah yiu jouh fuhlèihjí jihkfaat ge, néihdeih wah fuhlèihjí hóyíh *keep* yātgo yuht gā ma.
髮型屋老闆：	係吖。	faatyìhng'ūk lóuhbáan:	Haih ā.
客人：	喂，大佬，我前後都唔夠一個禮拜，又開始鬈嘑。喂，你哋搞乜鬼嘢呀喺度？	haakyàhn:	Wai, daaihlóu, ngóh chìhnhauh dōu m̀gau yātgo láihbaai, yauh hōichí lyūn la. Wai, néihdeih gáau māt gwái yéh a háidouh?
髮型屋老闆：	誒……	faatyìhng'ūk lóuhbáan:	Eh….
客人：	跟住我同阿 Ken 講，我叫佢：「喂，同我搞返好佢啦！」佢又話要收我錢。嘩，有冇搞錯呀，呢啲係你哋嘅責任吖嘛，係咪先？	haakyàhn:	Gānjyuh ngóh tùhng A-Ken góng, ngóh giu kéuih, "Wai, tùhng ngóh gáaufāan hóu kéuih lā!" Kéuih yauh wah yiu sāu ngóh chín. Wa, yáuh móuh gáaucho a, nīdī haih néihdeih ge jaakyahm ā ma, haih maih sīn?
髮型屋老闆：	會唔會有啲誤會呢？	faatyìhng'ūk lóuhbáan:	Wúih m̀wúih yáuhdī nghwuih nē?
客人：	吓，有咩誤會呀？喂大佬，我嚟呢度，我話要做負離子直髮，你哋又話，可以 keep 三四個月都得。喂，而家三四日就已經鬈嘑。	haakyàhn:	Há, yáuh mē nghwuih a? Wai daaihlóu, ngóh làih nīdouh, ngóh wah yiu jouh fuhlèihjí jihkfaat, néihdeih yauh wah, hóyíh *keep* sāam sei go yuht dōu dāk. Wai, yìhgā sāam sei yaht jauh yíhgīng lyūn la.
髮型屋老闆：	可能係先生你嘅髮質嘅問題呀，同埋可能染髮嘅時間，都可能會影響出嚟嘅效果嘅喎。	faatyìhng'ūk lóuhbáan:	Hónàhng haih sīnsāang néih ge faatjāt ge mahntàih a, tùhngmàaih hónàhng yíhmfaat ge sìhgaan, dōu hónàhng wúih yínghéung chēutlàih ge haauhgwó ge wo.

客人：	吓，要啲咩髮質呀？鐵線嘛？鐵線先至會直嘛？	haakyàhn:	Há? Yiudī mē faatjāt a? Titsín àh? Titsín sīnji wúih jihk àh?
髮型屋老闆：	唔係唔係，或者我可唔可以同我嘅同事了解吓，儘快回覆你？	faatyìhng'ūk lóuhbáan:	M̀haih m̀haih, waahkjé ngóh hó m̀hóyíh tùhng ngóh ge tùhngsih líuhgáaiháh, jeuhnfaai wùihfūk néih?
客人：	而家點樣先？喂，大佬，我下個月要出去拍戲㗎，而家個頭搞到嗽樣，嗽點算呀？我一陣間仲要去見我啲老細，嗽點算呀？話俾佢哋聽，個主角係嗽嘅樣㗎？大佬，你見倒嗽嘅樣，你都唔請啦，係咪呀？	haakyàhn:	Yìhgā dímyéung sīn? Wai, daaihlóu, ngóh hahgo yuht yiu chēutheui paakhei la, yìhgā go tàuh gáaudou gámyéung, gám dímsyun a? Ngóh yāt jahngāan juhng yiu heui gin ngóhdī lóuhsai, gám dímsyun a? Wah béi kéuihdeih tēng, go jyúgok haih gám ge yéung gàh? Daaihlóu, néih gindóu gám ge yéung, néih dōu m̀chéng lā, haih maih a?
髮型屋老闆：	你唔使咁緊張。	faatyìhng'ūk lóuhbáan:	Néih m̀sái gam gánjēung.
客人：	你快啲同我……	haakyàhn:	Néih faaidī tùhng ngóh…
髮型屋老闆：	先生唔使咁緊張先，不如嗽樣啦，如果唔介意，我同你寫低啲聯絡資料先吖，等我同阿 Ken 溝通咗之後，我哋儘快回覆你，睇吓有啲咩服務，譬如啲 treatment 可以俾返你吖。	faatyìhng'ūk lóuhbáan:	Sīnsāang m̀sái gam gánjēung sīn, bātyùh gámyéung lā, yùhgwó m̀gaaiyi, ngóh tùhng néih sédāi dī lyùhnlok jīlíu sīn ā, dáng ngóh tùhng A-Ken kāutūngjó jīhauh, ngóhdeih jeuhnfaai wùihfūk néih, táiháh yáuhdī mē fuhkmouh, peiyùhdī *treatment* hóyíh béifāan néih ā.

客人：	唔係，老老實實，搞幾耐先？喂，我真係唔係有好多時間咋，你今日覆唔覆倒我先？	haakyàhn:	M̀haih, lóuhlóuh sahtsaht, gáau géinoih sīn? Wai, ngóh jānhaih m̀haih yáuh hóudō sìhgaan ja, néih gāmyaht fūk m̀fūkdóu ngóh sīn?
髮型屋老闆：	我哋會㗎，我哋儘快，可能個幾兩個鐘吖，阿 Ken 呢，佢食完飯會返嚟㗎喇。	faatyìhng'ūk lóuhbáan:	Ngóhdeih wúih ga, ngóhdeih jeuhnfaai, hónàhng go géi léuhnggo jūng ā, A-Ken nē, kéuih sihkyùhn faahn wúih fāanlàih ga la.
客人：	係咪呀？你唔好又呃我呀。大佬，我上次搵阿 Ken 搵咗差唔多半日，佢都未覆倒我。	haakyàhn:	Haih maih a? Néih m̀hóu yauh āak ngóh a. Daaihlóu, ngóh seuhngchi wán A-Ken wánjó chā m̀dō bunyaht, kéuih dōu meih fūkdóu ngóh.
髮型屋老闆：	你放心啦先生，我哋一定會儘快同你搞返好佢嘅。	faatyìhng'ūk lóuhbáan:	Néih fongsām lā sīnsāang, ngóhdeih yātdihng wúih jeuhnfaai tùhng néih gáaufāan hóu kéuih ge.
客人：	係咪㗎？	haakyàhn:	Haih maih ga?
髮型屋老闆：	係，係。	faatyìhng'ūk lóuhbáan:	Haih, haih.
客人：	快啲嘑，一陣間覆我呀。	haakyàhn:	Faaidī la, yātjahngāan fūk ngóh a.
髮型屋老闆：	唔好意思唔好意思呀。	faatyìhng'ūk lóuhbáan:	M̀hóu yisi, m̀hóu yisi a.

3. Vocabulary in use

活用詞彙 wuhtyuhng chìhwuih

3.1 Common vocabulary

Number	Word	Yale Romanization	POS	English
3.1.1	啱啱	(ng)āam(ng)āam	Adv	just now; just recently; just a moment ago
3.1.2	上機	séuhnggēi	VO	board a flight
3.1.3	取消	chéuisīu	V	cancel; call off
3.1.4	抱歉	póuhhip	Adj	feel apologetic; regret, sorry (formal)
3.1.5	宣佈	syūnbou	V	declare; announce
3.1.6	講大話	góng daaihwah	VO	tell a lie
3.1.7	冇理由	móuh léihyàuh	PH	no reason; does not make sense; unreasonable
3.1.8	照顧	jiugu	V	give consideration; care for
3.1.9	經過	gīnggwo	V/N	go through; pass; process;
3.1.10	加	gā	V	add; put in
3.1.11	黑名單	hāk mìhngdāan	N	blacklist
3.1.12	安排	ōnpàaih	V/N	arrange (matters); arrangements; plan in detail; plans
3.1.13	俾	béi	V	allow
3.1.14	親戚	chānchīk	N	relative (family relation)
3.1.15	商量	sēunglèuhng	V	consult; discuss; talk over
3.1.16	傾	kīng	V	talk; chat; discuss
3.1.17	現金券	yihngāmhyun	N	cash coupon
3.1.18	享用	héungyuhng	V	enjoy the use of
3.1.19	前後	chìhnhauh	TW	from beginning to end

3.1.20	誤會	nghwuih	N/V	misunderstanding; misunderstand
3.1.21	效果	haauhgwó	N	effect; result
3.1.22	了解	líuhgáai	V	find out; acquaint oneself with; comprehend; realize
3.1.23	請	chéng	V	employ; hire (a lawyer, etc.), recruit, appoint to a position
3.1.24	緊張	gánjēung	Adj	nervous; stressed; tense
3.1.25	介意	gaaiyi	V	take offence; mind
3.1.26	溝通	kāutūng	V	communicate
3.1.27	覆	fūk	V	reply; give a reply

3.2 People, proper nouns or place words

3.2.1	米雪	Máihsyut	PN	Michelle
3.2.2	東京	Dūnggīng	PW	Tokyo
3.2.3	對象	deuijeuhng	N	target; boy or girlfriend
3.2.4	香港天文台 / 天文台	Hēunggóng Tīnmàhntòih/ Tīnmàhntòih	PN	Hong Kong Observatory

3.3 In an airport (hái gēichèuhng 喺機場)

3.3.1	航班	hòhngbāan	N	scheduled flight; flight number
3.3.2	廣播	gwóngbo	V/N	broadcast; broadcasting
3.3.3	入閘	yahpjaahp	VO	enter the gate or restricted area
3.3.4	旅客	léuihhaak	N	traveler; passenger; guest
3.3.5	航空公司	hòhnghūng gūngsī	N	airline company

3.4 In a hair salon (hái faatyìhng'ūk 喺髮型屋)

3.4.1	老細	lóuhsai	N	boss
3.4.2	髮型屋老闆	faatyìhng'ūk lóuhbáan	N	owner of a hair salon
3.4.3	剪頭髮	jín tàuhfaat	VO	get a hair cut
3.4.4	負離子直髮	fuhlèihjí jihkfaat	PH	straight perm; thermal reconditioning
3.4.5	鬈	lyūn	Adj	curly
3.4.6	髮質	faatjāt	N	hair nature or texture
3.4.7	染髮	yíhmfaat	VO	dye the hair
3.4.8	鐵線	titsín	N	iron wire
3.4.9	頭	tàuh	N	head; hair
3.4.10	樣	yéung	N	look; face

3.5 Marriage (gitfān 結婚)

3.5.1	請飲	chéngyám	VO	invite to a wedding or banquet
3.5.2	（請）帖	(chéng)típ	N	invitation card

3.6 Weather

3.6.1	掛	gwa	V	hoist (typhoon signal)
3.6.2	八號風球	baathouh fūngkàuh	N	No. 8 signal (the wind speed range is 63-117 km/h)

3.7 Other vocabularies

3.7.1	打機	dágēi	VO	play video games
3.7.2	細	sai	Adj	small
3.7.3	細個	sai go	TW	when one was young
3.7.4	歲	seui	N	year (of age)
3.7.5	攞住	lójyuh	RVE	hold firmly

3.7.6	眼	ngáahn	N	eyes
3.7.7	眼鏡	ngáahngéng	N	eyeglasses
3.7.8	厚	háuh	Adj	thick
3.7.9	薄	bohk	Adj	thin

3.8 Useful expressions

3.8.1	我唔理呀	ngóh m̀léih a	PH	No matter what; I don't care
3.8.2	我會儘快回覆你	ngóh wúih jeuhnfaai wùihfūk néih	PH	I will return to you as soon as possible; I will give you a reply as soon as possible
3.8.3	你哋搞乜鬼嘢呀喺度？	néihdeih gáau māt gwái yéh a háidouh?	PH	What's going on? What the heck are you doing?
3.8.4	同我搞返好佢啦！	tùhng ngóh gáaufāan hóu kéuih lā!	PH	Clear up the mess for me!

4. *Notes on language structures*
語言結構知識 yúhyìhn gitkau jīsīk

4.1 Rhetorical "bīndouh…?"

"Bīndouh" can be used idiomatically to form rhetorical questions, with a meaning that is similar to "since when…", "how could...?" in English.

Example:

Ngóh āamāam chēutlàih jouhjó léuhngnìhn yéh, bīndouh yáuh gamdō chín máaih láu a?

(I have just graduated and started to work for two years. Since when have I got money to buy an apartment?)

1. Kéuih múihyaht dōu gam mòhng, bīndouh dākhàahn pùih ngóh heui léuihhàhng?

2. Sātìhn lèih Jūngwàahn gam yúhn, bīndouh hóyíh hàahnglouh?

3. Nīdīyeuhk (these medicine) hái làuhhah ge poutáu dōu máaihdóu lā, bīndouh sái heui Tùhnglòhwāan máaih ā?

4. Chàhn sīnsāang: Néih jyúfaahn hóu lēk wo!

   Máhlaih:　　　Bīndouh haih a/ā!

5. Nītìuh gāai bīndouh yáuh chīukāpsíhchèuhng a! Ngóh wán làih wán heui dōu wánm̀dóu wo!

4.2 Indicating warning, suggestion, or expectation: ā làh

4.2.1 indicating warning

Example:

Néih siháh joi góng daaihwah ā làh…

(I'm gonna… if you try to cheat me again.)

1. Néih m̀jóudī fangaau ā làh, tīngyaht fāanhohk jauh chìhdou ga la.

2. Yaht yaht sihk gam dō jyūgūlīk ā làh, fèihséi néih a! (Be careful you will become overweight.)

3. M̀faaidī jeukfāan gihn lāu ā làh, yātjahngāan gámmouh yauh yiu sāai chín tái yīsāng la.

   *lāu: jacket; overcoat
   *gámmouh: catch flu

4.2.2 indicating suggestion

Example:

Ngóhdeih chēutheui hàahngháh ā làh?

(Let's go out and walk for a while, shall we?)

1. Néih yiu m̀yiu siháh ngóh jíng ge nohmáihfaahn ā làh?
   *nohmáihfaahn: fried glutinous rice

2. Hahchi dākhàahn ngóhdeih joi yatchàih heui Oumún wáan ā làh?

4.2.3 Indicating eagerness to get an answer

Example:

Hahgo láihbaai ngóh ge néui sāangyaht, néih wah máaih mēyéh láihmaht béi kéuih ā làh?

(It's my daughter's birthday next week. Any idea what should I buy for her?)

1. Nīdouh yáuh móuh chē hóyíh heui Sāigung ā làh?
    *Sāigung: Saikung
2. Néih wah gógo nàahmyán géidō seui ā làh?

4.3 "Béi" serving as "let" or "allow"

Example:

Béi ngóh táiháh néih jēung chéngtíp ā. Bīngo béi néih ga?
(Let me have a look on your invitation card. Who gave it to you?)

1. Màhmā m̀béi kéuih yehmáahn chēutgāai.
2. Kéuih m̀béi ngóh duhksyū gójahnsìh tēng yāmngohk.
3. Taaitáai béi ngóh yātgo yàhn heui léuihhàhng.
4. Gòhgō béi ngóh jā kéuih ga chē.

4.4 Hái…jīhah/dáihah

The meaning of this pattern is close to "under or beneath the"; "in a moment of".

Example:

Ngóhdeih m̀hóyíh hái m̀ōnchyùhn ge chìhngfong jīhah béi sìhnghaak séuhnggēi.
(We do not allow our passenger on board under an unsafe condition.)

1. Hái baathouh fūngkàuh dáihah, daaihbouhfahn poutáu dōu móuh hōi.
2. Hái jingfú ōnpàaih jīhah, hóudō yàhn hóyíh m̀sái chín heui Hóiyèuhng Gūngyún.
    (Under the government's arrangement, many people may go to Ocean Park free of charge.)
    *jingfú: government
    *Hóiyèuhng Gūngyún: Ocean Park
3. Hái gīngjai m̀hóu ge chìhngfong dáihah, wángūng jānhaih hóu nàahn.
    (Under the situation of economic depression, it is very difficult to find a job.)
    *gīngjai: economic; economy

4.5 Comparison of adjective: VOVdāk Adj gwo

Example:

A-jái duhksyū duhkdāk hóugwo yíhchìhn. (My son has improved his study.)

1. Bóulòh yàuhséui yàuhdāk lēkgwo ngóh.
2. Kéuih gāmnìhn yíhgīng chātsahp seui, daahnhaih hàahnglouh hàahngdāk juhng haih faaigwo hóudō yàhn.
3. Kéuih sé Jūngmàhn jih sédāk lenggwo ngóh hóudō.
4. Ngóh ge lóuhsai jouhyéh jouhdāk sānfú gwo ngóh.

5 Notes on pragmatic knowledge
語用知識注解 yúhyuhng jīsīk jyugáai

5.1 Interjection to express disapproval or objection

"Ché"(嘑)is an interjection to expression disapproval and objection to one's idea and action.

(In a boutique)
Máhlaih: Nītìuh ngàuhjáifu hóu m̀hóutái a? Bātyùh máaih lo?
Laihsā: Ché, dōu m̀haih hóu leng jē, néih yíhgīng yáuh géi tìuh lā, juhng máaih?

It is regarded as impolite and disrespectful if we speak in this manner in front of an elder member of a family, a senior (person) and superior.

5.2 Expressing unfriendly tone even calling someone "daaihlóu"

"Daaihlóu" means an elder brother, a leader in a field or group, senior in an organization or even a gangster. Literally it is a kind of compliment. But sometimes it is a way to express resentful, discontented and dissatisfied emotions, especially one complains something or someone. In this situation, the addressee is not necessarily a male. Looking at the conversation below, we will understand how angry Paul is because Mary forgot to backup the photos. Now all the photos have been lost.

Bóulòh:　Daaihlóu a, ngóh gónggwo hóudō chi sáugēi léuihbihn ge séung yiu backup gā ma. Néih yauh m̀tēng. Yìhgā dī séung móuhsaai la.

Màhlaih:　Deui m̀jyuh a…

5.3 A casual way to call someone

"Wai"(喂) is an interjection to call someone casually. Instead of saying "néih hóu" and calling someone's name, "wai" is more straightforward and it is used to call people's attention quickly.

Example:

Wai, gāmmáahn yáuh móuh yeuk yàhn sihkfaahn a?
(Hey, do you have any appointment tonight?)

Note that it is considered as impolite if we call our boss, senior, elder member of a family, senior and superior in this manner. Sometimes "wai" also expresses one's dissatisfaction.

Finally, the tone of "wai" is different from "wái" when answering the phone, though they are sharing the same character.

6　*Contextualized speaking practice*
情境説話練習 chìhnggíng syutwah lihnjaahp

6.1 Faatyām lihnjaahp (Pronunciation Exercises)

Identify the most appropriate responses to the following sentences. Practice each other after completion of the matching.

1. Hahchi dākhàahn ngóhdeih joi yātchàih heui Oumún wáan ā làh. (　　　)
2. Néih wah gógo nàahmyán géigo seui ā làh? (　　　)
3. Taaitáai m̀ béi ngóh yātgo yàhn heui léuihhàhng. (　　　)
4. Nīdouh yáuh móuh chē hóyíh heui Sāigung ā làh. (　　　)
5. Kéuih gāmnìhn yíhgīng chātsahp seui, daahnhaih hàahnglouh hàahngdāk juhng haih faaigwo hóudō yàhn. (　　　)

a. Gam cháam àh!?

b. Kéuih hóuchíh géi hauhsāang wo.

c. Há? Gam sāileih?

d. Hóu a.

e. Nīgo sìhgaan ngóh nám néih yiu chóh tūngsīu bāsí la.

6.2 Chìhnggíng syutwah lihnjaahp (Situational Topics)

6.2.1 Chat with your classmates based on the following questions.

1. Saigo gójahnsìh, néih ge hohkhaauh béi m̀béi néih yíhmfaat a?

2. Jauhlàih háausíh la, ngóh hóu gánjēung. Dím syun a?

3. Heui jáulàuh yámchàh, néih gaai m̀gaaiyi tùhng m̀sīk ge yàhn yātchàih chóh a?

4. Ngóh ge pàhngyáuh hahgo yuht gitfān, kéuih mahn ngóh heui bīndouh léuihhàhng hóu. Néih yáuh mātyéh yigin a?

6.2.2 Fill in the blanks with the given vocabularies. Each vocabulary can be chosen once only.

yéung	sèhngyaht	chìhnhauh	fūk
gīnggwo	póuhhip	chéuisīu	yùhnlòih

1. Gūnghéisaai, daahnhaih néihdeih gitfān góyaht ngóh heuim̀dóu, jānhaih hóu (   ).
2. Tīnmàhntòih gwajó baathouh fūngkàuh, hóudō hòhngbāan yíhgīng (   ) jó.
3. Nīga bāsí (   ) Tùhnglòhwāan tùhng Jūngwàahn, ngóhdeih séuhngchē lā.
4. Ngóh ga dāanchē yáuh mahntàih, (   ) yuhngjó seigo jūngtàuh sīnji jíngfāanhóu.
5. Néih ge e-mail sāudóu la, daahnhaih m̀hóu yisi, ngóh yìhgā m̀dākhàahn, yātjahngāan (   ) fāan néih dāk m̀dāk a?
6. Bóulòh (   ) dōu m̀geidāk daai ngàhnbāau chēutgāai, gáaudou lìhn daap deihtit dōu móuh chín.
7. Ngóh tùhng kéuih kīnggái bātnāu dōu góng Yīngmàhn, (   ) kéuih sīk góng Jūngmàhn ge.
8. Bóulòh ge (   ) hóuchíh kéuih ge màhmā.

6.3 Speech Topics

Please practise the following topics.

Néih yìhgā jyuhhái Wohnggok yātgāan jáudim. Jáudim ge fóng m̀haih géi gōnjehng, yìhgā néih wán gīngléih kīngháh.

你而家住喺旺角一間酒店。酒店嘅房唔係幾乾淨，而家你搵經理傾吓。

You are staying in a hotel at Mong Kok. The room condition is quite bad. Now you talk to the manager.

Néih ge jái hóu jūngyi sihk jyūgūlīk, daahnhaih sihkfaahn gójahnsìh hóudō yéh dōu m̀sihk. Néih siháh giu kéuih m̀hóu gámyéung, daahnhaih kéuih m̀tēng.

你嘅仔好鍾意食朱古力，但係食飯嗰陣時好多嘢都唔食。你試吓叫佢唔好噉樣，但係佢唔聽。

Your son likes to eat chocolate, but he is partial to some kinds of unhealthy food only. Now you try to urge him to change his habit, but he just would not listen.

7. *Listening and speaking*

聽說練習 tingsyut lihnjaahp

7.1 Over the phone, Lisa persuades her friend Karen not to go out tonight because of the typhoon.

嘉茵 （Karen）：	喂，麗莎，今晚出嚟食飯吖，我有啲好嘢俾你呀。	**Gāyān:**	Wái, Laihsā, gāmmáahn chēutlàih sihkfaahn ā, ngóh yáuhdī hóu yéh béi néih a.
麗莎 （Lisa）：	有咩好嘢俾我呀？	**Laihsā:**	Yáuh mē hóu yéh béi ngóh a?
嘉茵：	我就嚟結婚嘿。	**Gāyān:**	Ngóh jauhlàih gitfān la.
麗莎：	嘩，恭喜哂喎，係咪之前嗰個對象呀？	**Laihsā:**	Wa, gūnghéisaai wo, haih maih jīchìhn gógo deuijeuhng a?
嘉茵：	係呀，咪係你見過嗰個囉。	**Gāyān:**	Haih a, maih haih néih gingwo gógo lō.
麗莎：	恭喜哂呀，幾時請飲呀？	**Laihsā:**	Gūnghéisaai a, géisìh chéng yám a?

嘉茵：	今晚出嚟食飯啦，我俾（請）帖你。	**Gāyān:**	Gāmmáahn chēutlàih sihkfaahn lā, ngóh béi (chéng)típ néih.
麗莎：	誒……但係今晚天文台好似話就嚟掛八號風球喎。	**Laihsā:**	Eh…daahnhaih gāmmáahn Tīnmàhntòih hóuchíh wah jauhlàih gwa baathouh fūngkàuh wo.
嘉茵：	係咩？	**Gāyān:**	Haih mē?
麗莎：	係呀，你有冇睇新聞呀？	**Laihsā:**	Haih a, néih yáuh móuh tái sānmàhn a?
嘉茵：	哦，冇呀。好難先至約倒出嚟喎。	**Gāyān:**	Òh, móuh a. Hóu nàahn sīnji yeukdóu chēutlàih wo.
麗莎：	會唔會再搵第日好啲呢？	**Laihsā:**	Wúihm̀wúih joi wán daihyaht hóudī nē?
嘉茵：	第二日吖？唔緊要啦。聽日都八號風球囉，噉即係聽日唔使返工啦，今晚出嚟食飯先啦。	**Gāyān:**	Daih yihyaht àh? M̀gányiu lā. Tīngyaht dōu baathouh fūngkàuh lo, gám jīkhaih tīngyaht m̀sái fāangūng lā, gāmmáahn chēutlàih sihkfaahn sīn lā.
麗莎：	但係去邊度食先？我覺得好似幾危險喎，到時冇車返屋企，噉點算呀？	**Laihsā:**	Daahnhaih heui bīndouh sihk sīn? Ngóh gokdāk hóuchíh géi ngàihhím wo, dousìh móuh chē fāan ūkkéi, gám dím syun a?
嘉茵：	噉又係喎。噉嘞，我哋再約啦。	**Gāyān:**	Gám yauh haih wo. Gám àh, ngóhdeih joi yeuk lā.
麗莎：	係啦，等天氣好啲先啦，我一定會出嚟收你張帖嘅。	**Laihsā:**	Haih lā, dáng tīnhei hóudī sīn lā, ngóh yātdihng wúih chēutlàih sāu néih jēung típ ge.
嘉茵：	好啦，拜拜。	**Gāyān:**	Hóu lā, bāaibaai.
麗莎：	拜拜。	**Laihsā:**	Bāaibaai.

7.2 A Mother persuades her son to stop playing so much video game.

阿仔	媽咪，我做完功課嘑，我想打機。	**A-jái:**	Māmìh, ngóh jouhyùhn gūngfo la, ngóh séung dágēi.
媽媽	又打機？你今日啱啱打咗兩個鐘頭嘑噃。	**màhmā:**	Yauh dágēi? Néih gāmyaht āamāam dájó léuhnggo jūngtàuh la bo.

阿仔：	嘖，我讀書嗰陣時你又睇唔倒之嘛。	A-jái:	Ché, ngóh duhksyū gójahnsìh néih yauh tái m̀dóu jīma.
媽媽：	小朋友唔好打咁多機呀，你睇吓我哋細個嗰陣時，邊度好似你噉，成日打機㗎？	màhmā:	Síu pàhngyáuh m̀hóu dá gamdō gēi a, néih táiháh ngóhdeih saigo gójahnsìh, bīndouh hóuchíh néih gám, sèhngyaht dágēi ga?
阿仔：	哎呀，又講細個。你細個呀，邊（度）有咁多機啫？依家，你睇吓，六歲都攞住部機啦，阿媽。	A-jái:	Āiya, yauh góng saigo. Néih saigo a, bīn (douh) yáuh gamdō gēi jē? Yīgā, néih táiháh, luhk seui dōu lójyuh bouh gēi lā, A-mā.
媽媽：	嗱，噉你就唔啱噻。你睇吓隔離嗰個小朋友吖，佢以前成日打機，而家你睇吓，畢唔倒業，又搵唔到嘢做噻。你千祈唔好好似佢噉呀。	màhmā:	Làh, gám néih jauh m̀āam la. Néih táiháh gaaklèih gógo síu pàhngyáuh ā, kéuih yíhchìhn sèhngyaht dágēi, yìhgā néih táiháh, bātm̀dóuyihp, yauh wánm̀dóu yéh jouh la. Néih chīnkèih m̀hóu hóuchíh kéuih gám a.
阿仔：	哎呀，阿媽呀，你見唔倒我一邊打機，一邊讀書，都冇乜嘢吖。	A-jái:	Āiya, A-mā a, néih ginm̀dóu ngóh yātbihn dágēi, yātbihn duhksyū, dōu móuh mātyéh ā.
媽媽：	我話唔得就唔得啦。你對眼而家呢就差過以前好多噻。你見唔見倒你個眼鏡越嚟越厚呀？	màhmā:	Ngóh wah m̀dāk jauh m̀dāk lā. Néih deui ngáahn yìhgā nē jauh chāgwo yíhchìhn hóudō la. Néih gin m̀gindóu néih go ngáahngéng yuht làih yuht háuh a?
阿仔：	得㗎嘑媽咪，唔使擔心，我會讀書讀得好過以前，打機又打得好過以前，兩樣一齊，冇問題嘅。	A-jái:	Dāk ga la māmìh, m̀sái dāamsām, ngóh wúih duhksyū duhkdāk hóugwo yíhchìhn, dágēi yauh dádāk hóugwo yíhchìhn, léuhngyeuhng yātchàih, móuh mahntàih ge.
媽媽：	你唔聽我講嘢吖嗱，等爸爸返嚟，收咗你個電話。	màhmā:	Néih m̀tēng ngóh góngyéh ā làh, dáng bàhbā fāanlàih, sāujó néih go dihnwá.
阿仔：	吓，唔好呀。	A-jái:	Há, m̀hóu a.

Lesson 9 Comparing two different brands
比較兩個牌子

1. *Contexts and linguistic functions*
語境特徵與語言功能 yúhgíng dahkjīng yúh yúhyìhn gūngnàhng

Contexts (who, where, when) 語境特徵（人地時）	Linguistic functions 語言功能
Who: colleagues, classmates, friends, family members **Where:** school, office, home, etc. **When:** general	**Core function:** comparing 比較
Language Scenarios: Comparing the difference in functions between iPhone and Android and helping a classmate to choose his suitable new mobile phone; Comparing the difference between making purchase online and traditional shopping 在學校向同學請教 iPhone 和 Android 手機哪一個更好用；在公司與同事聊天時發現她在網上購買衣服，於是請對方比較網購和到時裝店買衣服的分別。	**Supplementary functions:** Elaborating some important steps that we should bear in mind before buying a new electrical home applicance. 説明購買電器時要問清楚哪些問題；Describing how to make a simple dish using the leftovers in the refrigerator. 説明怎樣可以充份利用冰箱裏吃剩的食物

Notes on pragmatic knowledge	Notes on language structure
I. Sortal classifiers and generic classifiers II. Describing thick and thin	- The use of "mòuhleuhn" - Elaborating ideas or reasons step by step: yātlàih… yihlàih - The use of "m̀gwaaidāk" - More resultative verbs (RV): "-màaih", "-sìhng", "jihngfāan", "gáaudihm" - More patterns on "hóuchíh"

2. Texts

課文 fomàhn

2.1 Ken asks her classmate, Mary, to compare the difference in functions between iPhone and Android because he wants to buy a new phone.

小強 （Ken）：	呀，瑪麗嘅，我想換電話嚹，部手機有啲舊。	Síukèuhng:	A, Máhlaih àh, ngóh séung wuhn dihnwá la, bouh sáugēi yáuhdī gauh.
瑪麗 （Mary）：	哦，係嘅。	Máhlaih:	Òh, haih àh.
小強：	係啦，但係我而家唔知換咩好，聽見話 iPhone 出咗新嘅手機喎。	Síukèuhng:	Haih lā, daahnhaih ngóh yìhgā m̀jī wuhn mē hóu, tēngginwah *iPhone* chēutjó sānge sáugēi wo.
瑪麗：	哦，係咪 iPhone X 嗰啲呀？	Máhlaih:	Óh, haih maih *iPhone* X gódī a?
小強：	係呀。但係我未用過 iPhone 呀。我而家用緊嘅係 Android 機。	Síukèuhng:	Haih a. Daahnhaih ngóh meih yuhnggwo *iPhone* a. Ngóh yìhgā yuhnggán ge haih *Android* gēi.
瑪麗：	哦，你驚用唔慣嘅？	Máhlaih:	Óh, néih gēng yuhng m̀gwaan àh?
小強：	係呀，你係咪兩種機都用過呀？	Síukèuhng:	Haih a, néih haih maih léuhngjúng gēi dōu yuhnggwo a?
瑪麗：	係呀係呀係呀，我以前用 Android 機嘅，都用咗四、五年嚹。	Máhlaih:	Haih a haih a haih a, ngóh yíhchìhn yuhng *Android* gēi ge, dōu yuhngjó sei, ńgh nìhn la.
小強：	哦。	Síukèuhng:	Òh.
瑪麗：	我都係最近呢一兩年先至用 iPhone 喇咋。	Máhlaih:	Ngóh dōu haih jeuigahn nī yāt léuhng nìhn sīnji yuhng *iPhone* ga jē.
小強：	哦。你話呢兩種機，邊種好用啲呢？	Síukèuhng:	Òh. Néih wah nī léuhngjúng gēi, bīnjúng hóuyuhng dī nē?
瑪麗：	我覺得，iPhone 會好用啲嘅。	Máhlaih:	Ngóh gokdāk, *iPhone* wúih hóu yuhngdī ge.
小強：	係咩？	Síukèuhng:	Haih mē?

瑪麗：	係呀，一嚟影相就靚啲啦，二嚟呢，將來你賣返部機出去，都可以賣倒多啲錢。但係如果係 Android 機呢，通常用咗幾年之後呢，就唔值錢㗎噤。	Máhlaih:	Haih a, yātlàih yíngséung jauh lengdī lā, yihlàih nē, jēunglòih néih maaihfāan bouh gēi chēutheui, dōu hóyíh maaihdóu dōdī chín. Daahnhaih yùhgwó haih *Android* gēi nē, tūngsèuhng yuhngjó géinìhn jīhauh nē, jauh m̀jihkchín ga la.
小強：	哦，唔怪得 iPhone 咁貴啦。但係我未用過喎，會唔會好難用？	Síukèuhng:	Óh, m̀gwaaidāk *iPhone* gam gwai lā. Daahnhaih ngóh meih yuhnggwo wo, wúih m̀wúih hóu nàahnyuhng?
瑪麗：	誒……我屋企有兩部 iPhone，我借一部 iPhone 俾你，你試吓先，你睇吓邊部好用啲囉。	Máhlaih:	Eh…ngóh ūkkéi yáuh léuhngbouh *iPhone*, ngóh je yātbouh *iPhone* béi néih, néih siháh sīn, néih táiháh bīnbouh hóuyuhngdī lō.
小強：	我唔識用喎。	Síukèuhng:	Ngóh m̀sīk yuhng wo.
瑪麗：	你唔識嘅？我教你點樣用啦。佢最大嘅唔同呢，就係佢淨係用指紋認證先至開倒機。	Máhlaih:	Néih m̀sīk àh? Ngóh gaau néih dímyéung yuhng lā. Kéuih jeui daaih ge m̀tùhng nē, jauhhaih kéuih jihnghaihyuhng jímàhn yihngjing sīnji hōidóugēi.
小強：	嘩。	Síukèuhng:	Wa.
瑪麗：	所以你話，係咪 iPhone 好用啲呢？通常用過 Android 機嘅人就會話 Android 機好用啲。用開蘋果機嘅人就會話 iPhone 好用啲嘅。	Máhlaih:	Sóyíh néih wah, haih maih *iPhone* hóuyuhng dī nē? Tūngsèuhng yuhnggwo *Android* gēi ge yàhn jauh wúih wah *Android* gēi hóu yuhng dī. Yuhnghōi Pìhnggwó gēi ge yàhn jauh wúih wah *iPhone* hóuyuhng dī ge.
小強：	因為我有時有啲文件係用 Android 嘅。如果想寄俾人嗰陣時，聽見話用 Android 容易啲。如果用 iPhone 嘅話，你要安裝一啲軟件，好似好麻煩。	Síukèuhng:	Yānwaih ngóh yáuhsìh yáuhdī màhngín haih yuhng *Android* ge. Yùhgwó séung gei béi yàhn gójahnsìh, tēnginwah yuhng *Android* yùhngyihdī. Yùhgwó yuhng *iPhone* ge wah, néih yiu ōnjōng yātdī yúhngín, hóuchíh hóu màhfàahn.

瑪麗：	係呀係呀，呢個就係用 iPhone 有時比較麻煩嘅地方，iPhone 佢有好多應用程式都係佢自己嘅。Android機就方便好多囉。	Máhlaih:	Haih a haih a, nīgo jauh haih yuhng *iPhone* yáuhsìh béigaau màhfàahn ge deihfōng, *iPhone* kéuih yáuh hóudō yingyuhng chìhngsīk dōu haih kéuih jihgéi ge. *Android* gēi jauh fōngbihn hóudō lō.
小強：	你噉樣講就慘嘑，我都唔知邊個好啲，好似 Android 又好，iPhone 又好。噉不如你借部機俾我試吓先啦。	Síukèuhng:	Néih gámyéung góng jauh cháam la, ngóh dōu m̀jī bīngo hóudī, hóuchíh *Android* yauh hóu, *iPhone* yauh hóu. Gám bātyùh néih je bouh gēi béi ngóh siháh sīn lā.
瑪麗：	哦，哦，我借俾你試吓先，你睇吓用得慣唔慣？	Máhlaih:	Òh, òh, ngóh je béi néih siháh sīn, néih táiháh yuhngdāk gwaan m̀gwaan ?
小強：	好呀，唔該晒。	Síukèuhng:	Hóu a, m̀gōisaai.

2.2 Ken is curious about online purchase of clothes. He asks Mary to compare the difference between making purchase online and traditional shopping.

小強（Ken）：	瑪麗，你做緊乜嘢呀？	Síukèuhng:	Máhlaih, néih jouhgán mātyéh a?
瑪麗：	買衫囉。	Máhlaih:	Máaihsāam lō.
小強：	買衫？吓？你用電腦上網可以買衫㗎？	Síukèuhng:	Máaihsāam? Há? Néih yuhng dihnnóuh séuhngmóhng hóyíh máaihsāam gàh?
瑪麗：	呀，係呀係呀。你睇吓，你睇吓啲 model 着嗰啲衫啦。	Máhlaih:	A, Haih a haih a. Néih táiháh, néih táiháh dī *model* jeuk gódī sāam lā.
小強：	哦。	Síukèuhng:	Óh.
瑪麗：	你可以睇倒佢着上去之後嘅效果，跟住你睇吓下便。	Máhlaih:	Néih hóyíh táidóu kéuih jeukséuhngheui jīhauh ge haauhgwó, gānjyuh néih táiháh hahbihn.
小強：	嗯。	Síukèuhng:	M̀m.

瑪麗：	下便呢，有幾個晒士可以揀，即係譬如件衫有幾長呀，腰圍有幾粗等等，同埋佢會有啲 model 試着嘅報告㗎。	**Máhlaih:**	Hahbihn nē, yáuh géigo sāaisí hóyíh gáan, jīkhaih peiyùh gihn sāam yáuh géi chèuhng a, yīuwàih yáuh géi chōu dángdáng, tùhngmàaih kéuih wúih yáuhdī *model* sijeuk ge bougou ga.
小強：	哦。	**Síukèuhng:**	Óh.
瑪麗：	譬如話 model A、B、C、D，佢哋有唔同嘅身型。如果着呢件衫，究竟鬆唔鬆？啱啱好？定係好緊呢？佢都會寫晒出嚟，好清楚㗎。	**Máhlaih:**	Peiyùhwah *model A, B, C, D*, kéuihdeih yáuh m̀tùhng ge sānyìhng. Yùhgwó jeuk nīgihn sāam, gaugíng sūng m̀sūng? āamāam hóu? Dihnghaih hóu gán nē? Kéuih dōu wúih sésaai chēutlàih, hóu chīngchó ga.
小強：	我未試過喺網上面買衫㗎，因為我好擔心個晒士同真嘅衫會好唔同。	**Síukèuhng:**	Ngóh meih sigwo hái móhng seuhngmihn máaihsāam ga, yānwaih ngóh hóu dāamsām go sāaisí tùhng jānge sāam wúih hóu m̀tùhng.
瑪麗：	哦……嗽就要睇吓個網站俾唔俾買咗衫之後，如果發現個晒士都係唔啱，俾你換第二個晒士嘑。	**Máhlaih:**	Óh, gám jauh yiu táiháh go móhngjaahm béi m̀béi máaihjó sāam jīhauh, yùhgwó faatyihn go sāaisí dōu haih m̀āam, béi néih wuhn daihyihgo sāaisí la.
小強：	你有冇試過買咗之後返嚟唔啱㗎？	**Síukèuhng:**	Néih yáuh móuh sigwo máaihjó jīhauh fāanlàih m̀āam ga?
瑪麗：	我都試過呀。	**Máhlaih:**	Ngóh dōu sigwo a.
小強：	嗽點算呀？	**Síukèuhng:**	Gám, dím syun a?
瑪麗：	嗽樣就上網話俾佢哋知個晒士唔啱，跟住嗰間舖頭好快就覆返我，叫我搵速遞公司退貨。	**Máhlaih:**	Gámyéung jauh séuhngmóhng wah béi kéuihdeih jī go sāaisí m̀āam, gānjyuh gógāan poutáu hóu faai jauh fūkfāan ngóh, giu ngóh wán chūkdaih gūngsī teuifo.
小強：	嗽你退貨嘅時候都要俾錢㗎？定係佢俾？	**Síukèuhng:**	Gám néih teuifo ge sìhhauh dōu yiu béi chín gàh? Dihnghaih kéuih béi.
瑪麗：	係佢俾嘅。	**Máhlaih:**	Haih kéuih béi ge.
小強：	嗽要幾耐時間呀？	**Síukèuhng:**	Gám yiu géinoih sìhgaan a?

瑪麗：	幾耐嚟……其實通常搵速遞公司寄嘢，一至兩日、有時兩至三日就得喫嘖。	**Máhlaih:**	Géinoih àh…kèihsaht tūngsèuhng wán chūkdaih gūngsī gei yéh, yāt ji léuhngyaht, yáuhsìh léuhng ji sāamyaht jauh dāk ga la.
小強：	咁快？	**Síukèuhng:**	Gam faai?
瑪麗：	都係喺香港裏面喫啫。	**Máhlaih:**	Dōu haih hái Hēunggóng léuihmihn ga jē.
小強：	咦，噉同去舖頭買衫差唔多喎。	**Síukèuhng:**	Yí, gám tùhng heui poutáu máaih sāam chā m̀dō wo.
瑪麗：	哦，其實都係喫。同埋如果去舖頭買衫呢，有時你又好驚啲 sales 同你講太多嘢，搞到你唔買唔好意思。但係如果上網買衫，就唔驚呢個情況，你都係自己上網睇之嘛。	**Máhlaih:**	Óh, kèihsaht dōu haih ga. Tùhngmàaih yùhgwó heui poutáu máaihsāam nē, yáuhsìh néih yauh hóu gēng dī sales tùhng néih góng taai dō yéh, gáaudou néih m̀máaih m̀hóu yisi. Daahnhaih yùhgwó séuhngmóhng máaihsāam, jauh m̀gēng nīgo chìhngfong, néih dōu haih jihgéi séuhngmóhng tái jī ma.
小強：	噉你擔唔擔心嗰啲網站會呃你喫？譬如俾咗錢之後，跟住話已經賣晒。	**Síukèuhng:**	Gám néih dāam m̀dāamsām gódī móhngjaahm wúih āak néih ga? Peiyùh béijó chín jīhauh, gānjyuh wah yíhgīng maaihsaai.
瑪麗：	噉又唔使太擔心，我上網買過衫咁多次，佢哋都冇噉樣呃人。	**Máhlaih:**	Gám yauh m̀sái taai dāamsām, ngóh séuhngmóhng máaihgwosāam gamdō chi, kéuihdeih dōu móuh gámyéung āak yàhn.
小強：	哦。	**Síukèuhng:**	Òh.
瑪麗：	係呀，但係上網買衫都有缺點嘅，就係你唔可以試着。	**Máhlaih:**	Haih a, daahnhaih séuhngmóhng máaihsāam dōu yáuh kyutdím ge, jauhhaih néih m̀hóyíh sijeuk.
小強：	瑪麗，你而家多數喺網上面買衫，定係出街買衫？	**Síukèuhng:**	Máhlaih, néih yìhgā dōsou hái móhng seuhngmihn máaihsāam, dihnghaih chēutgāai máaihsāam?

瑪麗：	其實我兩樣都會嘅，噉不過上網買衫就多少少囉。有時舖頭太逼㗎，好難自由自在嘅樣去睇囉。	**Máhlaih:**	Kèihsaht ngóh léuhngyeuhng dōu wúih ge, gám bātgwo séuhngmóhng máaihsāam jauh dō síusíu lō. Yáuhsìh poutáu taai bīk la, hóu nàahn jihyàuh jihjoih gámyéung heui tái lō.
小強：	有時間你教吓我點樣上網買衫啦。	**Síukèuhng:**	Yáuh sìhgaan néih gaauháh ngóh dímyéung séuhngmóhng máaihsāam lā.
瑪麗：	哦，好呀，你有冇 Facebook 呀？	**Máhlaih:**	Óh, hóu a, néih yáuh móuh Facebook a?
小強：	有呀。	**Síukèuhng:**	Yáuh a.
瑪麗：	你可以上 Facebook，跟住喺嗰啲公司登記，就可以去買衫㗎。	**Máhlaih:**	Néih hóyíh séuhng Facebook, gānjyuh hái gódī gūngsī dānggei, jauh hóyíh heui máaihsāam la.
小強：	嘩，真係好方便喎，等我試吓先。	**Síukèuhng:**	Wa, jānhaih hóu fōngbihn wo, dáng ngóh siháh sīn.
瑪麗：	試吓啦。	**Máhlaih:**	Siháh lā.

3. Vocabulary in use
活用詞彙 wuhtyuhng chìh wuih

3.1 Common vocabulary

Number	Word	Yale Romanization	POS	English
3.1.1	換	wuhn	V	change (clothes, mobile phone, part, etc.), exchange or convert currency
3.1.2	出	chēut	V	produce; turn out
3.1.3	慣	gwaan	V	get used to; accustomed to
3.1.4	好用	hóuyuhng	Adj	handy; easy to use

3.1.5	將來	jēunglòih	TW	future
3.1.6	值錢	jihkchín	Adj	costly; valuable
3.1.7	唔怪得	m̀gwaaidāk	PH	no wonder; it's little wonder that
3.1.8	通常	tūngsèuhng	Adv	usually; generally; ordinarily; as a rule
3.1.9	報告 (M：份)	bougou (M:fahn)	N/V	report
3.1.10	究竟	gaugíng	Adv	(used in questions to press for an exact answer) after all; anyway; actually; exactly
3.1.11	清楚	chīngchó	Adj/V	clear; understand thoroughly
3.1.12	擔心	dāamsām	V/Adj	worry; feel anxious; uneasy
3.1.13	真	jān	Adj	true; real; genuine
3.1.14	有時	yáuhsìh	Adv	sometimes
3.1.15	缺點	kyutdím	N	shortcoming; defect; weakness; drawback
3.1.16	自由自在	jihyàuh jihjoih	Adv	leisurely and carefree; free and unrestrained
3.1.17	登記	dānggei	V/N	register; registration
3.1.18	搞掂	gáaudihm	RV	done; finish or settle something; fix
3.1.19	八達通 (M：張)	Baatdaahttūng (M:jēung)	N	Octopus Card

3.2 About mobile phone

3.2.1	指紋認證	jímàhn yihngjing	N	fingerprint authentication
3.2.2	文件 (M：份)	màhngín (M: fahn)	N	document (s)
3.2.3	安裝	ōnjōng	V	install; fix; set up
3.2.4	軟件	yúhngín	N	software

| 3.2.5 | 應用程式 | yingyuhng chìhngsīk | N | apps; (computer) program |

3.3 Clothing

3.3.1	晒士	sāaisí	N	size
3.3.2	腰圍	yīuwàih	N	waist measurement; waistline
3.3.3	長	chèuhng	N/Adj	length; long
3.3.4	粗	chōu	N/Adj	thickness or thick (for cylindrical objects); big (waistline)
3.3.5	幼	yau	Adj	thin and small; fine; delicate
3.3.6	試着	sijeuk	V	try wearing clothes; fitting trial
3.3.7	身型	sānyìhng	N	body shape
3.3.8	鬆	sūng	Adj	loose; slack
3.3.9	緊	gán	Adj	tight
3.3.10	速遞公司	chūkdaih gūngsī	N	courier; express delivery
3.3.11	退貨	teuifo	VO	return goods or merchandise; withdraw a product

3.4 About vacuum cleaner

3.4.1	吸塵機	kāpchàhngēi	N	vacuum cleaner
3.4.2	款	fún	N/M	style; design; pattern; classifier for versions or models (of a product)
3.4.3	傳統	chyùhntúng	Adj/N	traditional/ a tradition
3.4.4	一嚿嘢	yātgauh yéh	PH	a piece/lump/chunk of something
3.4.5	碌嚟碌去	lūklàihlūkheui	PH	roll back and forth
3.4.6	直立式	jihklaahpsīk	N	vertical style
3.4.7	牌子	pàaihjí	N	brand name
3.4.8	吸塵	kāpchàhn	VO	suck up dirt/dust
3.4.9	吸水	kāpséui	VO	absorb water

3.4.10	重	chúhng	Adj	heavy (weight)
3.4.11	輕	hēng	Adj	light (weight)
3.4.12	電器舖	dihnheipóu	PW/N	electronic store

3.5 In a kitchen

3.5.1	冷飯	láahng faahn	N	leftover rice
3.5.2	蝦仁炒蛋	hāyàhn cháaudáan	N	shelled fresh shrimps with eggs
3.5.3	洋蔥	yèuhngchūng	N	onion
3.5.4	雞蛋（M：隻）	gāidáan (M:jek)	N	(hen's) egg
3.5.5	芹菜	kàhnchoi	N	celery
3.5.6	蔥	chūng	N	scallion; green onion
3.5.7	咖喱醬（M：樽）	galēijeung (M:jēun)	N	curry thick sauce (a bottle or a glass of)
3.5.8	咖喱粉（M：羹）	galēifán (M: gāng)	N	curry powder (a spoon of)
3.5.9	薑（M：嚿）	gēung (M:gauh)	N	ginger
3.5.10	蒜頭（M：粒）	syuntàuh (M:lāp)	N	garlic
3.5.11	芫茜	yìhmsāi	N	coriander; cilantro
3.5.12	薄荷葉	bohkhòhyihp	N	peppermint
3.5.13	香料	hēunglíu	N	spice
3.5.14	油	yàuh	N	oil
3.5.15	胡椒粉	wùhjīufán	N	pepper
3.5.16	鹽	yìhm	N	salt
3.5.17	一粒一粒	yātlāp yātlāp	PH	many small objects

3.6 Other vocabularies

| 3.6.1 | 年紀大 | nìhngéi daaih | PH | at an old age |
| 3.6.2 | 打掃 | dásou | VO | sweep |

3.6.3	比較	béigaau	V/Adv	compare; contrast comparatively; relatively
3.6.4	慳	hāan	V/Adj	save; economize; cut down on
3.6.5	叉電	chādihn	VO	charge (a battery)
3.6.6	普普通通	póupóutūngtūng	PH	reduplication of adjective "póutūng" in the form "AABB" which means ordinary; mediocre; nothing special
3.6.7	經濟	gīngjai	Adj/N	economical; economy; economics
3.6.8	剩返	jihngfāan	RV	left (over); remain
3.6.9	揼	dám	V	throw
3.6.10	頭先	tàuhsīn	Adv	a moment before; a moment ago; just now
3.6.11	未熟	meih suhk	PH	not cooked; unripe
3.6.12	落	lohk	V	drop; put
3.6.13	切	chit	V	cut; mince; slice

3.7 Useful expressions

3.7.1	麻麻哋啦	màhmádéi lā	PH	so-so; not so bad but not so good
3.7.2	聞唔聞到香味呀？	Màhn m̀màhndóu hēungmeih a?	PH	Can you smell the fragrance?
3.7.3	唔同嘅人有唔同嘅炒法	m̀tùhng ge yàhn yáuh m̀tùhng ge cháaufaat	PH	different people has different ways to stir-fry

4. *Notes on Language structures*
語言結構知識 yúhyìhn gitkau jīsīk

4.1 The use of "mòuhleuhn"

"Mòuhleuhn" is a movable adverb meaning "no matter" or "whether......or". Very often "mòuhleuhn" is used together with inclusiveness or exclusiveness pattern to express or describe an ultimate situation.

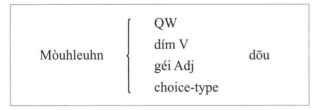

Example:

Ngóh séung hohk Yùhgā. Mòuhleuhn bīngo gaau ngóh, ngóh dōu séung hohk.

(I want to learn Yoga. No matter who teaches me, I want to learn.)

Mòuhleuhn ngóh dím góng, kéuih dōu m̀mìhng.

(No matter what I say, s/he does not understand.)

1. Yùhgwó néih daaijyuh nībouh dihnwá, mòuhleuhn heuidou bīndouh, dōu séuhngdóu móhng.
2. Ngóh hóu jūngyi gógo pàaihjí ge kāpchàhngēi. Mòuhleuhn géidō chín, ngóh dōu séung máaih.
3. Mòuhleuhn néih jūng m̀jūngyi, ngóhdeih dōu yiu háausíh.
4. Mòuhleuhn ngóh yáuh móuh sìhgaan, múihyaht dōu hái ūkkéi sihk jóuchāan.
5. Mòuhleuhn sīngkèih yāt dihnghaih sīngkèih sāam, néih dōu hóyíh làih ngóh gīngsī wán ngóh.

4.2 Elaborating ideas or reasons step by step: yātlàih...yihlàih

Example:

Kéuih wah nīgo Singdaanjit móuh dásyun heui léuihhàhng. Yātlàih Singdaanjit yiu fāangūng, yihlàih yiu jiugu ūkkéi ge gáujái.

(She says that she has no plan to go travelling in the coming Christmas. First, she needs to work. Second, she need to take care of pet puppy at home.)

1. Ngóh gokdāk séuhngmóhng máaihsyū hóudī. Yātlàih gachìhn pèhngdī, yihlàih m̀sái sāai sìhgaan chēutgāai.

2. Jyuhhái gógāan jáudim géi āam ngóh. Yātlàih gāautūng fōngbihn, yihlàih mātyéh chitbeih dōu yáuh.

3. Ngóh wah néih jeui hóu máaih jihklaahpsīk kāpchàhngēi. Yātlàih hāan deihfōng, yihlàih dásou gójahnsìh syūfuhkdī.

4. Bātyùh ngóhdeih heui Jīmsājéui ginmihn lā. Yātlàih gódouh dī jáulàuh lèih deihtitjaahm káhndī. Yihlàih Jīmsājéui yáuh hóudō jáulàuh hóyíh gáan.

4.3 The use of "m̀gwaaidāk"

The phrase "m̀gwaaidāk" means that "no wonder", "it's little wonder that" and "can't blame". It is used for showing that you are not surprised by a particular situation or event.

1. Kéuih hahgo yuht gitfān la, m̀gwaaidāk jeuigahn gam mòhng lā.

2. Wòhng táai m̀jí yiu jiugu kéuih ge jái néui, juhng yiu jiugu kéuih ge fuhmóuh, lìhn jāumuht dōu hóu m̀dākhàahn. m̀gwaaidāk gam nàahn yeuk kéuih lā.
   *fuhmóuh: parent; jāumuht: weekend

3. Ngóh ge dihnwá kàhmmáahn m̀geidāk chādihn, m̀gwaaidāk gam faai móuh dihn lā.
   *kàhmmáahn: last night

4. Gógāan chāantēng dī yéh hóu hóusihk, m̀gwaaidāk mòuhleuhn géisìh dōu gam dō yàhn lā.

4.4 More resultative verbs (RV): "-màaih", "-sìhng", "jihngfāan", "gáaudihm"

4.4.1 -màaih

The resultative verb ending "-màaih" has several main functions, namely, "in addition" or "along", "approach" or "close", and "finish off".

Example:
Néih nīgihn sēutsāam chan gótìuh fu, joi gāmàaih nīgihn lāu jauh āamāamhóu la.
(This shirt matches that trousers, along with this jacket will be a perfect match.)

1. Yùhgwó ngóhdeih fāan daaihhohk dábō, bātyùh wánmàaih Chàhn sīnsāang hóu m̀hóu a?

2. Syutgwaih juhng yáuh síusíu hāyàhn cháaudáan, hahjau néih sihkmàaih kéuih lā.

3. Bóulòh: Ngóhdeih yātguhng yáuh géidō tùhnghohk heui Làahn Gwai Fōng a?
   Máhlaih: Gāmàaih ngóh, yātguhng chātgo yàhn.

*gāmàaih ngóh: count me in; including me

4.   Néihdeih kéihmàaihdī, ngóh tùhng néihdeih yíng jēung séung lā.

     *kéihmàaihdī: stand closer

5.   Ngóh yámmàaih būi gafē jauh làih ga la.

     *yámmàaih: drink up the last portion of something; finish off the drink

6.   Ngóh jouhmàaih nīdī yéh jauh tùhng néih yātchàih heui táihei.

4.4.2   -sìhng or -sèhng

It is used to describe the extent of an outcome or result. The resultative verb ending "-sìhng" can be denoted as "-sèhng".

Example:

Dī mihnbāau chitsìhng yātfaai yātfaai.

(Slice the bread into slices)

1.   Dímgáai néih gāmyaht jeuk ngàuhjáifu tùhng bōhàaih a? Néih jeuksèhng gám dímyéung gingūng a?

2.   Tìuh sehkbāan jīngdāk taai suhk la. Jīngsèhng gám m̀hóusihk ga!

     *sehkbāan: grouper (a fish)

3.   Gihn sih gáausìhng gám dōu haih yānwaih néih m̀hóu.

4.4.3   jihngfāan

"Jihng" means "remain". "Jihngfāan" indicates the result "left over".

Example:

Syutgwaih léuihmihn jihngfāan yātwún láahngfaahn.

(Only a bowl of leftover rice is found in the refrigerator.)

1.   Ngóh máaihjó sāamgo bōlòhbāau. Ngóh sihkjó yātgo, jihngfāan léuhnggo béi néih.

2.   Gāmyaht haih sahpyih yuht yihsahp houh. Gāmnìhn jihngfāan sahpyāt yaht ja.

3.   Ngóh jēung Baatdaahttūng jihngfāan yātmān, m̀gauchín máaih syutgōu.

4.4.4   gáaudihm

"Dihm" means "decisively" that denotes an activity reaching a conclusion. "Gáaudihm" is derived from this meaning. It indicates something has been settled.

1.   Bóulòh: Gófahn bougou gáaudihm meih a?

     Síukèuhng: (Fahn bougou) chāmdō gáaudihm la.

2. Gáaudihm fahn bougou jíhauh ngóhdeih yātchàih hingjūkháh.

3. Gáaudihm la. Néih táiháh yáuh móuh mahntàih lā.

4.5 More patterns on "hóuchíh"

"Hóuchíh" is similar to English "seem, resemble". Sometimes it can be used together with "gám" in a phrase.

---

① N₁ hóuchíh N₂ (gám)

② PN/N hóuchíh Adv. Adj. (gám).

The pattern "hóuchíh…(gám)." means:

① N_1 is similar to N_2.

② It seems that PN/N is Adj.

1. Néih ge yéung hóuchíh néih màhmā (gám).
2. Séuhngmóhng máaih sāam hóuchíh géi màhfàahn (gám).
3. Kéuih hóuchíh m̀haih géi hōisām (gám).
4. Yíhchìhn hóudō yàhn wah Sāngabō hóuchíh Hēunggóng.
   *Sāngabō: Singapore
5. Dī choi hóuchíh meih suhk.
   *choi: vegetables

5. *Notes on pragmatic knowledge*
語用知識注解 yúhyuhng jīsīk jyugáai

5.1 Sortal classifiers and generic classifiers

It looks complicated to handle with Cantonese classifiers or measure words. In this chapter, you have found two kinds of measure words from the lesson texts and conversation part from listening and speaking. Let's summarize these and take a look below.

5.1.1　Sortal classifiers

Nu+ gauh (嚿): "lump", a solid mass of no particular shape

Example:

Ngóh yiu heui gāaisíh máaih gauh yú tùhng máaih gauh gēung.

(I need to buy a piece of fish and some ginger at the wet market.)

A sea fish is often too big for a small family, so usually people just needs only a small portion of it. Similarly, in a wet market ("gāaisíh"), you may ask the hawker to give you a small part of ginger instead of the whole thing.

Nu+ gāng (羹): "spoon", a spoon of salts, sugars, sauce etc.

Example:

Cháau choi gójahnsìh néih yiu lohk yātgāng tòhng tùhng yātgāng yìhm.

(You have to put a spoon of sugar and salt when you fry vegetables.)

Note that the pronunciation of a spoon is different from that of a catty (gān斤), a traditional unit of weight commonly used in Hong Kong. For example:

Yātgān choisām 一斤菜心 (a catty of Chinese flowering cabbage)

In Hong Kong, a catty is approximately equal to 604g.

Besides, the pronunciations between "sugar" and "a sweet or a candy" are easily confused. This is because they just share the same Chinese character.

Sugar: tòhng 糖

A sweet or a candy: tóng 糖

The classifier of both sugar and a candy is "lāp 粒",which denotes small objects. In lesson 9, you have found another example:

Dī hāyàhn cháaudáan yiu chitsìhng yātlāp yātlāp.

(You need to dice the shelled fresh shrimps with eggs into small grains/ small round things.)

5.1.2　Generic classifiers

Let's compare these two sentences.

① 　Néih yiu bīn**júng** sáugēi a?

② 　Nīgo pàaihjí ge kāpchàhngēi yáuh géigo m̀tùhng ge fún. Néih yiu bīn**fún** a?

③ Hāgáau, chéungfán, chāsīubāau tùhng máhlāaigōu, néih séung sihk bīn**yeuhng** dímsām a?

The first sentence is asking you to choose "which kind" of mobile phone you want. It is talking about different type of mobile operation system such as iOS, Android, Blackberry, Windows phone, etc.

The second sentence is talking about "pattern" and "design". Under the same brand name of vacuum cleaner, you will find different models that have different sizes and functions.

The third sentence offers four different kinds of dim sum or dishes that allow you to choose from. "Júng" and "yeuhng" are similar, but they usually correspond to particular objects only. "Júng" is comparatively broader and wider than "yeuhng" as "júng" carries a meaning "species" and "races".

5.2 Describing thick and thin

In lesson 8, we learnt a pair of opposite adjectives "háuh"(厚) and "bohk"(薄), which means "thick and thin". In this lesson, we got another pair of thick and thin. But they are of different adjectives in Cantonese. They are "chōu"(粗) and "yau"(幼). Note that "chōu" describes the thickness of cylindrical objects and "yau" is its opposite form.

"Háuh" may be used to describe clothing. For example, "kéuih jeukjó yātgihn hóu háuh ge lāu" (He wears a very heavy padded coat.)However, we cannot use "háuh" to denote rich or strong in flavor in Cantonese.

6. Contextualized speaking practice

情境説話練習 chìhnggíng syutwah lihnjaahp

6.1 Chìhnggíng syutwah lihnjaahp (Situational Topics):

6.1.1   Exercise on measurement

Measuring weight:

gūnggān 公斤 (kilogram)

bohng 磅 (pound; lb)

chúhng 重 (weigh, weight, heavy)

e.g.   60.4 kg (luhksahp dím sei gūnggān)

130 pounds (yātbaak sāamsahp bohng)

Ngóh chúhng luhksahp gūnggān. /

Ngóh luhksahp gūnggān chúhng. (I weigh 60kg.)

Measuring height:

máih 米 (metre, m)

lèihmáih 厘米 (centimeter, cm)

gōu 高 (tall)

e.g.   1.82(yāt dím baat yih máih)

1.6 (yāt dím luhk máih)

Ngóh gōu yāt máih chātsei. /

Ngóh yāt máih chātsei gōu. (My height is 1.74m.)

Based on the questions below, ask each other about the weight and height. You may take a reference to the vocabulary for measuring weight and height above.

Néih (yáuh) géi chúhng a?

Néih (yáuh) géi gōu a?

6.1.2 Fill in the blanks with the given vocabulary. Each vocabulary can be chosen once only.

póutūng	gwaan	dāamsām	wuhn
gaugíng	chīngchó	dám	hāan

1. Ngóh m̀ (   ) dímyéung heui Wohnggok fóchējaahm. Néih hó m̀hóyíh gaau ngóh a?

2. Nīgāan chàh chāantēng dī yéh hóu gwai, (   ) ge yātdihp cháaufaahn dōu yiu luhksahp mān.

3. Yìhgā sānfún ge kāpchàhngēi m̀jí gau hēng, juhng hóu (   ) dihn tīm.

4. Néih m̀yiu ge gāsī m̀sái (   ), hóyíh béi daihyihdī yàhn.

5. Néihdeih paakjótō yíhgīng sahpnìhn la, (   ) yáuh móuh dásyun gitfān a?

6. Jíng dihnwá gwai gwo (   ) yātbouh sān ge.

7. Néih múihyaht dōu gam yeh fangaau, ngóh yáuhdī (   ) néih ge gihnhōng.

8. Ngóh m̀ (   ) sihk m̀suhk ge dáan.

6.2 Exercise on describing personal belongings

Getting information from each other's belongings. You may go back to 6.1.1 in lesson 6 if you are looking for colours in Cantonese. Please ask two or three items and write down your findings on the table below.

	géidō chín a?	mātyéh sīk a?	bīndouh chēut ga?
Example: hàaih	$750	hāksīk	Yidaaihleih

6.3 Speech topics

Please practise the following topics.

Néih ge pàhngyáuh mahn néih yuhng seunyuhngkāat hái móhngseuhngmihn máaihyéh ōnm̀hōnchyùhn. Néih yáuhdī mātyéh táifaat a?

你嘅朋友問你用信用卡喺網上面買嘢安唔安全。你有啲乜嘢睇法呀？

Your friend asks you whether it is safe to purchase online with credit card. Tell him / her about your view.

Siháh béigaau Jūnggwok choi tùhng néih gwokgā ge sihkmaht yáuh mēyéh m̀tùhng.

試吓比較中國菜同你國家嘅食物有咩嘢唔同。

Let's compare the difference between Chinese cuisine and food in your country.

7. Listening and speaking

聽說練習 tingsyut lihnjaahp

7.1 A son elaborates some important steps that his mother needs to know before buying a new vacuum cleaner.

媽媽：	喂，阿仔喎。	màhmā:	Wai, A-jái àh.
阿仔：	係。	A-jái:	Haih.

媽媽:	阿媽年紀大嘑，我想買部吸塵機，唔使成日咁辛苦打掃嘑。喂，但係你知唔知買邊款好呀？	màhmā:	A-mā nìhngéi daaih la, ngóh séung máaihbouh kāpchàhngēi, m̀sái sèhngyaht gam sānfú dásou la. Wai, daahnhaih néih jīm̀jī máaih bīn fún hóu a?
阿仔:	阿媽，你做吓運動好喎，買咩吸塵機呀？	A-jái:	A-mā, néih jouhháh wahnduhng hóu wo, máaih mē kāpchàhngēi a?
媽媽:	嘩，你同阿媽講啲噉嘅嘢！	màhmā:	Wa, néih tùhng A-mā góng dī gám ge yéh!
阿仔:	噉你想買咩吸塵機先？	A-jái:	Gám néih séung máaih mē kāpchàhngēi sīn?
媽媽:	誒……噉……	màhmā:	Eh…gám…
阿仔:	吸塵機有兩種㗎噉，有啲呢，係傳統啲嘅，即係嗰啲好似一大嚿嘢碌嚟碌去嗰啲啦。而家呢，就有啲新款嘅，係直立式嘅。噉你想要邊種先？唔同㗎噉。	A-jái:	Kāpchàhngēi yáuh léuhngjúng ga wo, yáuhdī nē, haih chyùhntúngdī ge, jīkhaih gódī hóuchíh yāt daaihgauh yéh lūklàihlūkheui gódī lā. Yìhgā nē, jauh yáuhdī sānfún ge, haih jihklahpsīk ge. Gám néih séung yiu bīnjúng sīn? M̀tùhng ga wo.
媽媽:	如果新款舒服啲嘅嘅，噉梗係想要新嘅啦，不過你要教阿媽點用㗎嘛。	màhmā:	Yùhgwó sān fún syūfuhkdī ge, gám gánghaih séung yiu sān ge lā. Bātgwo néih yiu gaau A-mā dím yuhng ga bo.
阿仔:	我同嘉茵而家就用緊直立式嘅，直立式比較慳地方。	A-jái:	Ngóh tùhng Gāyān yìhgā jauh yuhnggán jihklaahpsīk ge, jihklaahpsīk béigaau hāan deihfōng.
媽媽:	嗯。	màhmā:	M̀m.
阿仔:	同埋而家新款嘅吸塵機多數要叉電嘅。好似電話噉樣，叉完電先至用得。	A-jái:	Tùhngmàaih yìhgā sān fún ge kāpchàhngēi dōsou yiu chādihn ge. Hóuchíh dihnwá gámyéung, chāyùhndihn sīnji yuhngdāk.
媽媽:	吓？叉電？要叉幾耐㗎？	màhmā:	Há? Chādihn? Yiu chā géinoih ga?
阿仔:	好快㗎咋，叉三、四個鐘度啦，叉一次已經可以用一個鐘㗎嘑。	A-jái:	Hóu faai ga ja, chā sāam, sei go jūng dóu lā, chā yātchi yíhgīng hóyíh yuhng yātgo jūng ga la.
媽媽:	仲有啲乜嘢我要注意㗎？	màhmā:	Juhng yáuhdī mātyéh ngóh yiu jyuyi ga?
阿仔:	阿媽你係咪淨係用吸塵機嚟吸塵咋？	A-jái:	A-mā néih haih maih jihnghaih yuhng kāpchàhngēi làih kāpchàhn ja?

媽媽：	係啩？	màhmā:	Haih gwa?
阿仔：	有啲牌子嘅吸塵機唔止可以吸塵，仲可以吸吓水㗎。	A-jái:	Yáuhdī pàaihjí ge kapchàhngēi m̀jí hóyíh kāpchàhn, juhng hóyíh kāpháh séui ga.
媽媽：	咁麻煩，買啲普普通通嗰啲都夠㗎。	màhmā:	Gam màhfàahn, máaihdī póupóutūngtūng gódī dōu gau la.
阿仔：	而家啲吸塵機好簡單，最緊要揀啲輕啲嘅。因為如果太重，驚你拎唔倒呀。	A-jái:	Yìhgā dī kāpchàhngēi hóu gáandāan, jeui gányìu gáandī hēngdī ge. Yānwaih yùhgwó taai chúhng, gēng néih līng / nīngm̀dóu a.
媽媽：	價錢貴唔貴呀？	màhmā:	Gachìhn gwai m̀gwai a?
阿仔：	麻麻哋啦，我喺電器舖睇過啲價錢，都係千零蚊度一部啦，唔使買咁貴嘅。	A-jái:	Màhmádéi lā, ngóh hái dihnheipóu táigwo dī gachìhn, dōu haih chīn lèhng mān dóu yātbouh lā, m̀sái máaih gam gwai ge.
媽媽：	哦，嗰嚟，都幾經濟，嗰好啦。	màhmā:	Òh, gám àh, dōu géi gīngjai, gám hóu lā.
阿仔：	最緊要你都去睇吓先，你遲啲搵我或者搵阿哥幫手吖。	A-jái:	Jeui gányiu néih dōu heui táiháh sīn, néih chìhdī wán ngóh waahkjé wán A-gō bōngsáu ā.
媽媽：	嗰好啦。	màhmā:	Gám hóu lā.

7.2 Inside a kitchen at home with her son, a mother describes how to make a simple dish using the leftovers in the refrigerator.

阿仔：	咦，阿媽，你喺廚房煮緊乜嘢呀？	A-jái:	Yí, A-mā, néih hái chyùhfóng jyú gán mātyéh a?
媽媽：	雪櫃成日剩返啲冷飯呀，餸呀，唔好嘥，用嚟炒飯最啱。	màhmā:	Syutgwaih sèhngyaht jihngfāandī láahngfaahn a, sung a, m̀hóu sāai, yuhnglàih cháaufaahn jeui āam.
阿仔：	炒飯？剩返嗰啲嘢仲可以用嚟煮飯咩？	A-jái:	Cháaufaahn? Jihngfāan gódī yéh juhng hóyíh yuhnglàih jyúfaahn mē?

媽媽：	嗱，睇吓雪櫃裏面吖，蝦仁炒蛋剩啲啲，我哋仲有少少洋蔥呀雞蛋呀，芹菜剩返兩條，蔥又剩返幾條，呢啲嘢都可以用嚟炒飯。	màhmā:	Làh, táiháh syutgwaih léuihmihn ā, hāyàhn cháaudáan jihng dīdī, ngóhdeih juhng yáuh síusíu yèuhngchūng a gāidáan a, kàhnchoi jihngfāan léuhngtìuh, chūng yauh jihngfāan géi tìuh, nīdī yéh dōu hóyíh yuhnglàih cháaufaahn.
阿仔：	吓！？揼晒落去就得㗎？	A-jái:	Há !? Dámsaai lohkheui jauh dāk làh?
媽媽：	其實想整得好食啲，有兩種嘢，好緊要嘅，一個叫做咖喱醬，一個叫做咖喱粉，用呢啲嘢整炒飯好食嘅。頭先我放咗啲蔥落去，聞唔聞到香味呀？	màhmā:	Kèihsaht séung jíngdāk hóusihkdī, yáuh léuhngjúng yéh, hóu gányiu ge, yātgo giujouh galēijeung, yātgo giujouh galēifán, yuhng nīdī yéh jíng cháaufaahn hóusihk dī. Tàuhsīn ngóh fongjódī chūng lohkheui, màhn m̀màhndóu hēungmeih a?
阿仔：	聞倒嘑。	A-jái:	Màhndóu la.
媽媽：	開始聞到嘑喎。	màhmā:	Hōichí màhndóu la wo.
阿仔：	嗯。	A-jái:	M̀m.
媽媽：	嗽你就放少少薑，放少少蒜頭，跟住放兩隻蛋入去炒。我鍾意炒到啲蛋呢，未熟嘅就攞返上嚟先。唔同嘅人有唔同嘅炒法，炒完雞蛋，我就炒啲洋蔥，之後落一羹咖喱醬，再落咖喱粉，落一匙羹度，跟住放啲冷飯入去炒，嗽就得喫嘑。嗱，剩返嘅芫茜呀、芹菜呀、薄荷葉呀，無論乜嘢香料，都可以放入去炒，再加少少油，跟住放返頭先嘅雞蛋落去，最後加埋嘥晚嗰碟未食完嘅蝦仁炒蛋。	màhmā:	Gám néih jauh fong síusíu gēung, fong síusíu syuntàuh, gānjyuh fong léuhngjek dáan yahpheui cháau. Ngóh jūngyi cháaudoudī dáan nē, meih suhk ge jauh lófāan séuhnglàih sīn. M̀tùhng ge yàhn yáuh m̀tùhng ge cháaufaat, cháauyùhn gāidáan, ngóh jauh cháau dī yèuhngchūng, jīhauh lohk yātgāng galēijeung, joi lohk galēifán, lohk yāt chìhgāng dóu, gānjyuh fongdī láahngfaahn yahpheui cháau, gám jauh dāk ga la. Làh, jihngfāan ge yìhmsāi a, kàhnchoi a, bohkhòhyihp a, mòuhleuhn mātyéh hēunglíu, dōu hóyíh fongyahp heui cháau, joi gā síusíu yàuh, gānjyuh fongfāan tàuhsīn dī gāidáan lohkheui, jeuihauh gāmàaih kàhmmáahn gódihp meih sihkyùhn ge hāyàhn cháudáan.
阿仔：	嗯。	A-jái:	M̀m.

媽媽：	啲蝦仁炒蛋要切成一粒一粒，再加胡椒粉、鹽。嗱，噉就搞掂嘥。	**màhmā:**	Dī hāyàhn cháaudáan yiu chit sèhng yātlāp yātlāp, joi gā wùhjīufán, yìhm. Làh, gám jauh gáaudihm la.
阿仔：	嘩，真係又快又靚喎。	**A-jái:**	Wa, jānhaih yauh faai yauh leng wo.
媽媽：	最緊要唔好嘥咗雪櫃裏面剩返嘅嘢。	**màhmā:**	Jeui gányiu m̀hóu sāaijó syutgwaih léuihmihn jihngfāan ge yéh.

Lesson 10 Apologizing to the public
向公眾致歉

1. *Contexts and linguistic functions*
語境特徵與語言功能 *yúhgíng dahkjīng yúh yúhyìhn gūngnàhng*

Contexts (who, where, when) 語境特徵（人地時）	Linguistic functions 語言功能
Who: senior staff in an airline company, senior government officials, journalists **Where:** ina press conference, outside an office building, government building **When:** semi-formal setting	**Core function:** apologizing 致歉
Language Scenarios: A spokesman in airlines company hosts a press conference and apologizes to passengers for delay of flights; While the chairperson of the Hospital Authority was interviewed by reporters outside his office building, he apologizes for the medical malpractice caused by a local hospital. 航空公司發言人出席記者招待會，向受影響乘客致歉；醫院管理局主席離開辦開大樓時被記者追問時向病人家屬致歉。	

Notes on pragmatic knowledge	Notes on language structure
I. Transition from informal to formal style II. A mild and roundabout way to refuse other people's request	- Take advantage of (time, opportunity, etc): chan… - Use of "béi" to form passive sentence - For the sake or benefit of: waihjó - Difference between "deui" and "heung"

2. Texts
課文 fomàhn

2.1 Mr. Chan, a spokesman in an airline company hosts a press conference and apologizes to passengers for delay of flights.

| 陳先生： | 各位記者朋友大家好。今日，好歡迎大家嚟到我哋新亞航空嘅記者招待會。喺呢個記者招待會上面，我想同大家交代吓事件嘅起因、事件嘅經過，同埋事件對乘客嘅影響，同埋一啲我哋賠償嘅安排。我想喺度同大家表示十分（之）抱歉，因為當日我哋影響咗好多乘客本來嘅行程，加上農曆新年大家都有唔同嘅假期安排。喺呢個時候發生啲噉樣嘅事件，我哋覺得十分遺憾。其實當日我哋決定取消航班，係因為我哋要照顧天氣嘅情況同乘客嘅安全。喺我哋清楚了解天氣嘅情況之前，我哋冇辦法俾乘客上機。見倒有啲乘客嘅反應有啲激動，所以我哋出動咗保安人員維持秩序。希望各位唔好誤會，出動保安人員只係為咗大家嘅安全，希望大家體諒。依家係發問（嘅）時間。 | **Chàhn sīnsāang:** | Gokwái geijé pàhngyáuh daaihgā hóu. Gāmyaht, hóu fūnyìhng daaihgā làihdou ngóhdeih Sān'a Hòhnghūng ge geijé jīudoihwúi. Hái nīgo geijé jīudoihwúi seuhngmihn, ngóh séung tùhng daaihgā gāaudoihháh sihgín ge héiyān, sihgín ge gīnggwo, tùhngmàaih sihgín deui sìhnghaak ge yínghéung, tùhngmàaih yātdī ngóhdeih pùihsèuhng ge ōnpàaih. Ngóh séung háidouh tùhng daaihgā bíusih sahpfān (jī) póuhhip, yānwaih dōngyaht ngóhdeih yínghéungjó hóudō sìhnghaak búnlòih ge hàhngchìhng, gāséuhng Nùhnglihk sānnìhn daaihgā dōu yáuh m̀tùhng ge gakèih ōnpàaih. Hái nīgo sìhhauh faatsāngdī gámyéung ge sihgín, ngóhdeih gokdāk sahpfān wàihhahm, Kèihsaht dōngyaht ngóhdeih kyutdihng chéuisīu hòhngbāan, haih yānwaih ngóhdeih yiu jiugu tīnheige chìhngfong tùhng sìhnghaak ge ōnchyùhn. Hái ngóhdeih chīngchó líuhgáai tīnhei ge chìhngfong jīchìhn, ngóhdeih móuh baahnfaat béi sìhnghaak séuhnggēi. Gindóu yáuhdī sìhnghaak ge fáanying yáuhdī gīkduhng, sóyíh ngóhdeih chēutduhngjó bóu'ōn yàhnyùhn wàihchìh dihtjeuih. Hēimohng gokwái m̀hóu nghwuih, chēutduhng bóu'ōn yàhnyùhn jíhaih waihjó daaihgā ge ōnchyùhn, hēimohng daaihgā táileuhng. Yīgā haih faatmahn (ge)sìhgaan. |

記者：	陳生嘛。	**geijé:**	Chàhn sāang àh.
陳先生：	係，嗰邊，係。	**Chàhn sīnsāang:**	Haih, góbihn, haih.
記者：	嗰日你哋取消航班之後，點解冇安排酒店俾所有乘客呢？	**geijé:**	Góyaht néihdeih chéuisīu hòhngbāan jīhauh, dímgáai móuh ōnpàaih jáudim béi sóyáuh sìhnghaak nē?
陳先生：	呀。	**Chàhn sīnsāang:**	A.
記者：	陳生，你仲未交代航空公司嘅賠償安排喎！根據我哋嘅資料，所有乘客都係夜晚飛嘅喎。	**geijé:**	Chàhn sāang, néih juhng meih gāaudoih hòhnghūng gūngsī ge pùihsèuhng ōnpàaih wo! Gāngeui ngóhdeihge jīlíu, sóyáuh sìhnghaak dōu haih yehmáahn fēige wo.
陳先生：	冇錯，我哋因為都好明白嗰陣時係夜晚啦，大家都好唔方便。嗰晚我哋一嚟安排咗晚餐俾我哋所有留喺機場嘅乘客。二嚟我哋都提供咗好多現金優惠，俾好多今次受影響嘅乘客。最後再次向各位乘客致歉，好多謝各位。	**Chàhn sīnsāang:**	Móuh cho, ngóhdeih yānwaih dōu hóu mìhngbaahk gójahnsìh haih yehmáahn lā, daaihgā dōu hóu m̀fōngbihn. Gómáahn ngóhdeih yātlàih ōnpàaihjó máahnchāan béi ngóhdeih sóyáuh làuhhái gēichèuhng ge sìhnghaak. Yihlàih ngóhdeih dōu tàihgūngjó hóudō yihngām yāuwaih, béi hóudō gāmchi sauh yínghéung ge sìhnghaak. Jeuihauh joichi heung gokwái sìhnghaak jihip, hóu dōjeh gokwái.
記者：	陳生，唔好走住唔好走住。	**geijé:**	Chàhn sāang, m̀hóu jáujyuh m̀hóu jáujyuh.
陳先生：	誒……唔好意思呀。	**Chàhn sīnsāang:**	Eh…m̀hóu yisi a.

2.2 Mr. Leung is the chairperson of the Hospital Authority. Some reporters interview him when he comes out of his office building. He takes this chance to apologize for the medical malpractice by a local hospital.

| 記者： | 梁主席梁主席，請問你對於黑客入侵醫院電腦系統有乜嘢睇法呀？ | **geijé:** | Lèuhng jyújihk Lèuhng jyújihk, chéngmahn néih deuiyū hākhaak yahpchām yīyún dihnnóuh haihtúng yáuh mātyéh táifaat a? |

梁主席：	對於黑客入侵醫院嘅電腦系統搞到好多病人嘅資料唔見咗，我哋深感抱歉。我哋知道無論病人定係病人嘅屋企人，都非常擔心因為呢件事，影響醫院嘅服務。我代表醫管局想趁呢個機會向所有受影響嘅病人同家屬致歉。	**Lèuhng jyújihk:**	Deuiyū hākhaak yahpchām yīyún ge dihnnóuh haihtúng gáaudou hóudō behngyàhn ge jīlíu m̀ginjó, ngóhdeih sāmgám póuhhip. Ngóhdeih jīdou mòuhleuhn behngyàhn dihnghaih behngyàhn ge ūkkéi yàhn, dōu fēisèuhng dāamsām yānwaih nīgihn sih, yínghéung yīyún ge fuhkmouh. Ngóh doihbíu Yīgúnguhk séung chan nīgo gēiwuih heung sóyáuh sauh yínghéung ge behngyàhn tùhng gāsuhk jihip.
記者：	請問有幾多個病人嘅資料唔見咗呀？啲資料有冇外洩呀？	**geijé:**	Chéng mahn yáuh géidō go behngyàhn ge jīlíu m̀ginjó a? Dī jīlíu yáuh móuh ngoihsit a?
梁主席：	我哋暫時唔方便話俾各位知有幾多病人受影響。事件發生之後，我哋第一時間報警，而家交咗俾警方處理。	**Lèuhng jyújihk:**	Ngóhdeih jaahmsìh m̀fōngbihn wah béi gokwái jī yáuh géidō behngyàhn sauh yínghéung. Sihgín faatsāng jīhauh, ngóhdeih daihyāt sìhgaan bouíng, yìhgā gāaujó béi gíngfōng chyúhléih.
記者：	呀……主席，答多一個問題先啦。	**geijé:**	A...jyújihk, daap dō yātgo mahntàih sīn lā.
梁主席：	係。	**Lèuhng jyújihk:**	Haih.
記者：	新界醫院因為黑客入侵，唔少手術因為電腦故障要延期。你覺得醫管局要唔要負責呢？	**geijé:**	Sāngaai Yīyún yānwaih hākhaak yahpchām, m̀síu sáuseuht yānwaih dihnnóuh gujeung yiu yìhnkèih. Néih gokdāk Yīgúnguhk yiu m̀yiu fuhjaak nē?
梁主席：	事件已經交咗俾警方調查。我哋將會提升所有醫院嘅電腦保安系統，唔可以再俾黑客入侵。我哋非常重視呢次事件，喺度再一次代表醫管局向受影響嘅病人同家屬致歉。	**Lèuhng jyújihk:**	Sihgín yíhgīng gāaujó béi gíngfōng diuhchàh. Ngóhdeih jēung wúih tàihsīng sóyáuh yīyún ge dihnnóuh bóu'ōn haihtúng, m̀hóyíh joi béi hākhaak yahpchām. Ngóhdeih fēisèuhng juhngsih nīchi sihgín, háidouh joi yātchi doihbíu Yīgúnguhk heung sauh yínghéung ge behngyàhn tùhng gāsuhk jihip.

3. *Vocabulary in use*

活用詞彙 wuhtyuhng chìhwuih

3.1 Common vocabulary

Number	Word	Yale Romanization	POS	English
3.1.1	交代	gāaudoih	V	explain; make clear
3.1.2	起因	héiyān	N	cause; a factor (leading to an effect)
3.1.3	賠償	pùihsèuhng	V/N	compensate (or pay) for a loss; compensation or reparations
3.1.4	表示	bíusih	V/N	express; convey to; expression; indication
3.1.5	十分（之）	sahpfān (jī)	Adv	fully; utterly; extremely
3.1.6	當日	dōngyaht	TW	on that day
3.1.7	加上	gāséuhng	Adv	moreover; in addition; on top of that
3.1.8	發生	faatsāng	V	happen; occur; take place; break out
3.1.9	遺憾	wàihhahm	N/Adj	great or deep regret; pity; very sorry
3.1.10	反應	fáanying	V/N	response; reaction
3.1.11	激動	gīkduhng	Adj	stir up emotions; moved emotionally
3.1.12	出動	chēutduhng	V	set out; send out
3.1.13	維持秩序	wàihchìh dihtjeuih	VO	maintain order
3.1.14	為咗	waihjó	CV	for the sake of; in order to; for the purpose of
3.1.15	體諒	táileuhng	V	show understanding and sympathy for
3.1.16	根據	gāngeui	CV/ N	according to; based on; basis; grounds; foundation
3.1.17	提供	tàihgūng	V	offer
3.1.18	再（一）次	joi (yāt)chi	PH	once more; once again

3.1.19	向	heung	Prep	towards; in the direction of
3.1.20	致歉／道歉	jihip / douhhip	V	apologize; express regret
3.1.21	睇法	táifaat	N	way of looking at a thing; view
3.1.22	對於	deuiyū	Prep	with regard to; concerning
3.1.23	唔見咗	m̀ginjó	PH	something is gone; missing
3.1.24	代表	doihbíu	V/N	represent; representative
3.1.25	非常	fēisèuhng	Adv	extraordinary; unusual
3.1.26	受影響	sauh yínghéung	PH	being affected
3.1.27	第一時間	daihyāt sìhgaan	PH	in the first moments; immediately (after an event)
3.1.28	報警	bougíng	VO	report (an incident) to the police
3.1.29	處理	chyúhléih	V	handle; process; deal with
3.1.30	答	daap	V	answer
3.1.31	延期	yìhnkèih	VO	defer; delay; put off; extend
3.1.32	調查	diuhchàh	V/N	investigate; inquiry; survey; investigation
3.1.33	提升	tàihsīng	V	upgrade
3.1.34	重視	juhngsih	V	attach importance to; think highly of; take something seriously

3.2 Proper nouns, event, people, food and place words

3.2.1	記者招待會	geijé jīudoihwúi	N	press conference
3.2.2	新亞航空	Sān'a Hòhnghūng	PN	New Asia Airlines
3.2.3	事件	sihgín	N	incident; event
3.2.4	保安人員	bóu'ōn yàhnyùhn	N	security guard
3.2.5	晚餐	máahnchāan	N	supper; dinner
3.2.6	發問（嘅）時間	faatmahn (ge) sìhgaan	N	Q/A session
3.2.7	醫（院）管（理）局	Yī(yún)gún(léih)guhk	N	Hospital Authority

3.2.8	新界醫院	Sāngaai Yīyún	PW	New Territories Hospital
3.2.9	記者	geijé	N	journalist; reporter
3.2.10	主席	jyújihk	N	chairperson
3.2.11	家屬	gāsuhk	N	family members (formal); family dependents
3.2.12	警方	gíngfōng	N	police (formal)
3.2.13	深圳	Sāmjan	PW	Shenzhen

3.3 Expressions related to computer

3.3.1	黑客入侵	hākhaak yahpchām	PH	invasion of hackers
3.3.2	電腦系統	dihnnóuh haihtúng	N	computer system
3.3.3	資料外洩	jīlíu ngoihsit	PH	information leak
3.3.4	電腦故障	dihnnóuh gujeung	PH	computer malfunction or breakdown

3.4 Useful expressions

3.4.1	唔好走住	m̀hóu jáujyuh	PH	stay longer, don't go
3.4.2	趁呢個機會	chan nīgo gēiwuih	PH	take advantage of this occasion; seize the chance

4. *Notes on language structures*
語言結構知識 yúhyìhn gitkau jīsīk

4.1 Take advantage of (time, opportunity, etc): chan…

Using thepreposition "chan" to denote "while" and "avail oneself of..."It can be combined with "nīgo gēiwuih" to express a meaning of "taking advantage of (time, opportunity, etc)".

Example:

Wún tōng chan yiht yám lā.

(Drink the soup while it is hot.)

Ngóh séung chan nīgo gēiwuih heung daaihgā jihip.

(I would like to take this opportunity apologize to everyone.)

1. Chan juhng meih séuhngtòhng ngóhdeih faaidī chēutheui máaih būi gafē sīn.
2. Kéuih múihyaht dōu chan sihk jóuchāan ge sìhgaan tái boují.
3. Hākhaak chan Singdaanjit gūngsī yāusīk gójahnsìh yahpchām ngóhdeih ge dihnnóuh haihtúng.
4. Chan yìhgā daaihgā dōu dākhàahn ngóh séung tùhng néihdeih góng dī yéh.
5. Chan jeuigahn gachìhn pèhngjó, ngóhdeihmáaih dōdī.
6. Bātyùh néih chan nīgo sānnìhn gakèih chēutheui wáanháh lā.

4.2 Use of "béi" to form passive sentence

"Béi" as co-verb carries the same function as the preposition "by" in English passive sentence. When forming passive sentences in Cantonese, "béi" is used and placed before the person who carries the action (actor) and after the object.

Note that passive voice in Cantonese is reserved for **negative events or negative implications,** and therefore it is not used freely in the way that the English passive voice is.

Example:

Active sentence	Actor	Verb	Object	
	kćuih	dálaahnjó	ngóhjck būi	
	He breaks/broke my cup.			

Passive sentence	Object		Actor	Verb
	Ngóhjekbūi	béi	kéuih	dálaahnjó
	My cup is/was broken by him.			

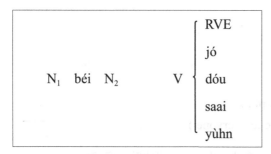

1. Ngóh seuhngjau gīnggwo gógāan poutáu, ngóh séung máaih ge náaihfán béi yàhn máaihsaai la.

2. Néih máaih béi ngóh gódī jyūgūlīk béi sailóu sihksaai, sóyíh ngóh móuhdāk sihk.

3. Ngóh búnlòih séung heui Gáulùhngsìhng, sāumēi béi dīksí sīgēi chējó heui Gáulùhngtòhng.

   *Gáulùhngsìhng: Kowloon city, an area close to Kowloon Tong

4. Ngóh tóiseuhngmihn dī chín m̀jī béi bīngo lójó.

5. Kéuih kàhmyaht béi síubā johngdóu, gáaudou jek sáu dī gwāt lihtjó, yìhgā yahpjó yīyún.

6. Kàhmyaht ngóh jejó go dihnnóuh béi kéuih. Daahnhaih béi kéuih yuhngyùhn jīhauh jauh yáuh mahntàih la.

4.3 For the sake or benefit of: waihjó

The coverb "waihjó" means "for" in the sense "for the sake or benefit of".

Example:

Waihjó sìhnghaak ge ōnchyùhn, chíng sīn yeuhng chēseuhng sìhnghaak lohkchē, yìhnhauh séuhngchē." (For your safety, please let passengers alight first.)

1. Waihjó máaih yātgo sāanggwóláam, kéuih hái Sāigung daap chē heuijó Wohnggok Fāyùhn Gāai.

2. Waihjó hāanchín, kéuih wah yiu síudī chēutgāai.

3. Waihjó hohk Gwóngdūngwá, kéuih làihjó Hēunggóng.

4. Chēutduhng bóu'ōn yàhnyùhn haih waihjó wàihchìh dihtjeuih, m̀séung yáuh yingoih faatsāng.

5. Yáuhdī yàhn wah jihgéi jouh ge sih haih waihjó Hēunggóng hóu, kèihsaht haih waihjó jihgéi.

   *jihgéi: oneself; one's own

4.4 Difference between "deui" and "heung"

"Deui" means "towards" in a **non-directional** sense, for example with reference to personal relationships and feelings.

Example:

Ngóh ge nàahm pàhngyáuh deui ngóh hóu hóu.
(My boyfriend treats me nicely.)

1. Néih deui mātyéh wahnduhng yáuh hingcheui a?
2. Ngóh chìhjó fāandou gūngsī, ngóh deui gīngléih góng "deuimjyuh, ngóh chìhdou."
3. Kàhnchoi deui sāntái géi hóu. Néih sihk dōdī lā.
4. Yuhng taaidō dihnnóuh deui gihnhōng yáuh mhóu ge yínghéung.

On the contrary, "heung" means "towards", normally used in a **directional** sense. It is used in a non- directional sense only for formal situation. Therefore "heung" can be a formal style of "deui".

Example:

Néih hái nīdouh heung fóchējaahm yātjihkhàahng jauh gindóu Chāt-sahpyāt la.
(You walk along straight in the direction of the MTR, then you will see a Seven Eleven.)

5. Nībihn haih heung Lòhwùh góbihn ge. Deuimihn ge fóchē sīnji heui Gáulùhng.
   *Lòhwùh: Lo Wu
6. Dī gáujái heung ngóhdeih jáumàaihlàih.
   *dīgáujái: puppies
7. Ngóh háidouh heung sauh yínghéung ge sìhnghaak jihip / douhhip.

5. *Notes on pragmatic knowledge*
語用知識注解 yúhyuhng jīsīk jyugáai

5.1 Transition from informal to formal style

In a formal setting, Cantonese speakers change the style in their speech by changing their vocabularies, from informal to formal. These vocabularies include VO, pronouns, and phrases. In addition, the length of a sentence often becomes longer.

5.1.1

Informal:　Ngóh deui néihdeih góng deuiṁjyuh. 我對你哋講對唔住。

⇩

Formal:　Ngóh chan nīgo gēiwuih hái nīdouh heung daaihgā jihip.

我趁呢個機會喺呢度向大家致歉。

(I take this opportunity to express my deep apology to everyone here.)

5.1.2

Few more examples are listed below based on the texts in lesson 10.

	Informal	Formal
happy	hōisām 開心	gōuhing 高興
sad	ṁhōisām 唔開心	wàihhahm 遺憾(惋惜、悔恨)、不悦(不高興)
family	ūkkéi (yàhn) 屋企（人）	gāsuhk 家屬
on that day	góyaht 嗰日	dōngyaht 當日
now; at present; at the moment	yìhgā/yīgā 而家 / 依家	yìhnjoih 現在
feel; think	gokdāk 覺得	sāmgám(feel deeply) 深感
reply	fūk 覆	wùihfūk 回覆
give	béi 俾	tàihgūng (offer) 提供
compensate	pùih 賠	pùihsèuhng 賠償
very	hóu 好	fēisèuhng 非常 / sahpfān(jī) 十分（之）/ sēungdōng 相當
police	gíngchaat 警察；chāaiyàhn 差人	gíngfōng 警方
lunch	ńghfaahn/ (ng)aanjau 午飯 / 晏晝	ńghchāan (luncheon) 午餐
dinner	máahnfaahn 晚飯	máahnchāan(supper) 晚餐

5.2 A mild and roundabout way to refuse other people's request

Instead of saying "m̀dāk" (no way), "m̀béi" (not allow), "m̀hóyíh" (cannot), the tone is comparatively mild to say "m̀hóu yisi, yìhgā jaahmsìh m̀fōngbihn…". (Please excuse me but it is not convenient for the moment…) In Cantonese, like other languages, there are some expressions that someone would rather not have to say. People refer to say in the other way that is more mild and roundabout.

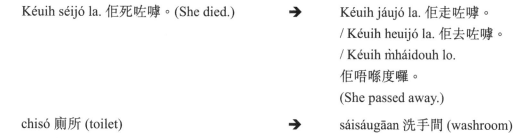

Kéuih séijó la. 佢死咗嘑。 (She died.)   ➜   Kéuih jáujó la. 佢走咗嘑。
/ Kéuih heuijó la. 佢去咗嘑。
/ Kéuih m̀háidouh lo.
佢唔喺度囉。
(She passed away.)

chisó 廁所 (toilet)   ➜   sáisáugāan 洗手間 (washroom)

6. *Contextualized speaking practice*
情境説話練習 chìhnggíng syutwah lihnjaahp

6.1 Faatyām lihnjaahp (Pronunciation Exercises)

Identify the most appropriate responses to the following sentences. Practice each other after completion of the matching.

1. Hái Hēunggóng waahkjé Oumún, bougíng dá géidō houh dihnwá a? (   )
2. Yáuh móuh gáaucho a? Bouh dihnnóuh béi néih yuhngyùhn jauh gáausèhng gám! (   )
3. Kàhmyaht m̀ginjó dihnwá. (   )
4. Làahn Gwai Fōng hóu hóuwáan, ngóh séung joi heui yātchi a! (   )
5. Deuiyū nīgihn sih, néih yáuh mātyéh táifaat a? (   )

a. Há? Wánfāan meih a.
b. Gáu-gáu-gáu.
c. Hóu a, wán yaht ā.
d. Ngóh móuh yigin.
e. Deui m̀jyuh, ngóh pùihfāan béi néih lā.

6.2 Chìhnggíng syutwah lihnjaahp (Situational Topics)

6.2.1 Chat with your classmates based on the following questions

1. Néih chóhgwo mātyéh hòhnghūng gūngsī ge fēigēi a?

   _____

2. Néih séung m̀séung jouh geijé a? Dímgáai a?

   _____

3. Yùhgwó néih hóyíh gáan, néih jeui séung jouh mātyéh gūngjok a?

   _____

4. Néih deui Hēunggóng ge gíngchaat yáuh mātyéh yanjeuhng a?

   _____

5. Dímgáai Hēunggóng ge fuhmóuh gam juhngsih jái néui duhksyū duhkdāk lēkm̀lēk nē?

   _____

6.2.2 Fill in the blanks with the given vocabularies. Each vocabulary can be chosen once only.

gāséuhng	fáanying	gāngeui	táileuhng
faatsāng	yìhnkèih	bíusih	juhngsih

1. geijé: Dímgáai geijé jīudoihwúi yiu (   ) a?
   jīkyùhn: Yānwaih Lèuhng jyújihk jeuigahn behngjó m̀syūfuhk làihm̀dóu.

2. Hahjau léuhngdím Wohnggok (   ) gāautūng yingoih, yìhgā Wohnggok hóu sākchē.

3. Ngóhdeih wúih (   ) dōngyaht ge tīnhei chìhngfong kyutdihng yiu m̀yiu chéuisīu hòhngbāan.

4. Haakyàhn tùhng néih góng "ngóh yiu námháh sīn" jīkhaih (   ) kéuih yìhgā m̀dásyun máaih.

5. Daaihgā góng dōdī jihgéi ge táifaat lā, ngóhdeih fēisèuhng (   ) néihdeih ge yigin.

6. Lóuhsai (   ) ngóh jeuigahn múihyaht yiu heui yīyún jiugu màhmā, sóyíh béi ngóh jóudī fonggūng.

7. Ngóh mahn bīngo hóyíh bōngsáu, ngóh dī hohksāang gogo dōu (   ) hóu faai gám wah móuh mahntàih.

8. Gāai seuhngmihn yàhn dō chē dō, (   ) tīnhei hóu yiht, sóyíh hàahnglouh gójahnsìh gokdāk hóu sānfú.

6.3 Speech Topics

Please practise the following topics.

1. Néih ge jáulàuh jeuigahn yáuh haakyàhn sihkjó m̀gōnjehng ge dímsām gokdāk m̀syūfuhk yahpjó yīyún. Néih haih jáulàuh ge lóuhbáan, yìhgā néih hái geijé chìhnmihn heung sauh yínghéung ge haakyàhn jihip.

你嘅酒樓最近有客人食咗唔乾淨嘅點心覺得唔舒服入咗醫院。你係酒樓嘅老闆，而家你喺記者前面向受影響嘅客人致歉。

Some of your customers are suffering from food poisoning after having dim sum in your restaurant. You are the boss of this restaurant. Now you apologize to the affected customers in front of the news media.

2. Néih haih geijé, néih āamāam tēngyùhn Yīgúnguhk ge Lèuhng jyújihk gāaudoih sihgín jīhauh, yìhgā néih yáuh gēiwuih mahn mahntàih. Lèuhng jyújihk tēnggán néih góngyéh.

你係記者，你啱啱聽完醫管局嘅梁主席交代事件之後，而家你有機會問問題。梁主席聽緊你講嘢。

You are a journalist. You are standing in front of Chairman Leung from the Hospital Authority. After hearing his / her brief explanation to the incident, you have chance to ask him / her a question. S / he is now listening to you.

General Review L1-L10

1. *Application of Vocabulary and Grammar*

1.1 Chat with your classmates on the following questions

1. Hóu muhn gójahnsìh néih wúih jouhdī mātyéh a?

   _____

2. Néih gokdāk wáan waahtchèuhngsāan ngàihm̀hngàihhím a? Néih wah yáuh mātyéh wahnduhng béigaau ngàihhím a?

   _____

3. Néih saigo yáuh mēyéh muhngséung a? Gám yìhgā nē?

   _____

4. Néih ūkkéi yáuhdī mātyéh gāsī a?

   _____

5. Néih hó m̀hóyíh gaau ngóh dímyéung hāan dī chín a?

   _____

1.2 Sentence Making

1. bātnāu

   _____

2. sīnji

   _____

3. m̀gwaaidāk

   _____

4. hóuchíh

   _____

5. mòuhleuhn

1.3 Multiple choices

1.   Máhlaih: Dímgáai jáulàuh gamdō yàhn (   )?

         A. gwa

         B. jē

         C. gé

2.   Síukèuhng: Gāmmáahn haih nìhn sāamsahp, hóudō yàhn hái
     ngoihmihn sihk tyùhnnìhnfaahn (   ).

         A. ga la

         B. āma

         C. la hó

3.   Síukèuhng: Yùhnlòih Singdaan máahnwúi hóyíh séuhngmóhng
     máaihfēi.

     Bóulòh: Haih ( ) ? Néih bōng ngóh máaih dō yāt jēun lā.

         A. wo

         B. mē

         C. ga

4.   Máhlaih: Néih hái tòuhsyūgún m̀ginjó bún syū àh? Wán(   )
     meih a?

         A. jó

         B. gwo

         C. fāan

5.   Bóulòh: Syun (   ), hóu síusih jē.

         A. lā

         B. ge

         C. àh

2. *Revision on time words*

Time Chart

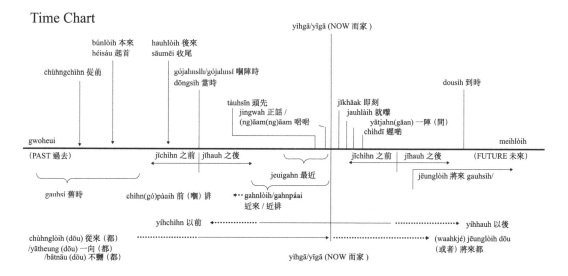

3. Oral Skills Practice

3.1 Revision on VO Vdāk

Answer the following questions with the hints below.

1. Kéuih jyúfaahn jyúdāk dím a? (hint: so, so)

_____

2. Kéuih góng Yahtmán góngdāk dím a? (hint: as good as a Japanese)

_____

3. Kéuih yàuhséui yàuhdāk dím a? (hint: faster than me a little bit)

_____

4. Kéuih sáisāam sáidāk dím a? (hint: clean)

_____

5. Hēunggóng ge yéh dím a? (hint: more and more expensive)

_____

6. Kéuih ge Jūngmàhn jih dím a? (hint: less beautiful than my Chinese handwriting)

_____

3.2 Conversation with the pictures

1. Séung máaih ngàuhjáifu gógo yàhn góng mātyéh a?
   Ans: Kéuih wah gótìuh _____ wóh.

2. Séung máaih hàaih gógo síujé góng mātyéh a?

   Ans: Kéuih wah _____ wóh.

3. Séung máaih (   ) gógo nàahmyán góng mātyéh a?

   Ans: Kéuih wah _____ wóh.

4. Séung máaih (   ) gógo taaitáai góng mātyéh a?

   Ans: Kéuih wah _____ wóh.

3.3 Paul tells us something about his recent life in Hong Kong

上個星期四喺香港坐飛機去北京開會。去到機場先至知道原來北京落大雪，我嘅航班要延期。冇辦法啦，我唔想走嚟走去，所以決定喺機場裏面搵一間餐廳坐喺度等。一嚟我未食早餐，二嚟喺餐廳度坐得舒服啲。	Seuhnggo sīngkèih sei hái Hēunggóng chóh fēigēi heui Bākgīng hōiwúi. Heuidou gēichèuhng sīnji jīdou yùhnlòih Bākgīng lohk daaih syut, ngóh ge hòhngbān yiu yìhnkèih. Móuh baahnfaat lā, ngóh m̀séung jáu làih jáu heui, sóyíh kyutdihng hái gēichèuhng léuihmihn wán yātgaan chāantēng chóhhái douh dáng. Yātlàih ngóh meih sihk jóuchāan, yihlàih hái chāantēng douh chóhdāk syūfuhkdī.
等咗冇幾耐，咦，我見倒我學廣東話嗰陣時嘅舊同學小強都喺餐廳度。我行過去同佢傾吓偈。原來佢同我一樣，都係去北京嘅。	Dángjó móuh géinoih, yí, ngóh gindóu ngóhhohk Gwóngdūngwá gójahnsìh ge gauh tùhnghohk Síukèuhng dōu hái chāantēng douh. Ngóh hàahnggwoheui tùhng kéuih kīngháhgái. Yùhnlòih kéuih tùhng ngóh yātyeuhng, dōu haih heui Bākgīng ge.
小強係德國人，而家係一間電器舖嘅老細。佢同我一樣，成日飛嚟飛去。有時去首爾，有時去高雄。最近佢都要去北京呀、深圳呀、馬尼拉呀，有時連新年都唔喺香港，真係好唔得閒。	Síukèuhng haih Dākgwok yàhn, yìhgā haih yātgaan dihnheipóu ge lóuhsai. Kéuih tùhng ngóh yātyeuhng, sèhngyaht fēilàih fēiheui. Yáuhsìh heui Sáuyí, yáuhsìh heui Gōuhùhng. Jeuigahn kéuih dōu yiu heui Bākgīng a, Sāmjan a, Máhnèihlāai a, yáuhsìh lìhn sānnìhn dōu m̀hái Hēunggóng, jānhaih hóu m̀dākhàahn.
小強有一個仔，今年十一歲。佢話依家喺香港讀書好辛苦。佢老婆仲緊張，佢話好希望個仔讀書越嚟越叻，第日入到好嘅學校。不過小強話佢嘅仔成日打機，淨係打機乜嘢都唔做。無論點教佢，佢都唔聽，所以小強有少少擔心。	Síukèuhng yáuh yātgo jái, gāmnìhn sahpyāt seui. Kéuih wah yīgā hái Hēunggóng duhksyū hóu sānfú. Kéuih lóuhpòh juhng gánjēung, kéuih wah hóu hēimohng go jái duhksyū yuht làih yuht lēk, daihyaht yahpdóu hóu ge hohkhaauh. Bātgwo Síukèuhng wah kéuih ge jái sèhngyaht dágēi. Jihnghaih dágēi mātyéh dōu m̀jouh. Mòuhleuhn dím gaau kéuih, kéuih dōu m̀tēng, sóyíh Síukèuhng yáuh síusíu dāamsām.
我都同小強講吓自己嘅工作。我喺一間電腦公司做嘢，客人大部分都係喺歐洲嗰邊嚟嘅。佢哋多數上網搵我哋幫手。我有時要通宵回覆佢哋嘅 E-mail。雖然工作時間幾長，但係我話俾小強知，香港啲同事對我好好。佢哋仲話等我去完北京返嚟，同我慶祝生日喎。係喎，下個禮拜係我三十二歲生日嘑。唔知女朋友會買啲乜嘢俾我吖嗱？	Ngóh dōu tùhng Síukèuhng góngháh jihgéi ge gūngjok. Ngóh hái yātgaan dihnnóuh gūngsī jouhyéh, haakyàhn daaihbouhfahn dōu haih hái Āujāu góbihn làih ge. Kéuihdeih dōsou séuhngmóhng wán ngóhdeih bōngsáu. Ngóh yáuhsìh yiu tūngsīu wùihfūk kéuihdeih ge E-mail. Sēuiyìhn gūngjok sìhgaan géi chèuhng, daahnhaih ngóh wah béi Síukèuhng jī, Hēunggóng dī tùhngsih deui ngóh dōu hóu hóu. Kéuihdeih juhng wah dáng ngóh heuiyùhn Bākgīng fāanlàih, tùhng ngóh hingjūk sāangyaht wóh. Haih wo, hahgo láihbaai haih ngóh sāamsahpyih seui sāangyaht la. M̀jī néuih pàhngyáuh wúih máaihdī mātyéh béi ngóh ā làh?

我同小強傾咗好耐，收尾我哋喺餐廳坐咗四個零鐘頭。因為去北京嘅乘客好多，好多人都受影響。不過下晝北京嘅天氣好返好多，航班雖然遲咗好多，但係下晝三點半我哋上倒機，可以出發喙。小強雖然唔係坐喺我隔籬，但係而家手機咁方便，喺北京嗰幾日，我都同佢見咗兩次面。香港真係好細，邊度都可以撞倒朋友。

Ngóh tùhng Síukèuhng kīngjó hóunoih, sāumēi ngóhdeih hái chāantēng chóhjó seigo lèhng jūngtàuh. Yānwaih heui Bākgīng ge sìhnghaak hóudō, hóudō yàhn dōu sauh yínghéung. Bātgwo hahjau Bākgīng ge tīnhei hóufāan hóudō, hòhngbāan sēuiyìhn chìhjó hóudō, daahnhaih hahjau sāamdím bun ngóhdeih séuhngdóugēi, hóyíh chēutfaat la. Síukèuhng sēuiyìhn m̀haih chóhhái ngóh gaaklèih, daahnhaih yìhgā sáugēi gam fōngbihn, hái Bākgīng gó géi yaht, ngóh dōu tùhng kéuih ginjó léuhngchi mihn. Hēunggóng jānhaih hóu sai, bīndouh dōu hóyíh johngdóu pàhngyáuh.

Appendices 附錄

Appendix I: Index of pragmatic points 語用點索引

Pragmatic points	Lesson number
How to greet people in front of a class	Lesson 1
Casual and semi-formal style of expressions	Lesson 1
A polite way to refuse other people's request with the use of verb suffix "-háh"	Lesson 1
Draw people's attention to a topic with "haih nē"	Lesson 1
Consulting people at the first encounter	Lesson 2
Renting a flat in Hong Kong	Lesson 2
Telling people some information ambiguously	Lesson 2
Suggesting ideas in a casual way	Lesson 3
Denoting surprise and checking the truth of an unexpected state of affairs	Lesson 3
Reduction of words in a conversation	Lesson 3
Ending a conversation	Lesson 3
Difference between "góng" and "wah"	Lesson 4
Confirming one's condition and corresponding in accordance with the other party's reply	Lesson 4
Expressing agreement or assent	Lesson 4
Denoting familiarity	Lesson 5
Playing down a fact by using "jē"	Lesson 5
Interjection in a conversation	Lesson 5
Pass time in Chinese New Year in Canton (VO: gwonìhn 過年)	Lesson 6
Chinese soup	Lesson 6

Pragmatic points	Lesson number
Concept of "ancestral home town"	Lesson 6
Deflecting a compliment	Lesson 6
Filling a pause in a sentence	Lesson 7
Repetition of the same word or phrase	Lesson 7
Converting nouns to verbs	Lesson 7
Refusing someone's request by saying "hóunàahnjouh"	Lesson 7
Checking someone's identity with a question "néih haih kéuih bīnwái a?"	Lesson 7
Interjection to express disapproval or objection	Lesson 8
Expressing unfriendly tone even calling someone "daaihlóu"	Lesson 8
A casual way to call someone	Lesson 8
Sortal classifiers and generic classifiers	Lesson 9
Describing thick and thin	Lesson 9
Transition from informal to formal style	Lesson 10
A mild and roundabout way to refuse other people's request	Lesson 10

Appendix II: Index of grammatical points 語法點索引

Grammatical points	Lesson number
Experiential action "gwo" and existential questions "yáuh móuh"	Lesson 1
Verb-object compounds in a sentence	Lesson 1
Verb suffix "-háh"	Lesson 1
Particle "ga"	Lesson 1
Subordinate clauses "although…nevertheless"	Lesson 1
Simple directional compound with "làih" and "heui"	Lesson 2
Sentence patterns consisting of "dōu"	Lesson 2
"Dāk" as a potential construction	Lesson 2
The use of "sèhng"	Lesson 2
A simplified form of telling numbers	Lesson 2
Paired clause to form coordinate compound sentence	Lesson 3
Describing a situation or behavior which is changing all the time	Lesson 3
Final particle "gwa"	Lesson 3
Indicating "becomes more and more…"	Lesson 3
Resultative verbs (RV)- "dóu" and "fāan"	Lesson 3
Sentence particles "ā", "ge", "gé", "lō", "nē", and "gā ma"	Lesson 3
Final particles "ga la" or "ge la"	Lesson 4
Question particles "hó"	Lesson 4
Verbs with complex directional compound	Lesson 4
Similarity and dissimilarity	Lesson 4
Adverbs modifying the verb phrase	Lesson 4
Degrees of comparison	Lesson 4
Manner of action	Lesson 5

Grammatical points	Lesson number
Idioms of motion	Lesson 5
Infinite expressions	Lesson 5
Reason clause with "maih…lō"	Lesson 5
Describing a continuous activity or state without change	Lesson 5
"Sīnji" to mean "before", "after" or "then"	Lesson 6
"Sīnji" with verb suffixes"	Lesson 6
"Sīnji" to mean "not until"	Lesson 6
"Sīnji" to mean "only" or "only when"	Lesson 6
Causative and resultative constructions with "jíng" and "gáau"	Lesson 6
Indicating the source and nature of knowledge expressed in the sentence with "ā ma" particle	Lesson 7
Double sentence final particles meaning "only" or "that's all"	Lesson 7
Describing habits with "bātnāu"	Lesson 7
Giving force to a rhetorical question: m̀tūng…?	Lesson 7
VOV	Lesson 7
Rhetorical "bīndouh…?"	Lesson 8
Indicating warning, suggestion, or eagerness:ā làh	Lesson 8
"Béi" serving as "let" or "allow"	Lesson 8
Comparision of adjective: VO Vdāk Adj gwo	Lesson 8
The use of "mòuhleuhn"	Lesson 9
Elaborating ideas or reasons step by step: yātlàih…yihlàih	Lesson 9
The use of "m̀gwaaidāk"	Lesson 9
More resultative verbs (RV): "-màaih", "-sìhng", "jihngfāan", "gáaudihm"	Lesson 9
More patterns on "hóuchíh"	Lesson 9
Take advantage of (time, opportunity, etc): chan…	Lesson 10
Use of "béi" to form passive sentence	Lesson 10
For the sake or benefit of: waihjó	Lesson 10
Difference between "deui" and "heung"	Lesson 10

Appendix III: Lesson texts in Standard Written Chinese 課文（書面語版）

Lesson 1

1. David introduces the orientation activities to freshmen in a college. Karen is a new student.

大衛 （David）：	各位同學，大家好，歡迎參加大學舉辦的歡迎晚會。我是大衛，是今年負責為大學搞迎新活動的學生。我們大學每年開學都舉辦一些活動歡迎新同學，幫助大家認識校園，認識新朋友。 下星期五，我們有一個介紹香港美食的活動。相信平時大家讀書都很忙，在飯堂吃快餐，喝凍檸檬茶，下午喝汽水，吃雪糕，很少有機會體驗真正的廣東菜是什麼。對了，你們吃過廣東菜沒有啊？
嘉茵 （Karen）：	沒有啊，這個星期我每天在飯堂就吃西式套餐，早餐吃火腿蛋三明治。其實什麼是廣東菜啊？
大衛：	那你就要來參加我們的活動了。下個星期五晚上我們在沙田的酒樓訂了兩桌，又請了那裏的廚師教我們做些有名的廣東菜，好像咕嚕肉、翡翠炒蝦球、蒸石斑等等。那裏的伙記還會教大家用筷子，然後一起吃飯聊天。
嘉茵：	我沒去過沙田，請問那家酒樓在哪裏呀？
大衛：	七點鐘我們在大學火車站 A 出口前面集合，然後一起坐車。有興趣的同學請你們上大學的臉書報名。名額有限，先到先得。希望大家多多支持！謝謝大家！

2. Ken Introduces his office to a new colleague, David who is the first day working in the company on the first day.

小強 （Ken）：	早上好，我姓陳，這裏的同事都叫我小強，我是這裏的經理。
大衛 （David）：	早上好，陳經理。我叫大衛，今天第一天上班。很高興認識您。
小強：	大衛，你是不是美國人啊？
大衛：	我是美國華僑。
小強：	欸，你的廣東話挺好的。現在我介紹一下我們的辦公室。你會坐這個位子，電腦和電話已經可以用了。桌上有些資料，是給你的，都是一些介紹我們公司的資料。你座位旁邊有一台影印機和彩色打印機。如果你不會用，或者沒紙，就告訴我們的秘書王小姐，她會教你的了。廚房裏有飲水機和冰箱，你可以隨便用。休息室在茶水間對面，有時我們也會在休息室開會的。
大衛：	陳經理，請問洗手間在哪兒？
小強：	洗手間在後面往左轉，要密碼，密碼在這些資料裏面。平時有事想找我談就去我房間吧。我的房間就在前面。
大衛：	謝謝經理。
小強：	叫我小強吧。如果沒問題十點你就陪我去附近的餐廳見一個客。我們不要遲到，不要讓客人等我們。
大衛：	是的。

3. Ken shows a map to Karen and tells her something about the town they visited and its geographical location.

嘉茵：	小強，我們現在在哪兒啊？
小強：	你不知道我們現在在哪兒嗎？讓我先拿個手機出來。喏，看看，我們在這裏。左邊是圖書館，右邊是餐廳。往前一直走就是巴士站，我們可以在那裏坐巴士去火車站，然後轉火車，坐三站就可以回酒店了。不如我們先回酒店，放下行李再出去。酒店附近有很多餐廳，我們可以喝酒吃甜品。你餓嗎？待會兒我們也去嚐嚐好不好？

4. Karen introduces a city to her friend May in terms of weather, climate and transportation.

嘉茵：	讓我來介紹一下我住的城市吧。我住的城市有很多高樓大廈。雖然這裡人多車也多，不過交通挺方便，地鐵、巴士、小巴什麼都有。住在這裏，可以不用自己開車。我住的城市就在海邊，所以夏天不會太熱，冬天不會太冷。這裡不只有很多山，還有很多郊野公園，周末時，很多人會去行山。山上的風景很漂亮，又有山又有海。 我住的城市有很多有名的餐廳，除了中菜和西餐，還有很多好吃的日本菜、韓國菜、印度菜、泰國菜和越南菜可以選擇。如果你想試一下這裏的海鮮，你可以在這裏附近坐船去離島，那裏的魚又便宜又新鮮。等你有空，我帶你去離島玩吧。

Lesson 2

1. Mary is looking for a rental apartment through a property agent.

瑪麗（Mary）：	勞駕我想租個房子，在這兒附近的。可以推薦一下嗎？
經紀陳先生：	可以，請坐！我姓陳，怎麼稱呼小姐您呢？
瑪麗：	我姓王。
經紀陳先生：	王小姐，請問您想找一個人住的還是跟其他人合租呀？
瑪麗：	我打算自己一個人住，有自己的廚房和廁所。
經紀陳先生：	這區兩室一廳的租金在一萬四到一萬八之間呢。您的預算大概多少錢左右？
瑪麗：	哇，要一萬八這麼貴呀？有便宜些的嗎？
經紀陳先生：	有，但是只有一室一廳，廚房很小，廁所沒浴缸。業主叫價一萬二千，我可以幫您還價一萬一。

2. Kate is talking with a receptionist in a serviced apartment asking information about a rental room.

琪琪（Kate）：	勞駕，我想問一下這裏租房的價錢。
詢問處 接待員：	請問你多少人住呀？

琪琪：	我和朋友兩個人一起住。
詢問處 接待員：	兩個人不可以只租一個房間，要租一套。這裏有兩室和三室的套房，你們需要哪種？
琪琪：	我們住兩室的夠了。
詢問處 接待員：	兩室套房每月一萬七千元，包水費、管理費和煤氣費，電費另算。我們這裏最少租一個月，不過要付兩個月按金和預付一個月租金。
琪琪：	房子裏有些什麼設備嗎？
詢問處 接待員：	我們包所有的家具和電器，有冰箱、微波爐、抽油煙機、空調機、電視機、吸塵機、洗衣機和抽濕機。
琪琪：	上網呢？請問裏面有無線上網嗎？
詢問處 接待員：	我們的酒店式公寓每個房間都提供無線上網服務，月費是二百五十元，無限上網。
琪琪：	謝謝你，我們先考慮一下。
詢問處 接待員：	不客氣，這是我的名片，我叫 Joanne，這些是我們酒店的資料，有甚麼不清楚隨時打電話給我們吧。

3. Karen takes out a mobile phone and shows some pictures of her new home to Kate. Karen describes her home to Kate regarding its decoration and furniture.

琪琪（Kate）：	你的新家很漂亮呢！家具是新買的？
嘉茵(Karen)：	不是，我住的是酒店式公寓，包整個客廳的家具。不只有沙發、桌椅、衣櫃和櫥櫃，連電視機和空調機都不用自己買，真是很方便。
琪琪：	哇，這冰箱好大，連烤箱都有！
嘉茵：	烤箱？哦，這不是烤箱，是微波爐。其實我平時不做飯，微波爐最合適，我平時在超市買些點心，回去放在微波爐裏熱三分鐘就能吃，不用麻煩。
琪琪：	那，你家有多少個房間？
嘉茵：	兩個，一個是臥室，一個是書房。臥室不是很大，只可以放張牀，放張書桌和衣櫃。書房裏有一個書架，不過我的書不多，所以書房用來放雜物。
琪琪：	不錯呢！甚麼時候可以上去你家玩？
嘉茵：	無所謂，你有空就過來坐吧！不過記得多買些東西上來吃。

4. Ken introduces a housing estate and its facilities.

小強 (Ken)：	這個小區有二十棟樓，我住在第八座，超市、七十一、街市、體育館和圖書館都在附近。如果不想做飯，小區裏有很多快餐店，不只有麥當勞、美心、大家樂，還有酒樓、茶餐廳、咖啡店。如果不想吃中國菜，這裏也有韓國餐廳、越南餐廳和泰國餐廳。前面就是市政大樓了。地面一層是街市，超市在二樓，圖書館在三樓，體育館在四樓和五樓。不過這個小區沒有游泳池，想游泳就要坐車去沙田。麥當勞對面有巴士站和小巴站，平時上班，我都在那裏坐小巴去地鐵站。星期六下午不用上班，就去體育館玩兩個小時，做完運動就去地面的茶餐廳吃下午茶。那家茶餐廳的蛋撻和西多士很有名，菠蘿包也挺好吃，但是挺貴。一個蛋撻要八塊一個，叉燒意粉要四十塊一碟，凍奶茶也要十五塊一杯。所以我平時會去街市或者超市買菜，在家做飯便宜些。對了，超市隔壁還有幾家店鋪賣衣服、賣鞋子、賣化妝品，想買日用品也可以在那裡買。這個小區雖然有點舊，但是住在這兒還蠻方便的。

Lesson 3

1. Paul and May are having lunch in a Chinese restaurant. Paul is not feeling well and May suggests him trying traditional Chinese doctors.

保羅（Paul)：	怎麼了？你好像不是很舒服呢。
阿 May：	對呀，我明天想請假。
保羅：	不是吧，甚麼事？
阿 May：	是啊，耳朵好疼呢。
保羅：	啊？！你怎麼樣了？
阿 May：	疼得好像有點聾，是呀，我想我明天真上不了班。
保羅：	哦，那，你看病了沒有？
阿 May：	昨天去看了西醫。醫生給了我些藥吃，還給了些藥膏我擦這樣子。
保羅：	哦，那你到底是覺得怎樣？
阿 May：	現在還那樣唄，沒甚麼不同。
保羅：	沒甚麼不同……
阿 May：	唉……不知甚麼時候能好。

保羅：	對呀，不如這樣吧，你試試看中醫吧。
阿 May：	看中醫？中醫管用嗎？
保羅：	我前陣子看過，因為我肚子疼，西醫呢暫時是能解決問題的，不過如果你以後不想再這樣，我建議你還是看中醫好<u>些</u>。
阿 May：	但是呢，中醫那些東西我都不懂，他們總是說甚麼上火呀涼呀，還有看中醫要喝中藥的呢，嗷……
保羅：	哦，那些很簡單的，喝中藥呢是不用怕的，中醫通常會給些甜東西你吃，一邊喝藥，一邊吃甜的，那就沒問題了。
阿 May：	就是說喝中藥有糖吃？
保羅：	是呀，還有，你說中醫那<u>些</u>東西不明白？西醫也是一樣不明白。一會兒說喝酒好，一會兒說喝酒不好，其實都差不多嘛。
阿 May：	那在香港哪裡可以找到好的中醫？
保羅：	哦，這樣吧，不如你上網找找，因為現在有很多討論區對吧，有<u>些</u>人又會介紹一下哪個中醫好，價錢又怎樣。對，你自己上網查一查吧。
阿 May：	好啊，中醫師，他們有學位嗎？
保羅：	哎呀，當然有了，現在好多大學都有中醫讀的。
阿 May：	哦，那好吧，明天去試試吧。

2. Paul and May have just finished doing exercises in a fitness centre. Paul says that he wishes to get rid of acned on his face. May suggests him to take some herbal tea.

保羅：	啊……哇……長了顆暗瘡，好疼啊。
阿 May：	哇，真是呢，為甚麼你近來長一臉暗瘡？一定是上火了。
保羅：	不知道呢，大概前段時間晚睡吧。
阿 May：	那你不如喝涼茶試試。
保羅：	啊？！管用嗎？
阿 May：	當然管用，我一星期至少喝一次的。
保羅：	不是吧，一星期喝一次？
阿 May：	對呀。
保羅：	去哪裏喝啊？

阿 May：	你在街邊那些涼茶鋪不就有了。
保羅：	多少錢一碗？
阿 May：	很便宜的，唉⋯⋯你買個健康也值啊。
保羅：	但是你喝了會不會太涼？因為我聽說喝完之後會肚子疼呢。
阿 May：	通常女人是怕涼的，男人應該不怕。再說你這麼年輕。
保羅：	那是不是一定要去涼茶鋪？自己熬可以嗎？
阿 May：	要自己抓藥呢，還要慢慢熬，比較麻煩唄。
保羅：	是嗎？
阿 May：	是呀，還有千萬不要用金屬鍋，要用砂鍋。
保羅：	喂，但是喝涼茶是不是真行？
阿 May：	其實涼茶平時也可以喝的。如果你有一點點不舒服啊，喉嚨疼啊，都可以喝的。
保羅：	真這麼厲害？
阿 May：	真的很好，你先試試。你看廣東人喝涼茶，喝了幾百年，現在身體多健康。
保羅：	好吧，我先試試。

3. In a cafe, Kate suggests an outdoor activity to her friend Mandy.

雯雯 （Mandy）：	我來香港一年了，很多地方都沒去過，你幾時有空帶我出去玩玩？
琪琪（Kate）：	周末有時間嗎？我推薦你一起去西貢體驗一下滑翔傘吧。我其實也不會玩的，所以請了教練來教我們。這個星期六上午我的教練會去西貢練習，不如你也一起來？
雯雯：	好啊，我也沒玩過滑翔傘。帶我去呀！
琪琪：	不過在香港玩滑翔傘還蠻麻煩的。我們首先要在馬鞍山市中心坐巴士去馬鞍山郊野公園，然後開始行山。不只行山，還要背很多東西！我們每人要背二十五公斤的裝備，走大約四十五分鐘。教練會在山頂等我們，因為他也要教幾個學生。到了山頂，我們就可以上課了。我們會上兩小時左右。滑翔傘可以坐兩個人，教練會坐在你後面。 上完課，我哥哥姐姐他們會在郊野公園的燒烤場燒烤。中午我們一起燒烤吧。怎麼樣？星期六有時間一起去嗎？

雯雯：	好啊！

4. In a casual gathering, Bowie recommends a fitness club to his friend Ken.

阿寶 (Bowie)：	最近我胖了很多，肚子越來越大。怎麼辦？
小強(Ken)：	跟我一起做做運動減減肥吧！我平時一直都有去九龍一家健身中心做運動，教練們很好，地點又方便，就在油麻地地鐵站 A 出口出來右轉，走五分鐘就到了。健身中心有兩層，裏面甚麼都有，有跑步機、舉重機，還有室內高爾夫球場和游泳池。更衣室很大很舒服的，做完運動還可以桑拿浴。我運動完之後吃點東西，健身室有咖啡室和餐廳。在那裡吃完早餐剛好八點半，過海回到金鐘的辦公室還不到九點。
阿寶：	這麼好，會費貴不貴？
小強：	每個月才四百三十元，學生更便宜，收三百三十元。除了健身以外，還可以學瑜伽、跳舞和泰拳。你有時間可以上他們的臉書看看或者改天和我一起上去試試吧。

Lesson 4

1. Ken chats with Kate and Mandy at home and they comment on a movie.

琪琪（Kate）：	你家有好多 DVD 呢！
小強（Ken）	是嗎？都是以前買的了，現在很少買 DVD。
琪琪：	咦，我也有《鐵達尼號》呢，這部電影簡直是經典啊！
小強：	是啊，第一次去電影院看的時候邊看邊哭。現在再看也覺得很感動。
雯雯 (Mandy)：	你們在說什麼？甚麼「鐵」甚麼「號」啊？
小強：	你太年輕了，沒聽過「鐵達尼號」嗎？Titanic 呀！這部電影是真人真事改編的。「鐵達尼號」是一艘很大的船，那時是世界最大的船。1912 年第一次出發，但是沒想到在大西洋撞上冰山，然後船沒多久就沉了，最後死了好多人。
雯雯：	好看嗎？歷史那些東西可是很悶的呀。

琪琪：	不是講歷史，講的是兩個人的愛情故事。男主角還很帥呢。
小強：	是啊，Jack 和 Rose 其實是兩個世界的人。Jack 很窮，Rose 家裏很有錢。Rose 的家人想她和一個有錢人結婚，但是 Rose 覺得有錢人的世界很悶，不想跟那人結婚，所以她就想，不如在船上跳海自殺吧。就在這個時候，Jack 出來了，還救了 Rose.
雯雯：	啊？！然後怎樣？
琪琪：	鐵達尼號很大，窮人和有錢人坐的地方不同，Jack 帶 Rose 下去看看窮人在船上做些甚麼。Rose 看到窮人們雖然沒錢，但是在船上開開心心，人們一邊唱歌一邊跳舞。Rose 覺得有錢人沒有窮人開心。Jack 會畫畫，我很喜歡他為 Rose 畫的那幅畫。
小強：	沒穿衣服那幅？
雯雯：	哇！
琪琪：	其實他們那時穿的衣服真好看。我覺得現在的人穿衣服沒以前的人好看。
小強：	嗯。我最喜歡玩音樂那幾個人穿的衣服，真是很美。我記得
琪琪：	是啊，沉船那個鏡頭我最感動了。船上的救生艇不夠，但是很多男人都讓女孩子和老人家先走。雖然這樣，Rose 沒走，她決定回去跟 Jack 見面。天氣太冷，後來 Jack 在海裏凍死了。但是他死前對 Rose 説，叫她千萬不要放棄。
雯雯：	這個故事我有點印象，我聽另一個朋友講過。
小強：	很值得看的！你有興趣的話，我借 DVD 給你。
雯雯：	好，謝謝你們為我介紹這部電影。

2. Paul chats with Karen in their company and comments on a film director during the lunch break.

嘉茵 (Karen)：	啊，你有沒有聽説過一個叫吳宇森的導演？
保羅(Paul)：	John Woo？當然聽説過。
嘉茵：	是嗎。
保羅：	有啊，怎麼了？
嘉茵：	沒怎麼，你覺得他拍那些電影怎樣？我還挺喜歡他的，你呢？
保羅：	他拍的電影在香港都很有名。你看過《英雄本色》嗎？

嘉茵：	當然看過啦。
保羅：	《喋血雙雄》，有沒有？
嘉茵：	也聽過啦。
保羅：	《Face/Off》呢？
嘉茵：	哇，我最愛這部了。
保羅：	你是不是總是見到一些鏡頭，好像周潤發那些，很帥氣地出場那個，然後有些白鴿飛出來的？
嘉茵：	簡直是經典啊。
保羅：	吳宇森的拍攝手法啊，挺特別的，好像是「定格」，然後「慢鏡」，以前的電影雖然也有，但是他的拍攝手法，以我所知，應該是第一個這麼做。
嘉茵：	真的？
保羅：	好像是。對了，我還想說一點他的故事給你聽啊。以前有人採訪過他，吳宇森說，荷里活的那些人早就想找他拍戲，但是因為他那時的英文不是很好，又怕外國人騙他，所以外國人問他甚麼，他都說「no、no、no」。有一次有個荷里活導演想找他幫忙，吳宇森就說「no、no、no」，拒絕了一個合作機會。
嘉茵：	啊！？
保羅：	他現在懂英文了，回想當時，其實人家很早以前就很想找他去美國。所以現在有甚麼機會都不會放棄。
嘉茵：	以前真是浪費了很多機會啊。
保羅：	對呀，但是他現在這些片子越來越少了。
嘉茵：	香港其實還有很多很厲害的導演。如果你有興趣，下次有空約出來邊喝咖啡邊聊吧！
保羅：	好啊好啊，就這麼定了。

3. Mrs. Chu wants to know how to get to the airport from Tsim Sha Tsui. She goes to ask her husband.

朱太：	阿朱嗎？要從尖沙咀去機場，該怎麼去呀？
阿朱：	啊，你會在哪兒？是不是從我家，就是尖沙咀那裏出發？
朱太：	當然了。

阿朱：	哦，好。如果是這樣的話呢，其實我們從這裏去很方便。我們在尖沙咀那裏坐回去柯士甸站，然後柯士甸站 Boy 出口，一出去就可以上九龍站，九龍站那裏就有條機場快線，那裏就可以去到機場啦。
朱太：	啊？就是怎麼走來著？那個甚麼……甚麼啊？
阿朱：	不是，不就那兒嗎，B 出口那裏，然後就會有電梯上去的。然後經過一座天橋，經過圓方商場，然後圓方商場裏頭就是九龍站了嘛。唔，但是如果你覺得麻煩的話呢，也可以在科學館坐車。你知道哪是科學館嗎？
朱太：	當然知道啊。
阿朱：	科學館那兒有輛巴士，是 A21，四十分鐘可以去到機場，還蠻快的。
朱太：	要等多久一班？
阿朱：	我想十到十五分鐘吧，不會很久的。
朱太：	那要坐多久啊？
阿朱：	坐機鐵快很多，半小時就到，但是如果坐巴士不堵車，也就一小時十五分鐘左右吧。
朱太：	是吧？
阿朱：	是啊。
朱太：	那就是你覺得我應該坐巴士好些？
阿朱：	如果你覺得佢機鐵站很麻煩，那當然是坐巴士啦。
朱太：	也是。
阿朱：	你是不是很趕時間？還要看你甚麼時間出發。如果你打算半夜出發，那你就……
朱太：	半夜出發就要你送我啦。
阿朱：	如果那種時間的話就要打的了。
朱太：	我打算下午去，我想不用打的。
阿朱：	那你去科學館那裏坐巴士吧。
朱太：	嗯……好吧。

4. Mary shares her travelling experience with Ken. She shows him how to take a flight to Boracay, Philippines

瑪麗 （Mary）：	放假去哪玩？
小強(Ken)：	嗯，聖誕節能請一個星期假的。
瑪麗 （Mary）：	不如去享受陽光海灘吧。
小強：	好啊，最近這裏有點冷，去些熱的地方也不錯。
瑪麗：	欸，我去年去過那個 Boracay，長灘島啊。
小強：	哦。
瑪麗：	那裏還挺好的，不如試試。
小強：	甚麼東西？泰國的？
瑪麗：	不是，菲律賓呀。
小強：	哦。
瑪麗：	很有名的，你沒聽過嗎？
小強：	不好意思，我沒去過菲律賓。
瑪麗：	還挺好玩的，不過去的過程就比較麻煩啦。
小強：	唔，怎麼去呀？
瑪麗：	你從香港出發對不？
小強：	是啊。
瑪麗：	你呢就要從香港坐飛機去馬尼拉。
小強：	哦。
瑪麗：	在馬尼拉再轉機去長灘島。
小強：	這麼複雜，沒有直航機嗎？
瑪麗：	沒有的。那是個很遠的地方。
小強：	哦。
瑪麗：	那你轉機以後呢，下了飛機還沒到的。
小強：	嗯。

瑪麗：	還要坐巴士。
小強：	哇。
瑪麗：	我記得是，哇，坐了幾個小時的巴士呢。
小強：	嗯。
瑪麗：	你不暈車吧？
小強：	我還可以，但我可不知和我一起去那些人怎麼樣。
瑪麗：	是啊，因為我們那次去呢，有人暈車，然後呢，我們那天上午開始坐車，然後去到那裏呢，去到的時候其實已經晚上了。還沒到酒店的，酒店會找隻船，在碼頭接你回去，就這樣。
小強：	哇，這麼麻煩。
瑪麗：	值得呢。
小強：	十幾個小時，能去美國了。
瑪麗：	那不同的，你坐飛機去美國，如果是直航機。坐十幾個小時都不可以休息，對吧？你去到菲律賓的機場，可以去下洗手間啊，吃吃東西啊，玩玩電話啊。
小強：	那也是。唉，有甚麼可幹的，去一整個星期呢。
瑪麗：	不就在酒店吃東西唄，去沙灘游泳，去購物這樣子，你可以玩滑翔傘啊。
小強：	唔，好像挺好玩的，就這麼決定了。
瑪麗：	你不用先問問太太嗎？
小強：	啊……太太。好，我回去先問問。

Lesson 5

1. Paul and May are sitting in a coffee shop sharing their views on traveling. May explains why she never joins tour group.

保羅：	喂，你是剛去完歐洲嗎？
阿 May：	是啊，很好玩。
保羅：	哦，去了哪個國家啊？
阿 May：	哦，去了好多啊，歐洲幾個國家吧，奧地利啦，德國啦，然後去法國和英國。

保羅：	哇，去了那麼多國家？
阿 May：	是呀。
保羅：	啊，對了，說起來，你好像沒跟團吧？
阿 May：	對呀，跟團有甚麼好玩的？
保羅：	你不知道，我和爸爸媽媽去，肯定跟團好些。
阿 May：	那也是，不過如果自己去或者又喜歡走路，加上懂英文，我覺得不用跟團了。
保羅：	我剛去完北京回來。去北京的時候，和爸媽一起去，他們走得很慢，所以用了蠻多時間坐車。最後去完回來後我就想，哎，不如還是跟團好些。
阿 May：	嗯，歐洲其實坐火車還很方便的，那些國家又不是很大，路程又不遠，你隨時買張票，哪個城市都能去到。還有我的行李也不是很多。
保羅：	哦，那就好些。
阿 May：	是呀，可以坐火車和巴士
保羅：	對了，你背著行李走來走去很麻煩吧，是不是？
阿 May：	那就不要拉拉箱唄，背背囊就不麻煩了，走得很輕鬆。還有我覺得跟團很多限制，因為那些行程已經全定好了。
保羅：	對呀對呀。
阿 May：	有些地方可能你不喜歡，可能他會帶你去購物啊，可能……
保羅：	那你可以不買嘛。
阿 May：	很浪費時間的嘛，我如果只想在一個地方多呆些時間，多拍些照片，他又催我走，我就……
保羅：	但是跟團怎麼講都安全些，因為你去到那個地方，的士司機會騙你呢
阿 May：	唉，這些事情是沒法子的了，我想這個世界還是好人多。
保羅：	不是啦，我剛剛去北京的時候 %
阿 May：	被騙一下就當幫幫他們唄。
保羅：	我本來想去天安門，但是那個司機說：「這個，今天不開啊」，然後他就說不如拉我們到一個胡同去，所以後來我們就想，他這麼想帶我們去，多半是騙人的。
阿 May：	你如果聰明些呢，就知道那人想騙你，不就坐另一輛車唄。
保羅：	這也是個很有趣的體驗。

2. Two colleagues are chatting about their holiday plans. May prefers to stay at home but her colleague likes to go overseas.

同事：	喂，阿 May，正巧見到你，想問問你，聖誕節快到了，有沒有打算和老公去哪裏？
阿 May：	沒呢，這麼多活兒，能去哪兒？
同事：	啊？！這麼難得放假，不去旅行嗎？
阿 May：	我不會去，你會？
同事：	我會的呀，哇，每年一有假期，當然馬上想和老婆去旅行啦。
阿 May：	得了，想兩個人休息休息，留在香港也行啊，去甚麼旅行！
同事：	哇，香港肯定不行啦，人車都那麼多，有甚麼好去的，又沒好東西吃。去旅行就不同了，你看，近的去台北，又有夜市又有些地道小吃；遠的可以去東京、首爾看看雪。
阿 May：	哪有那麼多錢？
同事：	能花多少？你在香港兩個人吃個自助餐都要六百多，你多花一點點，已經可以去一次台北、東京啦。去下其他城市不好嗎？在香港你説能去哪？
阿 May：	那香港舒舒服服的不好嗎？去旅行又要趕時間，飛來飛去，我覺得好辛苦呢。
同事：	看你去幾天吧，譬如説你放一星期假，你可以去五天旅行，兩天留在香港休息，是不？但是如果你整個星期都留在香港，你説你能去哪？還不是去下長洲、大嶼山、西貢、南丫島。現在，到處都是人，擠來擠去，最後哪兒都不要去，留在家睡覺最好。
阿 May：	沒錯，我就是想在家，在家開著電腦喝杯酒，多好。現在上網這麼方便，有空上網看個電影更開心。
同事：	喝酒也要看在哪，是不是？
阿 May：	我沒你這麼浪漫，你和老婆真是……
同事：	你看，可以一邊看雪，一邊喝酒，看小猴子滾來滾去，不好嗎？旅行最重要的是可以輕鬆一下。你去到之後，可以瘋瘋癲癲，你去到一個國家，沒人認識你，是不是？你在香港，會不會在街上「哇」那樣瘋的？
阿 May：	你平時喝完啤酒後就瘋瘋癲癲了吧。

同事：	就近去下旅行蠻好的，是吧？現在去旅行，便宜的有，貴的也有。如果不想太貴，可以去東南亞，有錢有時間的時候，可以飛到歐洲不同的地方，好多東西看呢。
阿 May：	老實說，我真沒那麼多錢，你先推薦個好的，要便宜的。
同事：	唉，我正想著去雲南香格里拉，你有沒有興趣？
阿 May：	我也有些興趣呢，我媽也說想去。
同事：	咦，真的？不如你問問你媽媽，我也問問我老婆。如果大家時間合適，就一起去吧。
阿 May：	好啊。
同事：	多些人去更開心。
阿 May：	好啊好啊。你上網找些資料，找找有沒有便宜的酒店，然後告訴我吧。
同事：	好，沒問題。

3. Paul tells us something about his recent life in Hong Kong

最近覺得有點上火，長了好多暗瘡，喉嚨有點不舒服，不知是不是因為太晚睡覺。我的同事告訴我，香港人平時會喝涼茶。喝涼茶和吃藥不一樣，有些人每天都喝。他們說涼茶喝得多，可以對健康好些。

我來了香港大約半年。剛過來時，我連尖沙咀在哪兒都不知道，後來去了中文大學學廣東話。現在同事們說我的中文越來越好，其實講得馬馬虎虎而已。平時我在公司多半講英文，不過因為認識了幾個愛玩的香港同事，有時下了班會一起打打球，吃吃飯，有時會聊聊家裏人的事。說起來，我現在一個人住，我的父母都在歐洲，所以有時我會上網和他們聊天。我爸爸年輕時是滑翔傘教練，媽媽是醫生。他們都沒來過香港。有時間的話，我想請他們來香港走走。他們都不年輕了，走路走不快，我想跟旅行團來香港好些吧？你們有甚麼看法？

Lesson 6

1. Mary and Lisa are roommates. Lisa reminds Mary the dress code for a job interview.

瑪麗 （Mary）：	麗莎，我明天要去面試一份工作，但是我還沒想好穿甚麼衣服，你有甚麼提議嗎？
麗莎(Lisa)：	咦，這麼好？可以去面試。先恭喜你了。你面試甚麼工作？

瑪麗：	研究助理而已。
麗莎：	研究助理？我想面試最重要是乾淨整齊。如果穿件外套，可能更好看。
瑪麗：	啊？！天氣這麼熱，還要穿外套？
麗莎：	你現在是去面試，不是約會。多穿件外套，人家會覺得你更斯文。
瑪麗：	唔……我先去衣櫃找找。
麗莎：	找到了嗎？
瑪麗：	啊，幸虧有一件兩年前的，希望合身吧。你説我穿甚麼衣服好看？
麗莎：	我覺得穿件襯衫，加一條半身裙，也不錯的。
瑪麗：	唔，襯衫我有幾件，我拿去看搭不搭。
麗莎：	襯衫這麼久沒穿，記得熨以下才穿。
瑪麗：	放心吧，我會的。
麗莎：	還有啊，千萬不要穿球鞋和牛仔褲去面試啊。
瑪麗：	行了行了。

2. Karen makes a phone call to her uncle who is living in Guangxi Province, China. She is about to visit him during the Lunar New Year. Her uncle reminds her not to travel by bus or train.

大伯：	（鈴聲）喂。
嘉茵 （Karen）：	喂，大伯嗎？
大伯：	哦，阿……
嘉茵：	我是嘉茵啊。
大伯：	啊……嘉茵，甚麼事啊？
嘉茵：	農曆新年想回鄉下看你們呢。
大伯：	哇，這麼好。好啊，甚麼時候來啊？
嘉茵：	是呀，多年不見了。我想可能大概年初四吧。
大伯：	年初四啊？不如早點，你初四才回來，這麼晚，不如早點吧？二十八就回吧，我們一起吃團年飯，好不？

嘉茵：	哦，那也好。但是我不知道怎麼坐車去廣西。
大伯：	唔，你以前來過了，不過那時你很小，可能不記得了。
嘉茵：	是啊是啊，不記得了。
大伯：	這樣呢，有幾個辦法。你想坐巴士，坐火車，還是坐飛機啊？
嘉茵：	唔……我還是想坐巴士。
大伯：	巴士嘛……
嘉茵：	因為可以看風景。
大伯：	坐巴士看風景？告訴你吧，你白天坐巴士經常堵車，很多人同時回鄉嘛。如果晚上坐呢，又有危險。聽新聞了嗎？很多司機晚上開車打瞌睡，結果交通意外。
嘉茵：	哇，這麼可怕，那我不坐巴士了。
大伯：	唔……那還有兩個選擇。
嘉茵：	那我坐火車好不好？
大伯：	火車啊？你知道的啦，我們家在玉林，是不是？那個，我們離火車站也不近，你坐火車呢，又要再轉車，所以有點不方便。坐飛機其實最好。
嘉茵：	坐飛機？那最近的機場在哪兒？
大伯：	最近的呢……就是南寧。我去南寧機場等你吧。
嘉茵：	哇，好啊好啊，大伯你人真好。
大伯：	說這些客氣話，真是的。
嘉茵：	真是太謝謝你呀，太麻煩你了。
大伯：	客氣甚麼。你們一家多少人過來？
嘉茵：	兩個大人，兩個小孩。
大伯：	兩個大人，兩個小孩……行，我剛買了輛新車，七人車。
嘉茵：	哇，你很有錢呢。
大伯：	哎呀，說這些，叫你男朋友一起回來，見見大伯，還有位子呢！就這麼定了，聽好了，坐飛機過來。
嘉茵：	是不是現在就要訂機票？
大伯：	當然，我現在都怕你訂不到了，快去訂啊。你現在上網訂，越早訂越好。
嘉茵：	哦，好吧，那我訂好機票就告訴你。

大伯：	其實呢，很簡單的，你用手機訂票就行了，是不是？
嘉茵：	也是。哇，大伯你真能幹。
大伯：	好啦，不說了，先這樣，記得早點回來。
嘉茵：	是的是的。再見。
大伯：	再見。

3. Kate was injured in a traffic accident. Today she has just come back and her colleague, May cares about her injury.

阿May：	咦，琪琪，回來了？咦，你的手怎麼了？
琪琪(Kate)：	嘿，前幾天下班，坐小巴，那個小巴司機開得很快，撞到前面的車，我又沒扣安全帶，後來弄得要送醫院。
阿May：	原來前陣子那個交通意外的新聞就是你啊？
琪琪：	是啊。
阿May：	那你現在怎樣？
琪琪：	現在要經常去（大學）保健處看病，不知幾時才能好呢，我想要多請幾天假了。
阿May：	醫生怎麼說？
琪琪：	醫生說我的右手骨裂了。
阿May：	那你現在記得不要洗那麼多手，還要忌口。
琪琪：	沒有啊，一個星期沒洗澡了。
阿May：	休息休息吧，不要太辛苦了。
琪琪：	現在右手有問題，你說多麻煩，吃不了東西，寫不了字。
阿May：	休息一下吧，這裏有甚麼要我們幫忙，就告訴我們吧。
琪琪：	哦，好吧，沒辦法啦。

4. Ken asks her colleague Mary about choosing the best gifts for a hospital patient.

小強（Ken）：	喂，瑪麗，有時間嗎？
瑪麗：	甚麼事？
小強：	跟你聊幾句。
瑪麗：	好啊。
小強：	沒甚麼，我有個朋友，最近住了院。
瑪麗：	哦，是嗎？
小強：	是呀。他因為交通意外受了傷，住了院，現在就住在瑪麗醫院。
瑪麗：	哦哦。
小強：	我打算下班後去看他，但是我是不是要帶點東西去？
瑪麗：	你想買水果給他嗎？
小強：	水果？也不知他愛吃甚麼。
瑪麗：	是嗎？
小強：	如果買蘋果，又不知他吃不吃。
瑪麗：	其實你可以去旺角花園街，買一個水果籃給你朋友。
小強：	哦。
瑪麗：	你可以跟小販說，想買個水果籃給住院的朋友。
小強：	要早點打電話給他們訂嗎？
瑪麗：	不用訂，等一會就行了。
小強：	那我試一下吧。
瑪麗：	唔。
小強：	除了水果籃以外，還有沒有其他東西可以買來送給朋友？
瑪麗：	還可以買湯啊，我覺得也可以的。
小強：	我不會煲湯呢。
瑪麗：	沒問題，現在有些店，比如鴻福堂那些，一包包已經弄好的。你去到可以挑你要的湯，然後可以叫他們幫你預先加熱。
小強：	哦。
瑪麗：	對呀，那……

小強：	還真方便。
瑪麗：	對呀對呀，加熱以後他會給你個杯子，去到醫院才打開湯包，湯還是熱的。
小強：	嗯。
瑪麗：	那就可以給你朋友喝了。
小強：	好，那我今天晚上先去試試。我去買東西了。太謝謝你了，再見。
瑪麗：	別客氣。

Lesson 7

1. Ken invites his classmate, Mary to join a class reunion party. Mary refuses to join.

小強(Ken)：	喂，聽說我們班正在約去蘭桂坊。
瑪麗 (Mary)：	啊是嗎？哎，有甚麼要慶祝呀？
小強：	嗯，好像說那個日本同學生日嘛。
瑪麗：	哦，是嗎。
小強：	是啊，他說想體驗一下香港的酒吧文化和日本有甚麼不同。
瑪麗：	挺好的。
小強：	那，一起去吧。
瑪麗：	一齊去？我們全班一齊去嗎？
小強：	大部分都去啦。
瑪麗：	大部分？但是他說了請誰了嗎？
小強：	啊？那我就不清楚了，不過，去了也無所謂吧。
瑪麗：	如果人家沒請你，你去了，就不好意思了。
小強：	不會的，是一個班的活動嘛，人人都可以參加的。
瑪麗：	是不是有人付錢？如果有人付錢，多了一個人參加，別人沒預備請你呢。
小強：	哦，這種情況，應該是大家分攤的。
瑪麗：	哦，那現在有哪些同學去？
小強：	都說了是大部分。去吧，別說那麼多了。

瑪麗：	嗯……其實有些同學，也不是很熟。
小強：	哦。
瑪麗：	沒甚麼可聊的。
小強：	哎呀，你去了自然就有話可聊了，「一回生，兩回熟」，去吧。
瑪麗：	你們應該是晚上去對吧？
小強：	難道白天去？是酒吧呀。
瑪麗：	酒吧開到很晚，我住在上水，我怕太晚。
小強：	這樣啊……
瑪麗：	真的挺晚的，到時沒車回家的。
小強：	香港有很多通宵車，不用擔心。
瑪麗：	通宵車？你說半小時一班那種？
小強：	是啊。
瑪麗：	可是我一個女孩子回家，好像不太安全呢。
小強：	那我叫那個男同學送你回家唄，他好像挺喜歡你。
瑪麗：	有沒搞錯！我跟他不是很熟的，不要麻煩人家啦。
小強：	那算了。對了，明天是不是還要考試啊？
瑪麗：	對呀對呀對呀。
小強：	哦，那算了，不如快點回家讀書。
瑪麗：	祝你們玩得開心。
小強：	好啦好啦，再見。

2. A girl asks a nurse in a public hospital to allow her to visit her cousin after visiting hours.

米雪：	護士護士……
護士：	甚麼事？有甚麼需要幫忙嗎？
米雪：	不好意思啊，我晚了下班，我想探望我表弟。
護士：	哦，但是不好意思，都過了探視時間了。

米雪：	因為我今天加班，所以晚了下班，現在才可以來看他。
護士：	我明白，不過我們有探視時間。病人這個時候都需要休息了。不如你明天早點來吧。
米雪：	不好意思啊，醫院的東西不是很對他的胃口，所以我帶了一點吃的給他。我可以放下東西或者進去喂他吃嗎？
護士：	放下東西是沒有問題。你放下東西在我這裏，我替你給他。你表弟叫甚麼名字？
米雪：	他叫陳保羅。
護士：	陳保羅……好，我們幫你把東西給他。
米雪：	那我可以進去跟他聊幾句嗎？
護士：	因為探視時間之後就是護士開始工作的時間，比如要為病人量體溫啊，給他們洗澡啊甚麼的。你進去的話會影響我們做事，也會影響病人。希望你明白。
米雪：	將就一次行嗎？我一向都是這個時間來看他的。
護士：	希望你明白，這樣我們會很難做。不如你明天早點來。
米雪：	這樣啊，好吧，那我放下東西，麻煩你替我給他吧。
護士：	沒問題，沒問題。請問病人幾號牀？
米雪：	三十四號。
護士：	哦，三十四號。哦，陳保羅先生。
米雪：	對。
護士：	那你是他哪位啊？我告訴他。
米雪：	我是他表姐。
護士：	好。
米雪：	謝謝，謝謝。
護士：	你明天早點來吧。

3.　Mr. Chan and Miss Shen did not know each other. Mr. Chan has found Miss Shen's bag and mobile phone. At the same time, Miss Shen dials her phone number to see if anyone has got her phone. Mr. Chan gives a response to the incoming call and he is about to return the belongings to Miss Shen.

陳生：	喂。
沈小姐：	喂喂，請問……是您撿到我的電話嗎？
陳生：	是呀。
沈小姐：	真是太好了，那個電話是我的。
陳生：	不如我找個地方還給你。
沈小姐：	先生你太好了。
陳生：	別這麼說。
沈小姐：	不見了電話，比不見了信用卡還慘啊。
陳生：	是啊，現在不見了電話真是很麻煩。我們先約個地方吧。這樣，一會兒我會在中文大學的士站下車，不如我在那裏等你？
沈小姐：	哦，好啊，半小時後行嗎？
陳生：	行，半小時後在大學火車站前邊的的士站前等。
沈小姐：	好，大學火車站，一會見。
陳生：	一會見，好。
	******
沈小姐：	請問你是陳先生嗎？
陳生：	是呀是呀。
沈小姐：	是呀，我是沈小姐。
陳生：	沈小姐。給，你的包和電話。
沈小姐：	哎呀，下次一定要小心了，這次真是謝謝你了。
陳生：	哦，別這麼說，其實我也丟過東西。因為包裹有很多重要的東西，身份證啊，卡啊，丟了一樣都很麻煩。

沈小姐：	對呀對呀，我這次也是丟了錢包跟護照、身份證甚麼的全丟了。
陳生：	不過其實小姐我想跟你說，丟了這些還是小事，你拍的照片，全在手機裏面。你也知道，現在所有珍貴的回憶，都在手機裏面，你所有的回憶都沒有了，那些是找不回來的。
沈小姐：	可不是嗎，以後真的要做備份。
陳生：	是啊，所以你最好在手機裏有一個備份，電腦有一個，雲端又有一個，那就安全了。
沈小姐：	真是太感謝了先生，不耽誤你了，先這樣吧。
陳生：	我也不多說了，我走啦。
沈小姐：	這個紅包給你的。
陳生：	別別，別客氣，別客氣，我不收，你拿回去。沒問題的，這些事大家都明白。
沈小姐：	哦哦哦，那真是太謝謝先生了。不耽誤你了。
陳生：	好，好，再見。
沈小姐：	再見。

4. A man drops by his cousin's office. He wants to thank her for helping him find a job and he gets the job successfully.

表姐：	怎麼了表弟？
表弟：	表姐，真是感謝你呀，現在找到好工作了。
表姐：	哇，那就好。你最終還是面試了中大的 TA 嗎？
表弟：	其實我面試了兩份工作，一份是中大的 TA，一份是城大的研究助理。
表姐：	哦。
表弟：	最後兩邊都要我，我就挑了中大這邊的。
表姐：	是吧，我都說你沒挑錯，因為表姐也是在中大工作的嘛，這裏風景又好。諾，你以後有甚麼不懂得，可以問我。
表弟：	如果不是你教我寫那份簡歷，我真是不太會寫呀。
表姐：	哦，其實我也只是提了些意見。最重要的是你的那份簡歷寫得好好的。

表弟：	本來我打算甚麼都寫進去，原來還要有些技巧和包裝。
表姐：	那當然。
表弟：	不如改天我請你吃頓飯謝你？
表姐：	別這麼說，有空就約出來吃飯吧。誰請都無所謂啦。
表弟：	我們兩個都在中大做，不如在和聲，那邊聽説有個很漂亮的飯堂，上面有冰淇淋吃。
表姐：	呵，你對中大還挺熟的嘛。
表弟：	都找過資料了。好了，就這麼定了，再見。

Lesson 8

1. At the departure hall of airport, Michelle complains to the airlines for sudden flight cancellation.

米雪 （Michelle）：	先生，請問去東京那班飛機可以登機了嗎？
職員：	小姐，不好意思啊，這個航班我們剛剛取消了。
米雪：	啊？取消了？甚麼時候説的？
職員：	其實我們十五分鐘前剛廣播了。
米雪：	啊？為甚麼要取消呢？
職員：	因為……
米雪：	我們在這裏都等了那麼久了。
職員：	是呀，真是不好意思，我們呢……
米雪：	都入閘了呀。
職員：	是，我們也明白，真是抱歉。十五分鐘前剛宣佈了，因為天氣的關係，我們取消這次的航班。
米雪：	天氣的關係？我覺得你們沒説真話，香港的天氣這麼好，沒理由不能飛的。那……那你打算怎麼安排我們去東京？

職員：	小姐，真是對不起呀，雖然外面天氣很好，但是我們的航班要考慮不同城市的天氣，比如由香港去東京我們會經過不同的城市，所以我們也要看看不同地方的天氣，才決定我們航班的情況。
米雪：	我不管，你們要在明天中午之前把我送到東京，因為我在那裏已經訂了酒店，如果我取消，人家可能馬上把我上黑名單。
職員：	明白。
米雪：	你們怎麼負這個責任？
職員：	小姐，不好意思啊，我想我們都明白，每一位旅客都有他們的安排，但是我們真的不可以在一個不安全的情況下讓乘客登機。
米雪：	我在香港又沒家又沒親戚，那我今天晚上怎麼辦？你們可不可以負責？
職員：	沒問題的小姐，我跟經理先商量商量，然後我會盡快回覆你。
米雪：	你的意思是等多久呢？
職員：	小姐，要不十五分鐘後你再回來這裏，我再告訴你吧。
	（十五分鐘後）
職員：	小姐，我已經跟經理說過了。
米雪：	你們有甚麼安排？
職員：	對不起，我們不會為你安排住的地方，但是我們會送你一張五百元的現金券。歡迎下次再來享用我們的服務。
米雪：	那算了，下次不會再坐你們航空公司的飛機了。
職員：	小姐，真是對不起，這裏是五百元現金券，希望下次再見到你。再見。

2. In a hair salon, a customer complains about his haircut.

客人：	喂，老闆，要見的就是你，喂，我要跟你說件事。
髮型屋老闆：	是，甚麼事啊先生？
客人：	喂，上次我找你們阿 Ken 給我剪頭髮。
髮型屋老闆：	是。
客人：	喂，我說要做負離子直髮，你們說負離子可以保持一個月的。
髮型屋老闆：	對啊。

客人：	喂老大，我前後不到一個星期，又開始捲了。喂，你們搞甚麼鬼？
髮型屋老闆：	這個……
客人：	然後我跟阿 Ken 說，我叫他：「喂，給我弄好它！」他還說要收我錢，這些是你們的責任，對不對？
髮型屋老闆：	會不會有些誤會呢？
客人：	啊？有甚麼誤會？喂老大，我來這裏，我說要做負離子直髮，你們又說可以保持三四個月，喂，現在三四天就已經捲了。
髮型屋老闆：	可能是先生你的髮質問題，還有可能染髮的時間，都可能影響出來的效果呢。
客人：	啊？要些甚麼髮質？鐵線嗎？鐵線才會直嗎？
髮型屋老闆：	不是不是，或許我看看可否和我的同事了解一下，儘快回覆你？
客人：	現在想怎樣？喂，老大，我下個月要出去拍劇集／電影，現在髮型變成這樣，怎麼辦？我待會兒還要去和我的老闆會面，那怎麼樣？難道告訴他們，這個主角是這樣的嗎？老大，你也看到這個樣子，你都不會聘請我，對吧？
髮型屋老闆：	你不用如此緊張。
客人：	你快點跟我……
髮型屋老闆：	先生不用這麼緊張，不如這樣吧，如果你不介意，我替你先寫下聯絡資料，讓我和阿 Ken 溝通完之後，我們儘快回覆你，看看有哪些服務可以給你，例如頭髮護理服務。
客人：	不是，老實跟我說，要處理多久？喂，我真的沒有很多時間，你今天內可否回覆我？
髮型屋老闆：	我們會的，我們儘快，可能一至兩個小時，阿 Ken，他吃完飯後會回來。
客人：	是嗎？你不要再騙我。老大，我上次找阿 Ken 找了差唔多半天，他也未回覆我。
髮型屋老闆：	你放心吧先生，我們一定會儘快跟你處理好這件事的。
客人：	真的嗎？
髮型屋老闆：	是，是。
客人：	快點呀，待會兒回覆我。
髮型屋老闆：	不好意思，不好意思呀。

3. Over the phone, Lisa persuades her friend Karen not to go out tonight because of typhoon.

嘉茵 （Karen）：	喂，麗莎，今天晚上出來吃飯吧，我有好東西給你。
麗莎 （Lisa）：	有甚麼好東西給我呀？
嘉茵：	我快結婚了。
麗莎：	哇，恭喜恭喜，是不是上次那個對象？
嘉茵：	是呀，不就是你見過的那個。
麗莎：	恭喜恭喜，幾時擺酒席？
嘉茵：	今晚出來吃飯吧，我把請帖給你。
麗莎：	這個……但是今晚天文台好像説快掛八號風球了。
嘉茵：	是嗎？
麗莎：	是呀，你看新聞了嗎？
嘉茵：	哦，沒呢。好不容易才約出來。
麗莎：	改天會不會好些？
嘉茵：	改天？沒關係啦，明天也是八號風球，就是説明天不用上班，今晚先出來吃飯吧。
麗莎：	但是去哪吃啊？我覺得好像挺危險的，到時沒車回家，那可怎麼辦？
嘉茵：	那也是。這樣的話，我們以後再約。
麗莎：	是啊，等天氣好轉再約，我一定出來收你的請帖。
嘉茵：	好吧，再見。
麗莎：	再見。

4. A Mother persuades her son to stop playing so much to video game.

阿仔：	媽媽，我做完功課了，我想玩遊戲機。
媽媽：	又玩？你今天剛玩了兩個小時。
阿仔：	有甚麼，我讀書的時候你沒看到罷了。

媽媽：	小孩不要玩那麼多遊戲機，你看我們小時候，哪像你這樣整天玩遊戲機的？
阿仔：	哎呀，又說當年。你小時候，哪有遊戲機？現在，你看看，六歲都已經拿著機玩啦，老媽。
媽媽：	這，你就不對了。你看隔壁那個小孩，整天玩遊戲機，現在你看看，畢不了業，又找不到工作。你千萬不要像他那樣。
阿仔：	哎呀，老媽，你沒見我一邊玩一邊讀書嗎，也沒甚麼。
媽媽：	我說不行就不行。你那雙眼睛現在比以前差了很多，沒見你的眼鏡越來越厚了嗎？
阿仔：	行了媽媽，不用擔心，我讀書會比以前棒，玩遊戲機也比以前棒，兩樣都不誤，沒問題的。
媽媽：	你不聽我話是不是？等爸爸回來，收回你的電話。
阿仔：	啊？！不要啊。

Lesson 9

1. Ken asks her classmate, Mary, to compare the differences in function between iPhone and Android because he wants to buy a new phone.

小強(Ken)：	欸，瑪麗，我想換電話了，手機有點舊。
瑪麗 （Mary）：	哦，是嗎。
小強：	是，但我現在不知換甚麼好，聽說 iPhone 出了新機。
瑪麗：	哦，是 iPhone X 那些吧？
小強：	小強，是啊。可我沒用過 iPhone，我現在用的是安卓。
瑪麗：	哦，你怕用不慣？
小強：	是啊，你是不是兩種機都用過？
瑪麗：	對呀對呀，我以前用安卓，都用四五年了。
小強：	哦。
瑪麗：	我也是最近一兩年才用 iPhone 的。
小強：	哦。你說這兩種機，哪種好用些呢？

瑪麗：	我覺得 iPhone 好用些。
小強：	是嗎？
瑪麗：	是啊，以來照相漂亮些，而來呢，將來你把機賣出去，也可以賣多點錢。但是如果是安卓呢，通常用了幾年就不值錢了。
小強：	哦，難怪 iPhone 這麼貴。但是我沒用過，會不會很難用？
瑪麗：	這個⋯⋯我家裏有兩台 iPhone，我借一台給你，你先試試，看哪個好用。
小強：	我不會用呢。
瑪麗：	你不會？我教你怎麼用吧。最大的不同呢，就是它只用指紋認證才能開機。
小強：	哇。
瑪麗：	所以你說，是不是 iPhone 好用些呢？通常用過安卓機的人會說安卓好用些，一直用蘋果的人就會說 iPhone 好用些。
小強：	因為我有時看些文件是用安卓的。如果想寄給人，聽説用安卓容易些。如果用 iPhone 的話，你要安裝一些軟件，好像很麻煩。
瑪麗：	對呀對呀，這個就是用 iPhone 有時比較麻煩的地方，iPhone 它有很多應用程式都是它自己的，安卓機就方便很多。
小強：	你這麼說就慘了，我也不知哪個好些，好像安卓也好，iPhone 也好。那不如你借台機給我先試試。
瑪麗：	哦，哦，我先借給你試試，你看看用不用得慣？
小強：	好啊，謝謝。

2. Ken is curious about online purchase of clothes. He asks Mary to compare the difference between making purchase online and traditional shopping.

小強 (Ken)：	瑪麗，你在做甚麼？
瑪麗：	買衣服唄。
小強：	買衣服？啊？你用電腦上網可以買衣服？
瑪麗：	啊，是啊。你看，你看看模特穿的衣服。
小強：	哦。
瑪麗：	你可以看到它穿上去以後的效果，然後你看下邊。
小強：	嗯。

瑪麗：	下邊有幾個尺碼可以挑，就是比如衣服有多長啊，腰圍有多粗啊等等，還有它會有些模特試穿的報告呢。
小強：	哦。
瑪麗：	比如 ABCD 四個模特，她們有不同的身型。如果穿這件衣服，到底會不會太鬆？剛剛好？還是很緊呢？它都會全寫出來，很清楚的。
小強：	我沒在網上買過衣服，因為我很擔心尺寸和實物會很不同。
瑪麗：	哦……那要看那個網站允不允許買了以後，如果發現尺寸不對，讓你換另一個尺碼。
小強：	你有沒有買回來以後不對的情況？
瑪麗：	有啊。
小強：	那怎麼辦？
瑪麗：	那就上網告訴他們尺寸不對，然後店家很快就回覆我，叫我找快遞公司退貨。
小強：	那你退貨的時候也是要給錢的？還是他給？
瑪麗：	是他給的。
小強：	那要多久？
瑪麗：	時間挺長的……其實通常找快遞公司寄東西，一至兩天，有時兩至三天就行了。
小強：	這麼快？
瑪麗：	也就是香港以內。
小強：	咦，那跟去店鋪買衣服差不多啊。
瑪麗：	哦，其實也是的。還有如果去店鋪買衣服呢，有事你又怕銷售跟你說太多，弄得你不好意思不買。但是如果上網買衣服，就不怕這個情況，你都是自己上網看的。
小強：	那你擔心那些網站騙你嗎？比如付錢後說已經賣完了。
瑪麗：	那也不用太擔心，我上網買過很多次，他們都沒有這樣騙人的。
小強：	哦。
瑪麗：	是呀，但是上網買衣服也有不好，就是你不可以試穿。
小強：	瑪麗，你現在通常在網上買衣服，還是上街買？

瑪麗：	其實我兩樣都會的，不過上網買多一點。有時店鋪太擠，很難自由自在地去看。
小強：	有時間你教教我怎麼上網買衣服吧。
瑪麗：	哦，好啊，你有臉書嗎？
小強：	有啊。
瑪麗：	你可以上臉書，然後在那家公司登記，就可以買衣服了。
小強：	哇，真的很方便呢，讓我先試試。
瑪麗：	試試吧。

3. A son elaborates some important steps that his mother needs to know before buying a new vacuum cleaner.

媽媽：	喂，兒子。
阿仔：	是。
媽媽：	媽年紀大了，我想買台吸塵器，不用整天辛苦打掃。喂，但是你知道買哪款好？
阿仔：	媽，你做做運動挺好的，買吸塵器做甚麼？
媽媽：	哇，你跟媽説這種話！
阿仔：	那你想買甚麼吸塵器？
媽媽：	這個……那……
阿仔：	吸塵器有兩種，有的是比較傳統的，就是那些好像一大塊東西轉來轉去那種。現在呢，有些新款是直立式的。你先説説你想要哪種，不一樣的。
媽媽：	如果新款的用著舒服，肯定想要新的啦，不過你要教媽媽用。
阿仔：	我和嘉茵現在就用直立式的，直立式的比較省地方。
媽媽：	嗯。
阿仔：	還有現在新款的吸塵器多半要充電，好像電話那樣，充好電才能用。
媽媽：	啊？充電？要充多久？
阿仔：	很快的，充三四個小時左右吧，充一次已經可以用一個小時。
媽媽：	還有些甚麼我要注意的？
阿仔：	媽你用吸塵器是不是只吸塵？

媽媽：	是吧？
阿仔：	有些牌子的吸塵器不只可以吸塵，還可以吸水呢。
媽媽：	這麼麻煩，買普普通通那些夠了。
阿仔：	現在的吸塵器很簡單，最重要是選輕的。因為如果太重，怕你拿不動。
媽媽：	價錢貴嗎？
阿仔：	馬馬虎虎吧，我在電器店看過價錢，也就一千多一點一台，不用買太貴的。
媽媽：	哦，這樣啊，還挺經濟的，那好吧。
阿仔：	最重要你也先去看看，遲些你找我或者哥哥幫忙吧。
媽媽：	那好吧。

4. Inside a kitchen at home with her son, a mother describes how to make a simple dish using the leftovers in the refrigerator.

阿仔：	咦，媽，你在廚房做甚麼呢？
媽媽：	冰箱老剩些冷飯啊，菜啊，不要浪費，用來炒飯最合適。
阿仔：	炒飯？剩的東西還可以做飯嗎？
媽媽：	你看，冰箱裏剩了一點點蝦仁炒蛋，我們還有一點洋蔥啊雞蛋啊，芹菜還剩兩跟，蔥也剩幾根，這些東西都可以用來炒飯。
阿仔：	啊！？都扔進去就行了？
媽媽：	其實想做得好吃，有兩種東西，很要緊的，一個叫做咖喱醬，一個叫做咖喱粉，用這些東西做炒飯好吃些。剛才我放了些蔥，聞到香味了嗎？
阿仔：	聞到了。
媽媽：	開始聞到了呢。
阿仔：	嗯。
媽媽：	接下來你就放一點薑，放一點蒜頭，然後放兩隻雞蛋進去炒。我喜歡把雞蛋炒得沒熟就出鍋。不同人有不同炒法。炒完雞蛋，我就炒些洋蔥，然後放一勺咖喱醬，再放咖喱粉，放一勺左右，然後把冷飯放進去炒，這就可以了。看，剩的芫荽啊、芹菜啊、薄荷葉啊，無論甚麼香料，都可以放進去炒，再加一點油，然後把剛才的雞蛋放進去，最後加入昨晚那盤沒吃完的蝦仁炒蛋。
阿仔：	嗯。

媽媽：	蝦仁炒蛋要切成一粒一粒的，再加胡椒粉、鹽。諾，這就搞定了。
阿仔：	哇，真是又快又好看呢。
媽媽：	最重要的是不要浪費冰箱裏剩的東西。

Lesson 10

1. Mr. Chan, a spokesman in an airline company hosts a press conference and apologizes to passengers for delay of flights.

陳先生：	各位記者朋友大家好。今天，很歡迎大家來到我們新亞航空的記者招待會。在這個記者招待會上，我想跟大家交代一下事件的起因、事件的經過，和事件對乘客嘅影響，以及一些我們賠償的安排。我想在此向大家表示十分抱歉，因為當天我們影響了很多乘客本來的行程，加上農曆新年大家都有不同的假期安排。在這個時候發生了這樣的事件，我們感到十分遺憾。其實當天我們決定取消航班，是因為我們需要考慮天氣的情況和乘客的安全。在我們清楚了解天氣情況之前，我們沒辦法讓乘客上機。看見有些乘客的反應有點激動，於是我們出動了保安人員維持秩序。希望各位不要誤會，出動保安人員只是為了大家的安全，希望大家體諒。現在是發問時間。
記者：	陳先生。
陳先生：	是的，那一邊，是的。
記者：	當天你們取消航班後，為甚麼沒有為所有乘客安排酒店住宿呢？
陳先生：	呀。
記者：	陳先生，你還未交代航司的賠償安排。根據我們的資料所示，所有乘客都是乘搭晚上班機的。
陳先生：	的確，我們也明白當時已是晚上，大家都很不方便。當晚我們既為滯留機場的乘客安排晚餐，亦為他們提供了不少現金優惠，給大部分受影響的乘客。最後，再次向所有受影響的乘客致歉，謝謝大家。
記者：	陳先生，請留步。
陳先生：	不好意思。

2. Mr. Leung is the chairperson of the Hospital Authority. Some reporters interview him when he comes out of his office building. He takes this chance to apologize for the medical malpractice by a local hospital.

記者：	梁主席，梁主席，請問你對於黑客入侵醫院電腦系統有甚麼看法？
梁主席：	對於黑客入侵醫院的電腦系統，導致大量病人資料遺失一事，我們深感抱歉。我們知道不論病人還是病人家屬，都非常擔心事件會對醫院的服務造成影響。我在此代表醫管局藉這個機會向所有受事件影響的病人以及家屬致歉。
記者：	請問遺失了多少病人的資料？那些資料有否外洩？
梁主席：	我們認為現時並不適合公開受影響的病人人數。事件發生之後，我們已立刻報案，現在交由警方處理事件。
記者：	主席，請多答一個問題。
梁主席：	可以。
記者：	新界的醫院因為遭受黑客入侵，導致電腦故障，使不少手術因而延期。你認為醫管局有必要對此負責嗎？
梁主席：	事件已交由警方調查。我們將會提升所有醫院的電腦保安系統，確保不會再讓黑客入侵系統。我們非常重視是次事件，在此再一次代表醫管局向受影響的病人以及家屬致歉。

3. Paul tells us something about his recent life in Hong Kong

上星期四，我由香港乘飛機到北京參加會議，到香港機場時才知道北京下大雪，我的航班需要延期。既是如此也無辦法，我也不想在機場跑來跑去，就決定在找一家餐廳邊坐邊等候。一方面我還沒吃早餐，而且坐著等比較舒服。

等了不久，咦，我留意到以前一同上廣東話班的舊同學小強也在餐廳裏面。我走去跟他閒談，原來他跟我一樣，也是要到北京。

小強是德國人，現在是一家電器店的老闆。他跟我一樣，經常要到外地出差。一時到首爾，一時到高雄。這一陣子他也要到北京、深圳、馬尼拉等城市，甚至新年期間都不在香港，非常忙碌。

小強有一個兒子，今年十一歲。他說現今在香港上學很辛苦。他妻子比他更緊張，說希望兒子讀書越來越優秀，使他能夠入讀優質的學校。不過，小強說他的兒子經常打遊戲機，除此以外甚麼事也不做。無論如何教訓他，兒子總是不肯聽從，所以小強多少有點擔心。

我也跟小強說了一下自己的工作。我在一家電腦公司上班，客人大多來自歐洲國家。那些客人不時在網上找我們幫忙。我不時要在深夜回覆電郵。雖然，工作時間頗長，但我跟小強說，香港的同事們對我很好。他們甚至說我從北京回來之後，要為我慶祝生日。對了，下個星期就是我三十二歲生日了。不知道女朋友會買甚麼禮物送給我呢？

我和小強聊了很久，最後我們在餐廳坐了四個多小時。因為乘飛機到北京的乘客數目很多，很多人受到影響。不過，下午時北京的天氣改善了不少，雖然航班誤點了很長時間，但我們在下午三時半總算上到飛機了，可以啟程了。小強雖然沒有坐在我旁邊的位子，但現在手機通訊這樣方便，我們在北京那幾天也見了兩次面。香港真的小得很，到哪裏都可以遇到舊朋友。

Appendix IV: Vocabulary Index 詞彙總表

Yale Romanization	Word	Part of speech	English	Lesson number
A-A-jai	AA 制	PH	split the bill; go Dutch	Les. 7
A-Bóu	阿寶	PN	Bowie	Les. 3
A-Mēi	阿 May	PN	May	Les. 3
āak	呃	V	deceive; cheat	Les. 4
aai	嗌	V	bid; ask price	Les. 2
āamāam	啱啱	Adv	just now; just recently; just a moment ago	Les. 8
aan	晏	Adj	late in the day	Les. 7
āamjeuk	啱着	Adj	fit-to-body	Les. 6
āamāamhóu	啱啱好	Adj	just fit; just right	Les. 3
āam	啱	Adj	suitable; correct; right; suit somebody	Les. 7
Āujāu	歐洲	PW	Europe	Les. 5
bāan	班	M	a measure word for number of flights, or number of runs of buses, boats, trains, MTR, etc.	Les. 4
baahkgáap/gaap	白鴿	N	pigeon	Les. 4
baahngūngsāt	辦公室	N/PW	office	Les. 3
baahngūngsāt	辦公室	N/PW	office	Les. 1
Baatdaahttūng (M:jēung)	八達通 （M：張）	N	Octopus Card	Les. 9
baathouh fūng kàuh	八號風球	N	No. 8 signal (the wind speed range is 63-117km/h)	Les. 8

Yale Romanization	Word	Part of speech	English	Lesson number
bāau	包	V	include	Les. 2
bāaujōng	包裝	N/V	packaging; exterior by the looks; pack; wrap	Les. 7
Bākgīng	北京	N/PW	Beijing	Les. 5
bāsíjaahm	巴士站	PW	bus stop	Les. 1
bātnāu	不嬲	Adv	always (habit); from the past till the present	Les. 7
bātyùh	不如	Adv	it would be better to; it might as well	Les. 7
bātyùh gám lā, néih siháh táiháh Jūngyī lā.	不如噉啦，你試吓睇吓中醫啦。	PH	I have one suggesetion. Let's try to consult practitioner of traditional Chinese medicine.	Les. 3
behngyàhn	病人	N	patient; sick person	Les. 7
béi	俾	V	allow	Les. 8
béigaau	比較	V/Adv	compare; contrast comparatively; relatively	Les. 9
bīk	逼	V/Adj	jostle; push; squeeze; crowded	Les. 5
bin	變	V	become different; change; change into; become	Les. 4
bīnjúng	邊種	QW	which kind; which type	Les. 2
bīngsāan	冰山	N	iceberg	Les. 4
bíudái	表弟	N	younger male cousin (the son of one's father's sister or of one's mother's brother or sister, who is younger than oneself)	Les. 7
bíugō	表哥	N	older male cousin (the son of one's father's sister or of one's mother's brother or sister, who is older than oneself)	Les. 7

Yale Romanization	Word	Part of speech	English	Lesson number
bíujé	表姐	N	older female cousin (the daughter of one's father's sister or of one's mother's brother or sister, who is older than oneself)	Les. 7
bíusih	表示	V/N	express; convey to; expression; indication	Les. 10
bōhàaih	波鞋	N	sneakers	Les. 6
bohk	薄	Adj	thin	Les. 8
bohkhòhyihp	薄荷葉	N	peppermint	Les. 9
bōlòhbāau	菠蘿包	N	sweet bun; "pineapple bun"	Les. 2
bóu'ōn yàhnyùhn	保安人員	N	security guard	Les. 10
bougíng	報警	VO	report (an incident) to the police	Les. 10
bougou (M:fahn)	報告 （M：份）	N/V	report	Les. 9
Bóulòh	保羅	PN	Paul	Les. 3
bōutōng	煲湯	VO	cook soup; made soup by simmering for a long time	Les. 6
bungo jūngtàuh yātbāan	半個鐘頭一班	PH	depart on every half hour	Les. 7
bunjihtkwàhn	半截裙	N	skirt	Les. 6
cháam	慘	Adj	miserable; tragic; wretched; pitiful	Les. 7
chādihn	叉電	VO	charge (a battery)	Les. 9
chàh chāantēng	茶餐廳	N/PW	Literal meaning is "tea restaurant". It serves fast food from Hong Kong cuisine and Hong Kong-style Western cuisine.	Les. 2
chàh yeuhkgōu	搽藥膏	VO	apply ointment	Les. 3
chàhséuigāan	茶水間	N/PW	pantry	Les. 1

Yale Romanization	Word	Part of speech	English	Lesson number
chàhmsyùhn	沉船	VO	the boat sinks	Les. 4
chan	襯	V	match (clothes, couple, colour)	Les. 6
chan nīgo gēiwuih	趁呢個機會	PH	take advantage of this occasion; seize the chance	Les. 10
chānchīk	親戚	N	relative (family relation)	Les. 8
chāsīu yifán	叉燒意粉	N	barbecued pork with spaghetti in soup	Les. 2
chāusāpgēi	抽濕機	N	dehumidifier	Les. 2
chāuyàuhyīngēi (M: bouh; ga)	抽油煙機 (M：部； 架)	N	range hood; kitchen exhaust hood	Les. 2
chéng	請	V	employ; hire (a lawyer, etc.), recruit, appoint to a position	Les. 8
chéngga	請假	VO	request leave of absence	Les. 3
chéngyám	請飲	VO	invite to a wedding or banquet	Les. 8
(chéng)típ	(請) 帖	N	invitation card	Les. 8
chèuhng	長	N/Adj	length; long	Les. 9
Chèuhngjāu	長洲	PW	Cheung Chau Island	Les. 5
Chèuhngtāandóu	長灘島	PW	Boracay	Les. 4
chēui	催	V	urge; hurry; press	Les. 5
chèuihsìh	隨時	Adv	at any time	Les. 5
chéuisīu	取消	V	cancel; call off	Les. 8
cheunggō	唱歌	VO	sing (a song)	Les. 4
chēut	出	V	produce; turn out	Les. 9
chēutchèuhng	出場	VO	come on the stage; appear on the scene	Les. 4
chēutduhng	出動	V	set out; send out	Les. 10
chēutfaat	出發	V	depart; set off	Les. 4

Yale Romanization	Word	Part of speech	English	Lesson number
chēutgāai	出街	VO	go out (to town, shopping, etc.)	Les. 1
chēutháu	出口	N	exit	Les. 1
chíjūng	始終	Adv	from beginning to end; after all	Les. 5
chīnkèih	千祈	Adv	have to; must; need; be sure to	Les. 3
chìhn(gó)páai/pàaih	前（嗰）排	TW	previously	Les. 3
chìhnhauh	前後	TW	from beginning to end	Les. 8
chīngchó	清楚	Adj/V	clear; understand thoroughly	Les. 9
chìhngfong	情況	N	circumstances; situation	Les. 7
chit	切	V	cut; mince; slice	Les. 9
chitbeih	設備	N	equipment; installation; facilities	Les. 2
chīukāp síhchèuhng	超級市場	N/PW	supermarket	Les. 2
chòhng	牀 / 床	N	bed	Les. 2
chóisīk dáyangēi	彩色打印機	N	colour printer	Les. 1
chōu	粗	N/Adj	thickness or thick (for cylindrical objects); big (waistline)	Les. 9
chúhng	重	Adj	heavy (weight)	Les. 9
chūkdaih gūngsī	速遞公司	N	courier; express delivery	Les. 9
chūng	蔥	N	scallion; green onion	Les. 9
chūnglèuhng	沖涼	VO	take a shower	Les. 6
chūngmìhng	聰明	Adj	clever; intelligent; bright	Les. 5
chyùhgwaih	櫥櫃	N	cupboard	Les. 2
chyúhléih	處理	V	handle; process; deal with	Les. 10
chyùhn-	全 -	Att	whole or entire	Les. 2
chyùhntúng	傳統	Adj/N	traditional/ a tradition	Les. 9
chyùhsī	廚師	N	chef	Les. 1
daahntāat	蛋撻	N	egg tart	Les. 2

Yale Romanization	Word	Part of speech	English	Lesson number
daai	帶	V	take; bring; carry	Les. 7
daaihbouhfahn	大部分	N	the majority; the greater part; in large part	Les. 7
daaihdīn daaihfai	大癲大沸	PH	to act in a crazy and uninhibited manner	Les. 5
Daaihgālohk	大家樂	N/PW	Cafe De Coral, a famous local fast food shop established in 1968.	Les. 2
daaihhohk	大學	N/PW	college	Les. 1
(Daaihhohk) Bóugihnchyu	（大學）保健處	PN	University Health Centre	Les. 6
Daaihsāiyèuhng	大西洋	N	the Atlantic Ocean	Les. 4
Daaihwaih	大衞	PN	David	Les. 1
Daaihyùhsāan	大嶼山	PW	Lantau Island	Les. 5
dāamsām	擔心	V/Adj	worry; feel anxious; uneasy	Les. 9
dāanwái	單位	N	flat, unit	Les. 2
daap	答	V	answer	Les. 10
dágēi	打機	VO	play video games	Les. 8
dáhōi	打開	RVE	open; take off	Les. 6
daihyaht	第日	TW	next time; in the future; later	Les. 7
daihyāt sìhgaan	第一時間	PH	in the first moments; immediately (after an event)	Les. 10
dāk	得	Adv	only; alone	Les. 2
dāk	得	Adv	only; alone	Les. 2
dāk yàhn gēng	得人驚	Adj	frightening; scary; shocking; terrifying	Les. 6
Dākgwok	德國	PW	Germany	Les. 5
dám	揼	V	throw	Les. 9

Yale Romanization	Word	Part of speech	English	Lesson number
dang	櫈	N	chair; stool or bench	Les. 2
dānggei	登記	V/N	register; registration	Les. 9
dásou	打掃	VO	sweep	Les. 9
dehng gēipiu	訂機票	VO	book air ticket	Les. 6
deihdím	地點	PW	place; site	Les. 3
deihdouh síusihk	地道小食	N	local and genuine snacks	Les. 5
deui	對	CV	with regard to; concerning; to	Les. 4
deuiyū	對於	CV	with regard to; concerning	Les. 10
deuijeuhng	對象	N	target, boy or girlfriend	Les. 8
dī gwāt litjó	啲骨裂咗	PH	fractures cause a crack in the bone	Les. 6
dihn fai	電費	N	electricity bill	Les. 2
dihnggaak	定格	N	stop motion (filmmaking)	Les. 4
dihnhei	電器	N	electrical appliance	Les. 2
dihnheipóu	電器舖	PW/N	electronic store	Les. 9
dihnnóuh	電腦	N	computer	Les. 1
dihnnóuh gujeung	電腦故障	PH	computer malfunction or breakdown	Les. 10
dihnnóuh haihtúng	電腦系統	N	computer system	Les. 10
dihntāi	電梯	N	escalator	Les. 4
dihnwá	電話	N	telephone	Les. 1
Dihphyut sēunghùhng	喋血雙雄	PN	A Hong Kong movie "The Killer" in 1989	Les. 4
dīksí sīgēi	的士司機	N	taxi driver	Les. 5
dím chīngfū néih a?	點稱呼你呀？	PH	How should I address you?	Les. 2
dīng	叮	V	heat up food in a microwave	Les. 2

Yale Romanization	Word	Part of speech	English	Lesson number
diuhchàh	調查	V/N	investigate; inquiry; survey; investigation	Les. 10
doihbíu	代表	V/N	represent; representative	Les. 10
doihfāan	袋返	RVE	take back (and put it into pocket or bag or wallet)	Les. 7
dong	當	V	treat as; regard as; take for	Les. 5
dōngyaht	當日	TW	on that day	Les. 10
dōsou	多數	Adv	for the most part; mostly	Les. 3
-dóu	-度	Adv	approximately; about	Les. 2
dousìh	到時	Adv	at that (future) time; when the time comes by	Les. 7
douhyín	導演	N	film director	Les. 4
Dūnggīng	東京	N/PW	Tokyo	Les. 8
Dūngnàahm'a	東南亞	N/PW	South-east Asia	Les. 5
dūngtīn	冬天	N	winter	Les. 1
faahntòhng	飯堂	PW	canteen	Les. 1
faaichāandim	快餐店	PW	fast food shop	Les. 2
faaijí	筷子	N	chopsticks	Les. 1
fāan hēunghá	返鄉下	VO	return to one's home village	Les. 6
fāangūng	返工	VO	go to work; start work; be on duty	Les. 1
fáanying	反應	V/N	response; reaction	Les. 10
faatjāt	髮質	N	hair nature or texture	Les. 8
faatmahn (ge) sìhgaan	發問（嘅）時間	N	Q/A session	Les. 10
faatsāng	發生	V	happen; occur; take place; break out	Les. 10
faatyìhng'ūk lóuhbáan	髮型屋老闆	N	owner of a hair salon	Les. 8
fajōngbán	化粧品	N	cosmetics; makeup product	Les. 2

Yale Romanization	Word	Part of speech	English	Lesson number
Fāyùhn Gāai	花園街	PW	Fa Yuen Street at Mong Kok, a street where stalls with fresh fruits and vegetables intermingle with the clothing and other items.	Les. 6
fèih	肥	Adj	fat	Les. 3
Fēileuhtbān	菲律賓	PW	Philippines	Les. 4
fēisèuhng	非常	Adv	extraordinary; unusual	Les. 10
fógei	伙計	N	waiter; waitress	Les. 1
Fōhohkgún	科學館	PW	Science Museum	Les. 4
fong	放	V	put; place; lay	Les. 2
fóng	房	N/PW	room	Les. 1
fōngbihn	方便	Adj/V	convenient; to make things easy	Les. 2
fongdāi	放低	RVE	put something down; let go with something	Les. 7
fongga	放假	VO	have a holiday or vacation; have a day off	Les. 4
fonghei	放棄	V	give up	Les. 4
fóngmahn	訪問	V/N	interview; call on; visit	Les. 4
fongsām	放心	V	rest assured; set one's mind at rest; be at ease; feel relieved	Les. 6
fúchàh/ lèuhngchàh	苦茶 / 涼茶	N	Chinese herbal tea	Les. 3
fuhlèihjí jihkfaat	負離子直髮	PH	straight perm; thermal reconditioning	Les. 8
fūk	覆	V	reply; give a reply	Les. 8
fún	款	N/M	style; design; pattern; classifier for versions or models (of a product)	Les. 9
fūnyìhng	歡迎	V/ Adj	welcome; welcoming	Les. 1
gā	加	V	add; put in	Les. 8
gāaibīn	街邊	PW	street side	Les. 3

Yale Romanization	Word	Part of speech	English	Lesson number
gaaiháu	戒口	VO	abstain from certain food while sick	Les. 6
gáaikyut	解決	V	solve; resolve	Les. 3
gāaisíh	街市	N/PW	food market; wet market	Les. 2
gaaiyi	介意	V	take offence; mind	Les. 8
gaaklèih	隔籬	PW	next to	Les. 1
gáan	揀	V	choose; select	Les. 1
gáandāan	簡單	Adj	simple, not complicated	Les. 3
gáanjihk	簡直	Adv	simply; at all	Les. 4
gáau	搞	V	organize	Les. 1
gáaudihm	搞掂	RV	done; finish or settle something; fix	Les. 9
gāaudoih	交代	V	explain; make clear	Les. 10
gáaudou	搞到	RVE	end up (from any actions); lead to; bring about; result in	Les. 6
gaaulihn	教練	N	sports coach	Les. 3
gāautūng yingoih (M: jūng)	交通意外 （M：宗）	N	traffic accident	Les. 6
gāauyéh gūngyún	郊野公園	N/PW	country park	Les. 1
gachìhn	價錢	N	price	Les. 2
gahnpáai/ gahnpàaih/ jeuigahn	近排 / 最近	TW	recently; lately	Les. 3
gāidáan (M:jek)	雞蛋 （M：隻）	N	(hen's) egg	Les. 9
gaijuhk	繼續	V	continue; go on	Les. 4
galēifán (M: gāng)	咖喱粉 （M：羹）	N	curry powder (a spoon of)	Les. 9
galēijeung (M:jēun)	咖喱醬 （M：樽）	N	curry thick sauce (a bottle or a glass of)	Les. 9

Yale Romanization	Word	Part of speech	English	Lesson number
gámduhng	感動	Adj	heart-moving; heartening	Les. 4
Gāmjūng	金鐘	PW	Admiralty, Hong Kong	Les. 3
gāmsuhk bōu	金屬煲	N	metal pot or pan	Les. 3
gán	緊	Adj	tight	Les. 9
gān (léuihhàhng) tyùhn	跟（旅行）團	VO	travel with tour group	Les. 5
gāngeui	根據	CV/ N	according to; based on; basis; grounds; foundation	Les. 10
gánjēung	緊張	Adj	nervous; stressed; tense	Les. 8
gānjyuh	跟住	Adv	and then; and after; next	Les. 4
gányiu	緊要	Adj	important; essential; urgent	Les. 6
gāséuhng	加上	Adv	moreover; in addition; on top of that	Les. 10
gāsī	傢俬	N	furniture	Les. 2
gāsuhk	家屬	N	family members (formal); family dependents	Les. 10
Gāyān	嘉茵	PN	Karen	Les. 1
gāyiht	加熱	V	heat	Les. 6
gaugíng	究竟	Adv	(used in questions to press for an exact answer) after all; anyway; actually; exactly	Les. 9
gausāngtéhng	救生艇	N	lifeboat	Les. 4
Gēichèuhng Faaisin	機場快線	PN	Airport Express	Les. 4
geihháau	技巧	N	skill; technique	Les. 7
geijé	記者	N	journalist; reporter	Les. 10
geijé jīudoihwúi	記者招待會	N	press conference	Les. 10
gēiwuih	機會	N	chance; opportunity	Les. 4
gēng	驚	V/Adj	worry; feel anxious; scared; frightened	Les. 6

Yale Romanization	Word	Part of speech	English	Lesson number
gengtàuh	鏡頭	N	shot; scene; camera lens	Les. 4
géuibaahn	舉辦	V	run, hold, conduct	Les. 1
géuichúhnggēi	舉重機	N	Smith machine	Les. 3
gēung (M:gauh)	薑 (M：嚿)	N	ginger	Les. 9
gihnhōng	健康	N/Adj	health; healthy	Les. 3
gihnsān jūngsām/ gihnsānsāt	健身中心 / 健身室	N/PW	fitness centre; gymnasium	Les. 3
gīkduhng	激動	Adj	stir up emotions; moved emotionally	Les. 10
gīngdín	經典	Adj/N	classic; classical; classics	Les. 4
gíngfōng	警方	N	police (formal)	Les. 10
gīnggéi	經紀	N	broker, agent, middleman	Les. 2
gīnggwo	經過	V/N	go through; pass; process; course	Les. 8
gīngjai	經濟	Adj/N	economical; economy; economics	Les. 9
gīngléih	經理	N	manager	Les. 1
gingūng	見工	VO	interview for a job	Les. 6
gitfān	結婚	V	marry; get married	Les. 4
góibin	改變	V/ N	change; alter; transform	Les. 3
gón sìhgaan	趕時間	PH	in a hurry	Les. 4
góng daaihwah	講大話	VO	tell a lie	Les. 8
góng hōi yauh góng	講開又講	PH	since we are on the topic	Les. 5
góng nīdī	講呢啲	PH	no big deal; don't mention it	Les. 6
góngdī gám ge yéh	講啲噉嘅嘢	PH	don't mention it	Les. 6
gōnjehng	乾淨	Adj	clean	Les. 6
gōulàuh daaihhah	高樓大廈	N	high-rise building	Les. 1
guhk sōnglàh	焗桑拿	VO	have a sauna	Les. 3

Yale Romanization	Word	Part of speech	English	Lesson number
guhklòuh	焗爐	N	oven	Les. 2
gūnggān	公斤	N	kilogram (kg); kilo	Les. 3
gūnghéi	恭喜	V/N	congratulate; congratulations	Les. 6
gūngsī	公司	N/PW	company; office	Les. 1
gúnléihfai	管理費	N	management fee	Les. 2
gusih	故事	N	story	Les. 4
gwa	掛	V	hoist (typhoon signal)	Les. 8
gwaan	慣	V	get used to; accustomed to	Les. 9
gwóngbo	廣播	V/N	broadcast; broadcasting	Les. 8
Gwóngsāi	廣西	PW	Guangxi, a province in China next to Guangdong (Canton)	Les. 6
hàahng(louh)	行（路）	V(O)	walk	Les. 5
hàahngsāan	行山	VO	hiking	Les. 1
hàaih	鞋	N	shoes	Les. 2
haak mē hei ā	客咩氣吖	PH	(casual) no formalities	Les. 6
haak(yàhn)	客（人）	N	client; customer	Les. 1
haam	喊	V	cry; weep	Les. 4
hāan	慳	V/Adj	save; economize; cut down on	Les. 9
haauhgwó	效果	N	effect; result	Les. 8
haauhyùhn	校園	N	campus	Les. 1
háauleuih	考慮	V	consider; think over	Les. 2
hàhngchìhng	行程	N	route; itinerary	Les. 5
hahnghchàh	下午茶	N	afternoon tea	Les. 2
hàhngléih	行李	N	luggage; baggage	Les. 5
hahpjōu	合租	N/V	shared accommodation	Les. 2
haih gám sīn	係噉先	PH	that's all for now	Les. 6

Yale Romanization	Word	Part of speech	English	Lesson number
haih maih sīn?	係咪先	PH	isn't it?	Les. 5
hāk mìhngdāan	黑名單	N	blacklist	Les. 8
hākhaak yahpchām	黑客入侵	PH	invasion of hackers	Les. 10
hāp ngáahnfan	瞌眼瞓	VO	doze off; nod	Les. 6
háuh	厚	Adj	thick	Les. 8
hàuhlùhngtung	喉嚨痛	N	sore throat	Les. 3
hauhsāang	後生	Adj/N	young, young generation, youth	Les. 3
hāyàhn cháaudáan	蝦仁炒蛋	N	shelled fresh shrimps with eggs	Les. 9
héijōu	起租	VO	start of renting period	Les. 2
hēimohng	希望	V/N	hope; wish; expect	Les. 6
Hēimohng daaihgā dōdō jīchìh	希望大家多多支持	PH	Your support is greatly appreciated.	Les. 1
héiyān	起因	N	cause; a factor (leading to an effect)	Les. 10
heiyún	戲院	N	cinema	Les. 4
hēng	輕	Adj	light (weight)	Les. 9
heung	向	CV	towards; in the direction of	Les. 10
Hēunggaakléihlāai	香格里拉	PW	Shangri-La	Les. 5
Hēunggóng Tīnmàhntòih/ Tīnmàhntòih	香港天文台 / 天文台	PN	Hong Kong Observatory	Les. 8
hēunglíu	香料	N	Spice	Les. 9
héungsauhháh yèuhnggwōng yúh hóitāan.	享受吓陽光與海灘	PH	enjoy the sunshine and beach	Les. 4
héungyuhng	享用	V	enjoy the use of	Les. 8
hingcheui	興趣	N	interest (desire to know about something)	Les. 1
hingjūk	慶祝	V	celebrate	Les. 7
Hòhléihwuht	荷里活	PW	Hollywood	Les. 4

Yale Romanization	Word	Part of speech	English	Lesson number
(hòhn)lèuhng	（寒）涼	Adj	Chinese medicinal term; refer to things which are cold and unhealthy for one's body	Les. 3
hòhngbāan	航班	N	scheduled flight; flight number	Les. 8
hòhnghūng gūngsī	航空公司	N	airline company	Les. 8
hōihohk	開學	VO/TW	semester begins; beginning of a semester	Les. 1
hōi ōutī	開 OT	VO	work overtime; work an extra shift	Les. 7
hōiwúi	開會	VO	have a meeting or conference	Les. 1
hónàhng	可能	Adv	perhaps; maybe; likely	Les. 5
Hóu gōuhing yihngsīk néih.	好高興認識你	PH	Nice to meet you.	Les. 1
hóufāan	好返	RV	recover from illness	Les. 3
hóuyuhng	好用	Adj	handy; easy to use	Les. 9
Hùhngfūktòhng	鴻福堂	PN	Hung Fook Tong, a famous retailer of Chinese herbal products in Hong Kong.	Les. 6
jaahmsìh	暫時	Adj/Adv	temporary; temporarily; for the time being; for the moment	Les. 3
jaahphahp	集合	V	gather; assemble; call together	Les. 1
jaahpmaht	雜物	N	junk; various bits and bots; items of no value	Les. 2
jāchē	揸車	VO	drive (a car)	Les. 1
jān	真	Adj	true; real; genuine	Les. 9
jāngwai ge wùihyīk	珍貴嘅回憶	PH	valuable/precious memory	Les. 7
jānjing	真正	Adj	real; authentic; genuine	Les. 1
jāpyeuhk	執藥	VO	get a prescription; get Chinese medicine	Les. 3

Yale Romanization	Word	Part of speech	English	Lesson number
Jāu Yeuhn-faat	周潤發	PN	Chow Yun Fat	Les. 4
jáubā	酒吧	N	bar; pub	Les. 7
jáudimsīk gūngyuh/ jáudimsīk jyuhjáak	酒店式公寓 / 酒店式住宅	N/PW	serviced apartment	Les. 2
jāuwàih	周圍	Adv	surroundings; everywhere; all over the place	Les. 5
je	借	V	lend; borrow	Les. 4
jeuigahn/ gahnpáai/ gahnpàaih	最近 / 近排	TW	recently; lately	Les. 3
jeuk lāu/ jeuk ngoihtou	着褸 / 着外套	VO	wear overcoat or jacket	Les. 6
jeuksāam	着衫	VO	wear clothes	Les. 4
jēungjauh	將就	V	tolerate; accept (a bit reluctantly); make the best of it; make do with it	Les. 7
jēunglòih	將來	TW	future	Les. 9
jí	紙	N	paper	Les. 1
jihip/ douhhip	致歉 / 道歉	V	apologize; express regret	Les. 10
jihsaat	自殺	V	commit suicide; take one's own life	Les. 4
jihyàuh jihjoih	自由自在	Adv	leisurely and carefree; free and unrestrained	Les. 9
jihyìhn	自然	Adj/Adv/N	natural; naturally; nature	Les. 7
jihkchín	值錢	Adj	costly; valuable	Les. 9
jihkdāk	值得	Adj/V	worth; deserve	Les. 4
jihkhòhng(gēi)	直航（機）	N	direct flight	Les. 4
jihklaahpsīk	直立式	N	vertical style	Les. 9
jihngfāan	剩返	RV	left (over); remain	Les. 9
jihnghaih	淨係	Adv	just; merely; only	Les. 1

Yale Romanization	Word	Part of speech	English	Lesson number
jīkhāk	即刻	Adv	at once; immediately; instantly	Les. 5
jīkhaih	即係	Adv	same as; exactly as; equivalent to; "which means" or "which is to say"	Les. 3
jīlíu	資料	N	information	Les. 1
jīlíu ngoihsit	資料外洩	PH	information leak	Les. 10
jímàhn yihngjing	指紋認證	N	fingerprint authentication	Les. 9
jín tàuhfaat	剪頭髮	VO	get a hair cut	Les. 8
jíngchàih	整齊	Adj	tidy	Les. 6
jiugu	照顧	V	give consideration; care for	Les. 8
johngdóu	撞倒	RVE	bump into; bump against	Les. 4
joi (yāt)chi	再（一）次	PH	once more; once again	Les. 10
jōngbeih	裝備	N	equipment	Les. 3
jōu	租	V	rent, hire	Les. 2
jóuchāan	早餐	N	breakfast	Les. 1
juhngsih	重視	V	attach importance to; think highly of; take something seriously	Les. 10
Jūngyī	中醫	N	practitioner of traditional Chinese medicine; Chinese doctor	Les. 3
jyúgok	主角	N	leading role; lead	Les. 4
jyújihk	主席	N	chairperson	Les. 10
jyun gēi	轉機	VO	change planes	Les. 4
kāatpín	卡片	N	(business) card	Les. 2
kàhnchoi	芹菜	N	celery	Lcs. 9
kāpchàhngēi	吸塵機	N	vacuum cleaner	Les. 9
kāpchàhn	吸塵	VO	suck up dirt/dust	Les. 9

Yale Romanization	Word	Part of speech	English	Lesson number
kāpchàhngēi	吸塵機	N	vacuum cleaner	Les. 2
kāpséui	吸水	VO	absorb water	Les. 9
kau ōnchyùhndáai	扣安全帶	VO	fasten seat belt	Les. 6
kāutūng	溝通	V	communicate	Les. 8
Kèihkéi	琪琪	PN	Kate	Les. 2
kèihsaht	其實	Adv	actually; in fact; really	Les. 1
kéuihjyuhtjó go hahpjok gēiwuih la	拒絕咗個合作機會嘑	PH	refused a good chance of cooperation	Les. 4
kīng	傾	V	talk; chat; discuss	Les. 8
kùhng	窮	Adj	poor; poverty-stricken	Les. 4
kyutdihng	決定	V/N	decide; determine; make up one's mind; decision	Les. 4
kyutdím	缺點	N	shortcoming; defect; weakness; drawback	Les. 9
Làahn Gwai Fōng	蘭桂坊	PW	Lan Kwai Fong, one of Hong Kong's most popular nightlife hot spots and home to over 90 restaurants and bars.	Les. 7
láahng faahn	冷飯	N	leftover rice	Les. 9
láahngheigēi	冷氣機	N	air conditioner	Les. 2
làh/ nàh	嗱	P	an interjection serves to seek the addressee's attention; "there!"; "you see"	Les. 3
Laihsā	麗莎	PN	Lisa	Les. 6
laihsih	利是	N	red packet	Les. 7
Lèihdóu	離島	PW	outlying island(s)	Les. 1
léihlihkbíu	履歷表	N	curriculum vitae (CV); resume	Les. 7
lēk	叻	Adj	excellent; smart; capable	Les. 1
lèuhngchàhpóu	涼茶舖	N/PW	herbal tea shop	Les. 3

Yale Romanization	Word	Part of speech	English	Lesson number
léuihhaak	旅客	N	traveler; passenger; guest	Les. 8
lihksí	歷史	N/Adj	history; historical	Les. 4
lihnjaahp	練習	V/N	practise; exercise; drill	Les. 3
líuhgáai	了解	V	find out; acquaint oneself with; comprehend; realize	Les. 8
lohk	落	V	drop; put	Les. 9
lohkgēi	落機	VO	disembark a plane	Les. 4
lohngmaahn	浪漫	Adj	romantic	Les. 5
lójyuh	攞住	RVE	hold firmly	Les. 8
louhchìhng	路程	N	distance travelled; journey	Les. 5
lóuhgūng	老公	N	(informal) husband	Les. 5
lóuhlóuh sahtsaht	老老實實	Adv	reduplication of adjective "lóuhsaht" in the form of "AABB"; honestly; conscientiously; frankly	Les. 5
lóuhpòh	老婆	N	(informal) wife	Les. 5
lóuhsai	老細	N	boss	Les. 8
lóuhyàhngā	老人家	N	a respectful form of address to an old person; a polite term for old woman or man	Les. 4
lùhnglúngdéi	聾聾哋	Adj	deafish; rather hard of hearing	Les. 3
lūklàihlūkheui	碌嚟碌去	PH	roll back and forth	Les. 9
lyūn	鬈	Adj	curly	Les. 8
máahnchāan	晚餐	N	supper; dinner	Les. 10
maahngeng	慢鏡	N	slowmotion (filmmaking)	Les. 4
maahnmáan bōu	慢慢煲	PH	cook slowly with a pot over a low flame	Les. 3
máahnwúi	晚會	N	evening party	Les. 1

Yale Romanization	Word	Part of speech	English	Lesson number
máaihfēi	買飛	VO	buy tickets	Les. 5
Máh'ōnsāan	馬鞍山	PW	Ma On Shan	Les. 3
Máhlaih	瑪麗	PN	Mary	Les. 2
Máhlaih Yīyún	瑪麗醫院	PW	Queen Mary Hospital	Les. 6
máhlāujái	馬騮仔	N	"little monkey" (affectionate term for children, subordinates)	Les. 5
màhmádéi lā	麻麻哋啦	PH	so-so; not so bad but not so good	Les. 9
Máhnèihlāai	馬尼拉	PW	Manila	Les. 4
Màhn m̀màhndóu hēungmeih a?	聞唔聞到香味呀？	PH	Can you smell the fragrance?	Les. 9
màhnfa	文化	N	culture	Les. 7
màhngín (M:fahn)	文件（M：份）	N	document (s)	Les. 9
Màhnmán	雯雯	PN	Mandy	Les. 3
mahtmáh	密碼	N	password	Les. 1
mē	孭	V	carry on the back or shoulders	Les. 3
mē buinòhng	孭背囊	VO	carry knapsack on the back	Les. 5
meih suhk	未熟	PH	not cooked; unripe	Les. 9
mèihbōlòuh	微波爐	N	microwave oven	Les. 2
méihsihk	美食	N	gourmet	Les. 1
Máihsyut	米雪	PN	Michelle	Les. 8
Mēsih a?	咩事呀？	PH	What's the matter?	Les. 6
m̀ginjó	唔見咗	PH	something is gone; missing	Les. 10
m̀gwaaidāk	唔怪得	PH	no wonder; it's little wonder that	Les. 9
m̀hóu gám góng	唔好噉講	PH	you are welcome	Les. 7
m̀hóu jáujyuh	唔好走住	PH	stay longer, don't go	Les. 10

Yale Romanization	Word	Part of speech	English	Lesson number
m̀hóu yisi	唔好意思	PH	feel apologetic; excuse me; I'm sorry	Les. 7
m̀tūng	唔通	Adv	(used to give force to a rhetorical question) don't tell me…/ could it be that…/ how can we...?	Les. 7
m̀tùhng ge yàhn yáuh m̀tùhng ge cháaufaat	唔同嘅人有唔同嘅炒法	PH	different people has different ways to stir-fry	Les. 9
mìhng'áak yáuhhaahn	名額有限	PH	limited quota	Les. 1
m̀jó néih sìhgaan la	唔阻你（時間）嘑	PH	I don't want to bother you any more.	Les. 7
móuh baahnfaat	冇辦法	PH	there is no way	Les. 5
móuh léihyàuh	冇理由	PH	no reason; does not make sense; unreasonable	Les. 8
mòuhhaahn	無限	Adv	unlimited	Les. 2
móuh (māt) sówaih	冇（乜）所謂	PH	doesn't matter; indifferent	Les. 7
muhn	悶	Adj	bored; boring	Les. 4
muhngséung	夢想	N/V	wishful thinking; dream of	Les. 4
mùihhei fai	煤氣費	N	gas bill	Les. 2
Nàahm-ā-dóu	南丫島	PW	Lamma Island	Les. 5
Nàahmnìhng	南寧	PW	Nanning, the capital city of Guangxi Province, China	Les. 6
nàahndāk	難得	Adj	hard to come by; rare	Les. 5
néihdeih gáau māt gwái yéh a háidouh?	你哋搞乜鬼嘢呀喺度？	PH	What's going on? What the heck are you doing?	Les. 8
(ng)aai	嗌	V	bid; ask price	Les. 2
(ng)āam	啱	Adj	suitable; correct; right; suit somebody	Les. 7
(ng)āamjeuk	啱着	Adj	fit-to-body	Les. 6

Yale Romanization	Word	Part of speech	English	Lesson number
(ng)āam(ng)āam	啱啱	Adv	just now; just recently; just a moment ago	Les. 8
(ng)āam(ng)āamhóu	啱啱好	Adj	just fit; just right	Les. 3
(ng)aan	晏	Adj	late in the day	Les. 7
ngáahn	眼	N	eyes	Les. 8
ngáahngéng	眼鏡	N	eyeglasses	Les. 8
ngáh bōu	瓦煲	N	clay pot	Les. 3
ngàhnbāau	銀包	N	wallet	Les. 7
ngàihhím	危險	Adj/N	dangerous; danger	Les. 6
ngàuhjáifu	牛仔褲	N	jeans	Les. 6
Ngh Yúh-sām	吳宇森	PN	John Woo	Les. 4
nghwuih	誤會	N/V	misunderstanding; misunderstand	Les. 8
ngóh m̀léih a	我唔理呀	PH	No matter what; I don't care	Les. 8
ngóh wúih jeuhnfaai wùihfūk néih	我會儘快回覆你	PH	I will return to you as soon as possible; I will give you a reply as soon as possible	Les. 8
Nīchēut/nītou dihnyíng haih jān yàhn jān sih góipīn ge.	呢齣 / 呢套電影係真人真事改編嘅。	PH	This film is a story of real people and real events; this film is based on a true story.	Les. 4
nìhn chō sei	年初四	TW	the 4th day of the Lunar New Year	Les. 6
nìhn yahbaat	年廿八	TW	the 28th day of the final month in the lunar calendar	Les. 6
nìhngéi daaih	年紀大	PH	at an old age	Les. 9
oichìhng	愛情	N	love	Les. 4
ōnchyùhn	安全	Adj/N	safe; secure; safety	Les. 5
ongām	按金	N	deposit (money)	Les. 2
ōnjōng	安裝	V/N	install; fix; set up	Les. 9

Yale Romanization	Word	Part of speech	English	Lesson number
ōnpàaih	安排	N/V	arrange (matters); arrangements; plan in detail; plans	Les. 8
Ōsihdīn jaahm	柯士甸站	PW	Austin Road station, MTR	Les. 4
Oudeihleih	奧地利	PW	Austria	Les. 5
pa	怕	V/Adj	fear; dread; be afraid of	Les. 4
pàaihjí	牌子	N	brand name	Les. 9
paakhei	拍戲	VO	make a film; shoot a scene	Les. 4
paaksip sáufaat	拍攝手法	N	skill of shooting (a film or picture)	Les. 4
paaktō	拍拖	VO	date; lover's walk	Les. 6
páaubouhgēi	跑步機	N	treadmill	Les. 3
pèhng yáuh pèhng heui, gwai yáuh gwai heui.	平有平去，貴有貴去。	IE	fancy or simple according to somebody's budget	Les. 5
peiyùh(wah)	譬如（話）	PH	for example; for instance	Les. 5
pouhfēi	普飛	N	buffet	Les. 5
póuhhip	抱歉	V	feel apologetic; regret, sorry (formal)	Les. 8
póupóutūngtūng	普普通通	PH	reduplication of adjective "póutūng" in the form "AABB" which means ordinary; mediocre; nothing special	Les. 9
pùihsèuhng	賠償	V/N	compensate (or pay) for a loss; compensation or reparations	Les. 10
sāai	嘥	V	waste; miss	Les. 4
sāaisí	晒士	N	size	Les. 9
sāang amchōng	生暗瘡	VO	get acnes	Les. 3
sāanggwó láam	生果籃	N	fruit basket hamper	Les. 6
sahpfān (jī)	十分（之）	Adv	fully; utterly; extremely	Les. 10
sai	細	Adj	small	Les. 8
sai go	細個	TW	when one was young	Les. 8

Yale Romanization	Word	Part of speech	English	Lesson number
sāichāan	西餐	N	Western food	Les. 1
sáichín	使錢	VO	spend money	Les. 5
sāidōsí	西多士	N	French toast	Les. 2
saigaai	世界	N	world	Les. 4
sāileih	犀利	Adj	awesome; excellent; strong	Les. 3
sáisáu	洗手	VO	wash hands	Les. 6
sáisáugāan	洗手間	N/PW	washroom	Les. 1
sāisīk touchāan	西式套餐	N	Western style set meals	Les. 1
sáiyīgēi	洗衣機	N	washing machine	Les. 2
sākchē	塞車	VO	traffic jam	Les. 4
Sāmjan	深圳	PW	Shenzhen	Les. 10
Sān'a Hòhnghūng	新亞航空	PN	New Asia Airlines	Les. 10
sānfánjing	身份證	N	identity card	Les. 7
sānfú	辛苦	Adj	strenuous; toilsome; exhausting; go to a lot of trouble	Les. 5
Sāngaai Yīyún	新界醫院	PW	New Territories Hospital	Les. 10
sānmàhn (M: dāan)	新聞 （M：單）	N	news	Les. 6
sānyìhng	身型	N	body shape	Les. 9
sātnoih gōuyíhfūkàuhchèuhng	室內高爾夫球場	N/PW	indoor golf room	Les. 3
sāt yuhsyun	失預算	PH	out of budget	Les. 7
sáu	手	N	hands; arms	Les. 6
sāu	收	V	receive; take in	Les. 7
sauh yínghéung	受影響	PH	being affected	Les. 10
sāumēi	收尾	TW	finally; as a result	Les. 4

Yale Romanization	Word	Part of speech	English	Lesson number
sèhng	成	Adv	almost, nearly, more or less, about the same	Les. 2
séi	死	V	die, be dead	Les. 4
séuhnggēi	上機	VO	board a flight	Les. 8
seuhngkèih	上期	N	advance payment (of rent); first month's rent	Les. 2
séuhngmóhng	上網	VO	get on the internet	Les. 5
seui	歲	N	year (of age)	Les. 8
séui fai	水費	N	water bill	Les. 2
sēuiyìhn	雖然	Patt	although…	Les. 1
sēunmahnchyu jipdoihyùhn	詢問處接待員	N	receptionist at the information counter	Les. 2
sēunglèuhng	商量	V	consult; discuss; talk over	Les. 8
sēungseun	相信	V	believe; trust	Les. 1
sēutsāam	裇衫	N	shirt	Les. 6
sigwo	試過	V	experienced; encountered before	Les. 7
siháh	試吓	V	give it a try	Les. 1
sihgín	事件	N	incident; event	Les. 10
síhjing daaihlàuh (M: joh)	市政大樓（M：座）	N/PW	municipal services building	Les. 2
sihkyeuhk	食藥	VO	take medicine/drug/remedy	Les. 3
sìhngsíh	城市	N/PW	city; town	Les. 1
sijeuk	試着	V	try wearing clothes; fitting trial	Les. 9
sīmàhn	斯文	Adj	refined; gentle; cultured	Les. 6
sīndou sīndāk	先到先得	PH	first come first served	Les. 1
síu	少	Adj	less; few; little	Les. 1
sīuhāauchèuhng	燒烤場	N/PW	barbecue site	Les. 3

Yale Romanization	Word	Part of speech	English	Lesson number
Síukèuhng	小強	PN	Ken	Les. 1
síusih	小事	N/Adj	petty thing; minor matter	Les. 7
sīuyéhsihk	燒嘢食	V	barbeque	Les. 3
sōfá	梳化	N	sofa	Les. 2
suhk	熟	Adj	familiar (with somebody); well acquainted; ripe	Les. 7
sūng	鬆	Adj	loose; slack	Les. 9
sung+PN	送 +PN	V	see somebody off or out; send someone to; escort someone to	Les. 7
syūfóng	書房	N/PW	study room	Les. 2
syūgá	書架	N	bookshelf; bookcase	Les. 2
syun lā	算啦	PH	forget it; enough already	Les. 7
syūnbou	宣佈	V	declare; announce	Les. 8
syuntàuh (M:lāp)	蒜頭 （M：粒）	N	garlic	Les. 9
syut	雪	N	snow	Les. 5
syutgōu	雪糕	N	ice-cream	Les. 1
syutgwaih	雪櫃	N	refrigerator	Les. 1
Taaigwok	泰國	PW	Thailand	Les. 4
taambehng	探病	VO	visit a sick person or patient	Les. 7
taamyiht	探熱	VO	check someone's body temperature	Les. 7
tái Sāiyī	睇西醫	VO	see a doctor; consult a doctor (as distinguished from traditional Chinese medicine)	Les. 3
táifaat	睇法	N	way of looking at a thing; view	Les. 10
táiháh	睇吓	Adv	that depends on…	Les. 5
tàihgūng	提供	V	offer	Les. 10

Yale Romanization	Word	Part of speech	English	Lesson number
tàihsīng	提升	V	upgrade	Les. 10
táileuhng	體諒	V	show understanding and sympathy for	Les. 10
táiyihm	體驗	V	learn through practice; learn through one's personal experience	Les. 1
táiyuhkgún	體育館	N/PW	sports centre; gymnasium	Les. 2
tàuh	頭	N	head; hair	Les. 8
tàuhsīn	頭先	Adv	a moment before; a moment ago; just now	Les. 9
téuidáanjih	腿蛋治	N	ham and egg sandwich	Les. 1
teuifo	退貨	VO	return goods or merchandise; withdraw a product	Les. 9
tìhmbán	甜品	N	dessert	Les. 1
tīnhei	天氣	N	weather	Les. 4
Tīn'ōnmùhn	天安門	PW	Tiananmen	Les. 5
tīnkìuh	天橋	N	overline bridge	Les. 4
Titdaahtnèih Houh	鐵達尼號	N	A Hollywood movie "Titanic" in 1997	Les. 4
titsín	鐵線	N	iron wire	Les. 8
tiumóuh	跳舞	VO	dance	Les. 4
tiuhói	跳海	VO	jump into the sea	Les. 4
tōgīp	拖篋	VO	pull or drag small suitcase	Les. 5
tói	枱	N	table; desk	Les. 2
tongsāam	熨衫	V	iron (or press) clothes	Les. 6
tóuhnáahm	肚腩	N	belly	Les. 3
tóuhtung	肚痛	N	stomachache	Les. 3
tóuleuhnkēui	討論區	N	forum (especially online)	Les. 3

Yale Romanization	Word	Part of speech	English	Lesson number
Tùhng néih kīng géigeui ā	同你傾幾句吖	PH	May I speak with you for a moment?	Les. 6
tùhng ngóh gáaufāan hóu kéuih lā!	同我搞返好佢啦！	PH	Clear up the mess for me!	Les. 8
tùhng…ginmihn	同……見面	Patt	meet someone; see each other	Les. 4
tùhngsih	同事	N	colleague	Les. 1
tung	痛	Adj	ache; have a pain; be sore	Les. 3
tūngsèuhng	通常	Adv	usually; generally; ordinarily; as a rule	Les. 9
tūngsīu	通宵	N	all night; the whole night; throughout the night	Les. 7
tyùhnnìhn faahn	團年飯	N	Chinese New Year Eve dinner; reunion dinner before the Lunar New Year	Les. 6
ūkchyūn (M: go)	屋邨（M：個）	N/PW	housing estate	Les. 2
waahkwá	畫畫	VO	paint a painting; draw a picture	Les. 4
wàahnga	還價	VO	counter-offer; counter-bid; bargain	Les. 2
waahtchèuhngsaan	滑翔傘	N	paraglider	Les. 3
wáan/dá Taai kyún/kyùhn	玩／打泰拳	VO	play Thai boxing	Les. 3
wáan/jouh yùhgā	玩／做瑜珈	VO	play/do Yoga	Les. 3
wàhn chē lohng	暈車浪	PH	carsick	Les. 4
wàhndyūn	雲端	N	cloud (computing)	Les. 7
Wàhnnàahm	雲南	PW	Yunnan, a province in south-west of China	Les. 5
wai	餵	V	feed	Les. 7
wàihchìh dihtjeuih	維持秩序	VO	maintain order	Les. 10
wàihhahm	遺憾	N/Adj	great or deep regret; pity; very sorry	Les. 10

Yale Romanization	Word	Part of speech	English	Lesson number
waihjó	為咗	CV	for the sake of; in order to; for the purpose of	Les. 10
wángūng	搵工	VO	look for work/job	Les. 7
wihngchìh	泳池	N/PW	swimming pool	Les. 2
Wòhsīng (Syūyún)	和聲(書院)	PW	Lee Woo Sing College, The Chinese University of Hong Kong	Les. 7
wuhjiu	護照	N	passport	Les. 7
wùhjīufán	胡椒粉	N	pepper	Les. 9
wuhn	換	V	change (clothes, mobile phone, part, etc.), exchange or convert currency	Les. 9
wùhtùhng	胡同	N/PW	lane; alley	Les. 5
wúifai	會費	N	membership fee	Les. 3
(yám)séuigēi	(飲）水機	N	bottled-water cooler; water dispenser	Les. 1
yàhndeih	人哋	N	other people	Les. 4
yahpjaahp	入閘	VO	enter the gate or restricted area	Les. 8
yahtyuhngbán	日用品	N	articles for everyday use	Les. 2
Yandouh	印度	PW	India	Les. 1
yanjeuhng	印象	N	impression	Les. 4
yātchi sāang, léuhngchi suhk	一次生、兩次熟	IE	unfamiliar at first but you get used to it; strangers are first meeting, but soon friends	Les. 7
yātgauh yéh	一嚿嘢	PH	a piece/lump/chunk of something	Les. 9
yātjihk hàahng	一直行	PH	go straight forward	Les. 1
yātlāp yātlāp	一粒一粒	PH	many small objects	Les. 9
yau	幼	Adj	thin and small; fine; delicate	Les. 9
yàuh	油	N	oil	Les. 9

Yale Romanization	Word	Part of speech	English	Lesson number
yáuh mēyéh m̀chīngchó chèuihsìh dá (dihnwá) béi ngóhdeih lā.	有咩嘢唔清楚 隨 時 打（電話）俾 我哋啦。	PH	If there is anything unclear, pleae call us.	Les. 2
Yáuh móuh gáaucho a!	有冇搞錯呀！	PH	What's wrong? How could this be? Are you kidding?	Les. 7
yáuhcheui	有趣	Adj	interesting; fascinating; amusing	Les. 5
yauhsáu	右手	N	right hand	Les. 6
yáuhsìh	有時	Adv	sometimes	Les. 9
yāusīksāt	休息室	N/PW	common room; lounge	Les. 1
(yáuh)yìhng	（有）型	Adj	stylish; cool; handsome	Les. 4
yehsíh	夜市	N/PW	night market	Les. 5
yèuhngchūng	洋蔥	N	onion	Les. 9
yéung	樣	N	look; face	Les. 8
Yī(yún)gún(léih)guhk	醫（院）管（理）局	N	Hospital Authority	Les. 10
yīgā	依家	TW	now; currently; a variation of 'yìhgā'	Les. 6
yīgwaih	衣櫃	N	wardrobe	Les. 2
yíhchìhn	以前	TW	in the past; formerly; previously	Les. 4
yíhhauh	以後	TW	hereafter; afterwards; later	Les. 3
yíhjái	耳仔	N	ears	Les. 3
yìhm	鹽	N	salt	Les. 9
yíhmfaat	染髮	VO	dye the hair	Les. 8
yìhmsāi	芫茜	N	coriander; cilantro	Les. 9
yihngāmhyun	現金券	N	cash coupon	Les. 8
yìhngau johléih	研究助理	N	research assistance	Les. 6
yìhngsān	迎新	VO	orientation	Les. 1

Yale Romanization	Word	Part of speech	English	Lesson number
yìhnkèih	延期	VO	defer; delay; put off; extend	Les. 10
yihpjyú	業主	N	owner (of a house or room); landlord	Les. 2
yihthei	熱氣	Adj/N	suffer from excessive internal heat (with such symptoms as constipation, conjunctivitis and inflammation of the nasal and oral cavities)	Les. 3
yínghéung	影響	V/N	affect; influence; effect	Les. 7
Yīnghùhng Búnsīk	英雄本色	PN	A Hong Kong movie "A better Tomorrow" in 1986	Les. 4
yigin	意見	N	idea; view; opinion; suggestion	Les. 6
yíngyangēi	影印機	N	photocopier	Les. 1
yingyuhng chìhngsīk	應用程式	N	apps; (computer) program	Les. 9
yīuwàih	腰圍	N	waist measurement; waistline	Les. 9
yuhkgōng	浴缸	N/PW	bathtub	Les. 2
Yuhklàhm	玉林	PW	Yulin, or Watlam, a city in Guangxi Province, China	Les. 6
Yùhnfōng Sēungchèuhng	圓方商場	PW	the shopping mall at Elements, Kowloon	Les. 4
yúhngín	軟件	N	software	Les. 9
yùhnlòih	原來	Adv	as a matter of fact; as it turns out; actually	Les. 7
yuht fai	月費	N	monthly fee or monthly charge	Les. 2
Yuhtnàahm	越南	PW	Vietnam	Les. 1